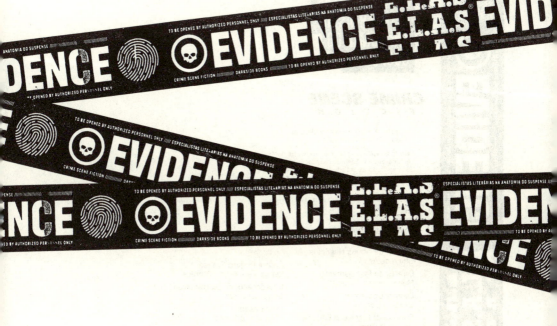

ALICE FEENEY

E.L.A.S® ESPECIALISTAS LITERÁRIAS NA ANATOMIA DO SUSPENSE

ESPECIALISTAS LITERÁRIAS NA ANATOMIA DO SUSPENSE

CRIME SCENE® FICTION

HIS AND HERS
Copyright © 2020 by Diggi Books Ltd
Todos os direitos reservados.

Este romance é uma obra de ficção. Os nomes, personagens e incidentes retratados nele são obra da imaginação da autora. Qualquer semelhança com pessoas reais, vivas ou mortas, eventos ou localidades é inteiramente uma coincidência.

Tradução para a língua portuguesa
© Letícia Ribeiro Carvalho, 2025

Diretor Editorial
Christiano Menezes

Diretor de Novos Negócios
Chico de Assis

Diretor de Planejamento
Marcel Souto Maior

Diretor Comercial
Gilberto Capelo

Diretora de Estratégia Editorial
Raquel Moritz

Gerente de Marca
Arthur Moraes

Gerente Editorial
Bruno Dorigatti

Editor
Paulo Raviere

Editor Assistente
Lucio Medeiros

Capa e Projeto Gráfico
Retina 78 e Arthur Moraes

Coordenador de Diagramação
Sérgio Chaves

Preparação
Catarina Tolentino

Revisão
Fabiano Calixto
Francylene Silva

Finalização
Sandro Tagliamento

Marketing Estratégico
Ag. Mandíbula

Impressão e Acabamento
Braspor

DADOS INTERNACIONAIS DE CATALOGAÇÃO NA PUBLICAÇÃO (CIP)
Jéssica de Oliveira Molinari CRB-8/9852

Feeney, Alice
   Dele & dela / Alice Feeney ; tradução de Letícia Ribeiro Carvalho. — Rio de Janeiro : DarkSide Books, 2025.
   336 p.

   ISBN: 978-65-5598-505-4
   Título original: His and Hers

   1. Ficção inglesa 2. Suspense I. Título II. Carvalho, Letícia

25-1031   CDD 823

Índice para catálogo sistemático:
1. Ficção inglesa

[2025]
Todos os direitos desta edição reservados à
DarkSide® Entretenimento LTDA.
Rua General Roca, 935/504 — Tijuca
20521-071 — Rio de Janeiro — RJ — Brasil
www.darksidebooks.com

ALICE FEENEY

DELE
&
DELA

TRADUÇÃO LETÍCIA RIBEIRO CARVALHO

E.L.A.S

DARKSIDE

Para eles.

Não foi amor à primeira vista.

Agora posso admitir. Mas no fim, eu a amava mais do que achava possível amar outro ser humano. Me importava muito mais com ela do que jamais me importei comigo. Foi por isso que fiz isso. Precisei fazer. Acho que é importante que as pessoas saibam disso, quando descobrirem o que eu fiz. Se descobrirem. Talvez então eles possam compreender que foi por ela.

Há uma diferença entre estar e sentir-se sozinho, e é possível sentir falta de alguém e estar em sua companhia ao mesmo tempo. Houve muitas pessoas na minha vida: família, amigos, colegas, amantes. Um elenco completo dos suspeitos de costume que são parte do círculo social de uma pessoa, mas o meu sempre achei um pouco deslocado. Nenhuma das relações que alguma vez estabeleci com outro ser humano me parece verdadeira. É mais uma série de elos perdidos.

As pessoas podem reconhecer meu rosto, podem até saber o meu nome, mas nunca conhecerão o meu verdadeiro eu. Ninguém o conhece. Sempre fui egoísta, em relação aos verdadeiros pensamentos e sentimentos dentro da minha cabeça, não os partilho com ninguém. Porque não posso. Há uma versão de mim que só posso ser só, comigo. Às vezes, penso que o segredo do sucesso é a capacidade de adaptação. A vida raramente permanece a mesma, e com frequência tive de me reinventar para seguir em frente. Aprendi a mudar a minha aparência, minha vida... até a minha voz.

Também aprendi a me encaixar, mas tentar me encaixar constantemente é mais do que apenas desconfortável agora, é doloroso. Porque não me encaixo. Eu me adapto. Volto as minhas arestas irregulares para dentro de mim e suavizo as diferenças mais óbvias entre nós, mas não sou igual a você. Existem mais de sete bilhões de pessoas no planeta e, mesmo assim, de alguma forma consegui passar uma vida inteira me sentindo só.

Estou enlouquecendo e não pela primeira vez, mas a sanidade pode muitas vezes ser perdida e encontrada. As pessoas dirão que enlouqueci, que perdi a cabeça, que perdi o equilíbrio. Mas quando chegou a hora, foi — sem dúvida — a coisa certa a fazer. Me senti bem depois. Queria fazer isso de novo.

Há pelo menos dois lados em todas as histórias:

O seu e o meu.

O nosso e o deles.

O dele e o dela.

O que significa que alguém está sempre mentindo.

Mentiras contadas com frequência podem começar a soar como verdades e todos nós, às vezes, ouvimos uma voz dentro das nossas cabeças, dizendo algo tão chocante que fingimos que não é nossa. Sei exatamente o que ouvi naquela noite, enquanto esperava na estação ela voltar para casa pela última vez. No início, o trem soava como qualquer outro ao longe. Fechei meus olhos e era como se estivesse ouvindo música, a canção rítmica dos vagões nos trilhos cada vez mais alta:

Cliquete-clique. Cliquete-clique. Cliquete-clique.

Porém, então, o som começou a mudar, traduzindo-se em palavras dentro da minha cabeça, repetindo-se várias e várias vezes, até ser impossível não ouvir:

Mate todos eles. Mate todos eles. Mate todos eles.

Dela

Anna Andrews
Segunda-feira 06:00

As segundas-feiras sempre foram meu dia favorito.

A chance de começar de novo.

Uma lousa limpa o suficiente com apenas o pó de seus erros do passado ainda visível, quase, mas não totalmente apagados.

Sei que essa é uma opinião impopular — gostar do primeiro dia da semana —, mas sou cheia delas. Minha visão de mundo tende a ser um pouco torta. Quando você cresce sentado nos assentos baratos da vida, é muito fácil ver por trás das marionetes que dançam no palco. Depois de ver as cordas e quem as puxa, pode ser difícil apreciar o resto do espetáculo. Agora posso me dar ao luxo de sentar onde quiser, escolher a vista que quiser, mas esses camarotes de teatro de aparência sofisticada só servem para olhar as outras pessoas de cima. Nunca farei isso. O fato de eu não gostar de olhar para trás não significa que eu não me lembre de onde vim. Trabalhei duro para conseguir meu ingresso e os assentos baratos ainda me servem muito bem.

Não gasto muito tempo me arrumando de manhã — não faz sentido passar maquiagem para que outra pessoa a retire e passe de novo quando chego ao trabalho — e não tomo café da manhã. Não como muito, mas gosto de cozinhar para os outros. Aparentemente, sou uma pessoa que nutre.

Paro rápido na cozinha para pegar minha *Tupperware* cheia de cupcakes caseiros para a equipe. Mal me lembro de tê-los preparado. Era tarde, com certeza depois do meu terceiro copo de algo seco e branco. Prefiro o tinto, mas ele deixa uma mancha visível em meus lábios, por isso reservo-o apenas para os fins de semana. Abro a geladeira e percebo que não terminei o vinho da noite passada, então bebo o que sobrou direto da garrafa, antes de levá-la comigo quando saio de casa. Segunda-feira também é quando o meu lixo é coletado. A lixeira de reciclagem está cheia de um modo surpreendente para alguém que mora só. Sobretudo, vidro.

Gosto de ir a pé para o trabalho. As ruas estão bem vazias a essa hora do dia e acho isso relaxante. Atravesso a ponte de Waterloo e caminho pelo Soho em direção a Oxford Circus, enquanto ouço o programa *Today*. Prefeririia ouvir música, talvez um pouco de Ludovico ou Taylor Swift, dependendo do meu humor — há dois lados muito diferentes de minha personalidade —, mas, em vez disso, encaro os tons suaves da classe média britânica, me dizendo o que eles acham que eu deveria saber. Suas vozes ainda soam estranhas aos meus ouvidos, apesar de parecerem com a minha própria voz. Entretanto, nem sempre falei dessa forma. Tenho apresentado o noticiário *One O'Clock News* na BBC há quase dois anos e ainda me sinto uma fraude.

Paro próxima à caixa de papelão achatada que mais tem me incomodado nos últimos tempos. Posso ver uma mecha de cabelo loiro escapando pela parte superior, então sei que ela ainda está lá. Não sei quem ela é, apenas que eu poderia ter sido ela se a vida tivesse se desenrolado de forma diferente. Saí de casa quando tinha 16 anos porque sentia que era o que tinha que fazer. Não faço o que estou prestes a fazer agora por bondade; mas por causa de uma bússola moral deslocada. Assim como no sopão em que fui voluntária no Natal passado. É raro merecermos as vidas que levamos. Pagamos por elas da maneira que podemos, seja com dinheiro, culpa ou arrependimento.

Abro a vasilha de plástico e coloco um dos meus cupcakes construídos com esmero sobre a calçada, entre a caixa de papelão e a parede, para que ela o veja quando acordar. Então, preocupada com a possibilidade de ela não gostar ou não apreciar minha cobertura de chocolate — até onde sei, ela poderia ser diabética —, pego uma nota de 20 libras da minha bolsa e a coloco por baixo. Não me importa se ela vai gastar meu dinheiro com álcool — eu gasto.

A Rádio 4 continua a me irritar, então desligo o último político que mente em meus ouvidos. Sua desonestidade ensaiada em excesso não combina com essa imagem de pessoas reais com problemas reais. Eu jamais diria isso em voz alta ou no ar durante uma entrevista. Sou paga para ser imparcial, independentemente de como me sinto.

Talvez eu também seja uma falsa. Escolhi essa carreira porque queria contar a verdade. Queria contar as histórias que mais importavam, aquelas que eu pensava que as pessoas precisavam ouvir. Histórias que eu esperava que pudessem mudar o mundo e torná-lo um lugar melhor. Mas eu era ingênua. As pessoas que trabalham na mídia hoje têm mais poder do que os políticos, mas de que adianta tentar dizer a verdade sobre o mundo quando não consigo ser honesta sobre minha própria história: quem sou, de onde vim, o que fiz.

Enterro os pensamentos, como sempre faço. Tranco-os em um cofre secreto e seguro dentro da minha cabeça, empurro-os para o canto mais escuro, bem no fundo e espero que eles não escapem de novo tão cedo.

Caminho pelas últimas ruas até a Broadcasting House e, em seguida, procuro em minha bolsa o meu sempre esquivo crachá. Em vez dele, meus dedos encontram uma das minhas latinhas de balas de menta. Ela chacoalha em protesto enquanto a abro e coloco um pequeno triângulo branco dentro da boca, como se fosse um comprimido. Melhor evitar o bafo de vinho antes da reunião matinal. Localizo meu crachá e entro nas portas giratórias de vidro, sentindo vários olhares em minha direção. Tudo bem. Sou muito boa em ser a versão de mim mesma que acho que as pessoas querem que eu seja. Por fora, pelo menos.

Conheço todos pelo nome, inclusive as pessoas da faxina que ainda varrem o chão. Não custa quase nada ser gentil e tenho uma memória muito eficiente, apesar da bebida. Depois de passar pela segurança — um pouco mais minuciosa do que costumava ser, graças ao estado do mundo que criamos para nós mesmos —, olho para a redação e me sinto em casa. Encapsulada no subsolo do prédio da BBC, mas visível de todos os andares, a redação se assemelha a um labirinto de conceito aberto, bem iluminado em vermelho e branco. Quase todos os espaços disponíveis estão cheios de telas e mesas apertadas, com uma coleção eclética de jornalistas sentados atrás de cada uma delas.

Essas pessoas não são apenas meus colegas, elas são como uma família substituta disfuncional. Tenho quase 40 anos de idade, mas não tenho mais ninguém. Não tenho filhos. Nem marido. Não mais. Trabalho aqui há quase vinte anos, porém, ao contrário daqueles que têm amigos ou conexões familiares, comecei bem de baixo. Peguei alguns atalhos ao longo do caminho e os degraus para o sucesso às vezes eram bastante escorregadios, mas acabei chegando onde queria.

A paciência é a resposta para muitas das perguntas da vida.

A sorte sorriu para mim quando a apresentadora anterior do programa saiu. Ela entrou em trabalho de parto com um mês de antecedência, e cinco minutos antes do jornal da hora do almoço. A bolsa dela estourou e eu tirei a sorte grande. Eu mesma tinha acabado de voltar da licença-maternidade — antes do planejado — e era a única correspondente na redação com alguma experiência em apresentação. Era tudo plantão ou noturno — os turnos que ninguém mais queria. Eu estava ávida por qualquer oportunidade que pudesse ajudar minha carreira. Apresentar um jornal era algo com que sonhei a vida inteira.

Não havia tempo para fazer cabelo e maquiagem naquele dia. Eles me levaram às pressas para o estúdio e fizeram o que puderam, passando pó de arroz no meu rosto ao mesmo tempo em que me microfonavam. Pratiquei a leitura das manchetes no *teleprompter* e o diretor soava calmo e gentil no meu ponto. Sua voz me tranquilizava. Não me lembro muito daquele primeiro programa de meia hora, mas me lembro dos parabéns que recebi depois. De uma ninguém na redação a apresentadora da emissora em menos de uma hora.

Meu chefe é chamado de O Controlador Magricela por trás de suas costas ligeiramente curvadas. Ele é um homem pequeno aprisionado no corpo de um homem alto. Ele também tem um problema na fala. Isso o impede de pronunciar os erres, e o resto da redação não o leva a sério.

Ele nunca foi bom em preencher lacunas nas escalas de plantão, portanto, após minha estreia bem-sucedida, decidiu me deixar como substituta até o final daquela semana. Depois, na seguinte. Um contrato de três meses como apresentadora — em vez do meu cargo de funcionária da equipe — se transformou em seis, e depois foi estendido até o fim do ano, acompanhado de um pequeno aumento de salário. Os pontos da audiência subiram quando comecei a apresentar o programa, então me permitiram ficar. Minha antecessora nunca mais voltou; ela engravidou de novo durante a licença-maternidade e não foi mais vista desde então. Quase dois anos depois, ainda estou aqui e espero que meu último contrato seja renovado a qualquer momento.

Sento-me entre o editor e o produtor principal e, em seguida, limpo minha mesa e o teclado com um lenço bactericida. Não há como saber quem ficou sentado aqui durante a noite. A redação nunca dorme e, infelizmente, nem todos nela são adeptos do meu nível de higiene. Abro a ordem de transmissão e sorrio; ainda fico um pouco emocionada ao ver meu nome no topo:

Âncora: Anna Andrews.

Começo a escrever as introduções de cada matéria. Apesar da opinião popular, os apresentadores não apenas *leem* as notícias, nós as escrevemos. Ou pelo menos *eu* escrevo. Os âncoras, assim como os seres humanos normais, vêm em todas as formas e tamanhos. Há vários que se meteram tão fundo em seus próprios traseiros que me surpreende que ainda consigam se sentar, quanto mais ler um *teleprompter*. A nação ficaria horrorizada se soubesse como alguns de seus chamados tesouros nacionais se comportam nos bastidores. Mas eu não vou contar. O jornalismo é um jogo com mais cobras do que degraus. Chegar ao topo leva muito tempo e um movimento errado pode levá-lo de volta ao fundo do poço. Ninguém é maior do que a máquina.

A manhã passa como qualquer outra: uma ordem de trabalho em constante evolução, conversas com correspondentes em campo, discussões com o diretor sobre artes e telas. Há uma fila quase permanente de repórteres e produtores esperando para falar com o editor ao meu lado. Na maioria das vezes, para solicitar uma duração mais longa para sua matéria ou entrevista.

Todo mundo sempre quer um pouco mais de tempo.

Não sinto a menor falta daqueles dias: implorando para entrar no ar, sempre aflita quando não conseguia. Simplesmente não há tempo para contar todas as histórias.

O restante da equipe está excepcionalmente quieto. Dou uma olhada rápida à minha esquerda e noto que a produtora está com a última escala na tela. Ela fecha a tela assim que me vê olhando. As escalas de plantão ficam atrás apenas das notícias de última hora quando se trata de elevar os níveis de estresse na redação. Elas são divulgadas com atraso e raramente são bem aceitas, com a distribuição dos turnos mais impopulares — fins de noite, fins de semana, madrugadas — sendo sempre motivo de discórdia. Agora, trabalho de segunda a sexta e não solicito nenhuma licença há mais de seis meses, portanto, ao contrário de meus colegas, não há nada na escala que possa me preocupar.

Uma hora antes do programa, vou para a maquiagem. É um lugar agradável para fugir, relativamente calmo e silencioso em comparação com o barulho constante da redação. Meu cabelo castanho é modelado com o secador em um *chanel* castanho obediente e meu rosto é coberto com base HD de alta cobertura. Uso mais maquiagem para o trabalho do que usei em meu casamento. O pensamento me faz voltar para dentro de mim mesma por um momento e sinto a marca profunda em meu dedo, onde minha aliança costumava ficar.

O programa corre quase sempre de acordo com o planejado, apesar de algumas mudanças imprevistas enquanto estamos no ar: algumas notícias de última hora, uma matéria atrasada para TV, uma câmera com vontade própria no estúdio e uma entrada duvidosa de Washington. Sou forçada a interromper um correspondente político entusiasmado ao extremo, em Downing Street, que, com regularidade, ocupa mais do que o tempo previsto. Algumas pessoas gostam demais do som das próprias vozes.

A reunião pós-transmissão começa enquanto ainda estou no estúdio, esperando para me despedir dos telespectadores depois da previsão do tempo. Ninguém quer ficar mais tempo do que o absolutamente necessário após o programa, portanto, eles sempre começam sem mim.

É uma reunião de correspondentes e produtores que trabalharam no programa, mas também conta com a presença de representantes de outros departamentos: notícias nacionais, notícias estrangeiras, edição, artes, além do Controlador Magricela.

Passo pela minha mesa para pegar meu *Tupperware* antes de me juntar a todos, ansiosa para compartilhar minhas últimas criações culinárias com a equipe. Ainda não contei a ninguém que hoje é meu aniversário, mas talvez eu conte.

Atravesso a redação em direção a eles e paro de supetão quando vejo uma mulher que não reconheço. Ela está de costas para mim, com duas crianças pequenas vestidas com roupas iguais ao seu lado. Noto os cupcakes fofos que meus colegas já estão comendo. Não são caseiros — como os meus —, mas comprados e aparentam ser dos caros. Então, volto minha atenção para a mulher que os está distribuindo. Fico olhando seus cabelos ruivos brilhantes, emoldurando seu belo rosto com um corte tão reto que poderia ter sido feito com um laser. Quando ela se vira e sorri na minha direção, sinto como se fosse um tapa.

Alguém me passa uma taça de *prosecco* quente e vejo o carrinho de bebidas que a diretoria sempre pede ao serviço de camarim quando um membro da equipe sai. Isso acontece muito nessa área. O Controlador Magricela bate em seu copo com uma unha mais comprida, depois começa a falar, palavras que soam estranhas saindo de seus lábios cobertos de migalhas.

"Mal podemos esperar para recebê-la de volta..."

É a única frase que meus ouvidos conseguem traduzir. Encaro Cat Jones, a mulher que apresentou o programa antes de mim, parada ali com suas lindas garotinhas e seu cabelo ruivo característico. Estou passando mal.

"... e nossos agradecimentos a Anna, é claro, por ter assumido o comando enquanto você estava fora."

Os olhos se viram e as taças são erguidas em minha direção. Minhas mãos começam a tremer e espero que meu rosto esteja fazendo um trabalho melhor para esconder meus sentimentos.

"Estava na escala, sinto muito, todos pensamos que você soubesse."

O produtor que está ao meu lado sussurra as palavras, mas não consigo formar uma resposta.

Em seguida, o Controlador Magricela também pede desculpas. Ele se senta em seu escritório, enquanto permaneço de pé, e olha para suas mãos enquanto fala, como se as palavras que ele está lutando para encontrar pudessem estar escritas em seus dedos suados. Ele me agradece e diz que fiz um ótimo trabalho de substituição nos últimos...

"Dois anos", digo, quando ele parece não saber ou não entender quanto tempo se passou.

Ele dá de ombros como se não fosse nada.

"Receio que seja o trabalho *dela*. Ela tem um contrato. Não podemos demitir as pessoas por terem um bebê, muito menos quando elas têm dois!"

Ele ri.

Eu não rio.

"Quando ela volta?", pergunto.

Uma dobra se forma no vasto espaço que é sua testa.

"Ela volta amanhã. Está tudo na escala da..." Observo enquanto ele tenta e não consegue encontrar um substituto para a palavra redação, como qualquer coisa que comece com a letra R. "... está tudo na escala da *uedação*, já há algum tempo. Você está de volta à mesa dos *couespondentes*, mas não se preocupe, você ainda pode substituí-la e apresentar o programa nas férias *escolaues*, no Natal e na Páscoa, esse tipo de coisa. Todos nós achamos que você fez um excelente trabalho. Aqui está seu novo contrato".

Fico olhando para as folhas brancas e nítidas de papel A4, cobertas de palavras cuidadosamente elaboradas por um funcionário de RH sem rosto. Meus olhos parecem conseguir se concentrar apenas em uma linha:

Correspondente de notícias: Anna Andrews.

Quando saio do escritório dele, eu a vejo de novo: minha substituta.

Embora eu suponha que a verdade é que eu sempre tenha sido a dela. É uma coisa terrível de se admitir, até para mim mesma, mas quando olho para Cat Jones, com seu cabelo perfeito e filhos perfeitos, ali conversando e rindo com *minha* equipe, desejo que ela estivesse morta.

Dele

Detetive Inspetor-Chefe Jack Harper
Terça-feira 05:15

O toque do meu celular me acorda do tipo de sonho do qual não quero ser acordado. Um sonho no qual eu não sou um homem de quarenta e poucos anos, morando em uma casa com uma hipoteca que não posso pagar, uma criança que não consigo acompanhar e uma mulher que não é minha esposa, mas que me atormenta mesmo assim. Um homem melhor já teria resolvido seus problemas, em vez de viver uma vida emprestada como um sonâmbulo.

Dou uma olhada no meu celular na escuridão e vejo que é terça. Também é estupidamente cedo, então fico aliviado porque a mensagem não deve ter acordado mais ninguém. A privação de sono tende a ter consequências terríveis nesta casa, embora não para mim — sempre fui um pouco noctívago. Não deveria ficar animado com o que leio na tela, mas fico. A verdade é que, desde que saí de Londres, meu trabalho tem sido tão monótono quanto a gaveta de roupas íntimas de uma freira.

Sou chefe da Equipe de Crimes Hediondos aqui, o que parece empolgante, mas agora estou alocado na mais profunda e sombria Surrey, que não é nada empolgante. Blackdown é um vilarejo inglês por excelência, a menos de duas horas da capital, e os pequenos crimes e os roubos ocasionais tendem a ser os mais "graves" possíveis. O vilarejo é escondido do mundo exterior por uma sentinela de árvores. A antiga floresta parece aprisionar Blackdown — e seus habitantes — no passado, assim como uma sombra permanente. Mas sua beleza de embalagem de Natal nunca poderia ser negada. As antigas vielas e ruas estreitas estão repletas de casebres, cercas brancas e um número acima da média de residentes idosos, que apreciam uma taxa de criminalidade abaixo da média. É o tipo de lugar para onde as pessoas vêm para morrer e onde nunca pensei que fosse morar.

Fico olhando para a mensagem no meu celular, praticamente babando nas palavras enquanto as engulo:

Vítima encontrada em Blackdown Woods durante a noite. Viatura equipada com computador solicitada. Por favor, entre em contato.

Só a ideia de um corpo ser encontrado *aqui* soa como um engano, mas já sei que não é. Dez minutos depois, estou devidamente vestido, cafeinado e no carro.

Meu último 4x4 de segunda mão precisa de um banho e percebo — um pouco tarde demais — que eu também preciso. Cheiro minhas axilas e penso em voltar para dentro de casa, mas não quero perder tempo nem acordar ninguém. Odeio a maneira como os dois me olham às vezes. Eles têm os mesmos olhos, cheios de lágrimas e decepção com muita frequência.

Talvez eu esteja animado demais para chegar à cena do crime antes de todo mundo, mas não consigo evitar. Há anos não acontece nada tão ruim aqui, e isso faz com que me sinta bem, otimista e energizado. O problema de trabalhar para a polícia por tanto tempo quanto eu é que você começa a pensar como um criminoso sem ser visto como tal.

Ligo o carro, rezando para que ele dê partida, ignorando o vislumbre do meu próprio reflexo no espelho retrovisor. Meu cabelo — agora mais grisalho do que preto — está espetado em todas as direções. Tenho olheiras e pareço mais velho do que me lembro. Tento consolar meu ego, afinal, é o meio da madrugada. Além disso, não me importo com a minha aparência, e a opinião das outras pessoas é ainda menos importante para mim do que a minha própria. Pelo menos é o que continuo repetindo para mim mesmo.

Dirijo com uma mão no volante, enquanto a outra apalpa a barba por fazer no meu queixo. Talvez eu devesse ao menos ter feito a barba. Olho para a minha camisa amassada. Tenho certeza de que devemos *ter* uma tábua de passar, mas não tenho ideia de onde ela está ou quando a usei pela última vez. Pela primeira vez em muito tempo, fico imaginando o que as outras pessoas veem quando olham para mim. Eu costumava ser um bom partido. Costumava ser muitas coisas.

Ainda está escuro quando entro no estacionamento do National Trust e vejo que, apesar de ter vindo para cá de imediato, todo mundo parece ter chegado antes de mim. Há dois carros de polícia e duas vans, além de veículos sem identificação. A perícia já está no local, assim como a sargento-detetive Priya Patel. Sua escolha de carreira ainda não conseguiu desanimá-la; ela ainda é nova e brilhante. Jovem demais para deixar que o trabalho a faça se sentir velha, inexperiente demais para saber o que ele fará com ela no final. O que faz com todos nós. Seu entusiasmo diário é exaustivo, assim como sua disposição sempre alegre. Minha cabeça dói só de olhar para ela, por isso tento evitar tanto quanto é possível ao se trabalhar com alguém todos os dias.

O rabo de cavalo de Priya balança de um lado para o outro enquanto ela se apressa em direção ao meu carro. Seus óculos de tartaruga escorregam pelo nariz e seus grandes olhos castanhos estão tomados demais pelo entusiasmo. *Ela* não parece ter sido arrastada de sua cama no meio da noite. Seu terno justo não pode estar mantendo seu pequeno corpo aquecido, e seus sapatos recém-polidos deslizam um pouco na lama. Acho estranhamente satisfatório vê-los sujos.

Às vezes, me pergunto se minha colega dorme completamente vestida, para o caso de precisar sair de casa com pressa. Há alguns meses, ela fez um pedido especial para se transferir para cá e trabalhar comigo, mas só Deus sabe por quê. Se houve um momento na minha vida em que estive disposto como Priya Patel, não consigo me lembrar.

Assim que saio do carro, começa a chover. Uma chuva forte e instantânea, que me atinge e encharca minhas roupas em segundos. Olho para cima e analiso o céu, que acha que ainda é noite, embora já seja manhã.

A lua e as estrelas ainda estariam visíveis, se não tivessem sido cobertas por um manto de nuvens escuras. Chuva torrencial não é o ideal para preservar evidências ao ar livre.

Priya interrompe meus pensamentos e eu bato a porta do carro sem querer. Ela se aproxima correndo, tentando segurar seu guarda-chuva sobre minha cabeça, e eu a afasto.

"Detetive Harper, eu..."

"Eu já te disse antes, por favor, me chame de Jack. Não estamos no exército", digo.

Seu rosto se congela. Ela parece um filhote castigado e me sinto o velho horrível que sei que me tornei.

"A Equipe de Patrulhamento de Alvos ligou", diz.

"Ainda tem alguém da EPA aqui?"

"Sim."

"Ótimo, quero vê-los antes de irem embora."

"Claro. O corpo está nessa direção. As primeiras indicações mostram que..."

"Quero ver com os meus próprios olhos", interrompo.

"Sim, chefe."

É como se meu primeiro nome fosse simplesmente uma palavra que ela não consegue pronunciar.

Passamos por um fluxo constante de funcionários que reconheço vagamente, pessoas cujos nomes esqueci, seja porque não os aprendi ou porque não as vejo há muito tempo. Não importa. Minha equipe de Crimes Hediondos é pequena, mas formada com esmero, o departamento fica perto daqui, mas abrange todo o condado. Trabalhamos com pessoas diferentes todos os dias. Além disso, neste trabalho não se trata de fazer amigos, e sim de não fazer inimigos. A Priya tem muito a aprender sobre isso. O silêncio no qual caminhamos pode ser desconfortável para ela, mas não para mim. O silêncio é minha sinfonia favorita; não consigo pensar com clareza quando a vida fica muito barulhenta.

Ela ilumina o chão com uma lanterna um pouco à frente de nossos passos — eficiente de uma forma irritante, como sempre — enquanto nos arrastamos sobre um tapete escuro de folhas caídas e galhos quebrados. O outono chegou e se foi, uma participação especial este ano, antes de se afastar para dar lugar a um inverno presunçoso. O botão superior do meu casaco está faltando, então ele não fecha mais. Compenso a abertura com um cachecol no estilo Harry Potter com minhas iniciais — presente de uma ex. Nunca consegui me desfazer dele, meio como a mulher que o deu para mim. É provável que ele me faça parecer um idiota, mas não me importo. Há algumas coisas às quais só nos apegamos por causa de quem nos deu: nomes, crenças, cachecóis. Além disso, gosto da sensação dele em volta do meu pescoço: um laço personalizado e aconchegante.

Minha respiração forma nuvens de condensação e enfio as mãos nos bolsos do casaco para tentar me manter seco e aquecido. Fico feliz em ver que alguém pensou em montar uma tenda ao redor do corpo e entro pela porta de pvc branco. Meus dedos encontram algo semelhante a uma chupeta de criança em meu bolso no exato momento em que meus olhos veem o cadáver. Aperto a chupeta com tanta força que o plástico corta minha palma. Isso causa uma pequena descarga de dor, do tipo que às vezes preciso sentir. Não é como se nunca tivesse visto uma pessoa morta antes, mas essa é diferente.

A mulher está parcialmente coberta por folhas e bem longe da trilha principal. Teria sido fácil não vê-la nesse canto escuro da mata, não fosse pelas luzes brilhantes que a equipe já instalou ao redor dela.

"Quem encontrou o corpo?", pergunto.

"Uma denúncia anônima", diz Priya. "Alguém ligou para a delegacia de um telefone público no fim da rua."

Fico grato por uma resposta que é tão pequena quanto a pessoa que a deu. Priya tende a ser falante, e eu, a ser impaciente.

Me aproximo um pouco mais e me inclino em direção ao rosto da mulher morta. Ela tem trinta e poucos anos, é esbelta, bonita — se você gosta do tipo, o que eu acho que gosto — e sua aparência geral sugere três coisas para mim: dinheiro, vaidade e autocontrole. Ela tem o tipo de corpo que foi esculpido com anos de idas à academia, dietas e cremes caros. Seu longo cabelo loiro, habilmente descolorido, como se ela tivesse acabado de escová-lo antes de se deitar na lama.

Fios de ouro na sujeira. Nenhum sinal de luta. Seus olhos azuis brilhantes ainda estão bem abertos, como se estivessem chocados com a última coisa que viram e, pela cor e condição de sua pele, ela não está aqui há muito tempo.

O cadáver está completamente vestido. Tudo o que essa mulher estava usando tem aspecto caro: um casaco de lã, uma blusa de material semelhante a seda e uma saia de couro preta. Os sapatos parecem ser a única coisa faltando — o que não é ideal para uma caminhada na mata. É impossível não notar seus pés pequenos e bonitos, mas é a blusa que não consigo parar de olhar. Assim como para o sutiã de renda por baixo, posso ver que costumava ser branco. Ambos estão agora manchados de vermelho, e fica claro pelo padrão desenfreado de carne e tecido rasgado que a vítima foi esfaqueada várias vezes no peito.

Tenho um curioso desejo de tocá-la, mas não toco.

Foi então que notei as unhas da mulher morta. Elas foram cortadas com força, e tem mais. Detesto ser visto usando óculos, mas minha visão não é mais o que costumava ser, então encontro o par sem prescrição médica que guardo para emergências e dou uma olhada mais de perto.

Esmalte vermelho foi usado para escrever nas unhas de sua mão direita:

DUAS

Olho para a mão esquerda e é a mesma coisa, mas as letras soletram uma palavra diferente:

CARAS

Esse não foi um crime passional; esse assassinato foi planejado.

Volto para o aqui e agora e percebo que Priya ainda não percebeu, pois está muito ocupada lendo suas anotações e me contando seus pensamentos. Em geral, percebo que ela tende a falar, a menos que seja diretamente solicitada a parar. Suas palavras tropeçam umas nas outras, saindo de sua boca e entrando em meus ouvidos. Tento demonstrar interesse, traduzindo suas frases apressadas à medida que ela as diz.

"... Dei início a todos os procedimentos padrões da hora de ouro. Não há câmeras nessa parte da cidade, mas estamos coletando imagens da rua principal. Imagino que ela não tenha andado descalça até aqui no meio do inverno, mas sem qualquer identificação ou sinal de veículo

— o estacionamento estava completamente vazio — não posso emitir um alerta de reconhecimento automático da placa..."

É raro que as pessoas digam algo que faça sentido sob estresse e tudo o que ouço é o desespero dela para me provar que pode dar conta disso.

"Você já viu um cadáver antes?", pergunto, interrompendo-a.

Ela se endireita um pouco mais e coloca o queixo para fora como uma criança insatisfeita.

"Sim. No necrotério."

"Não é a mesma coisa", murmuro baixinho.

Há tantas coisas que eu poderia lhe ensinar, coisas que ela não sabe que precisa aprender.

"Estive pensando sobre a mensagem que o assassino queria passar", Priya diz, voltando a olhar para seu bloco de notas, onde posso ver o início de uma de suas muitas listas.

"Eles queriam que as pessoas soubessem que a vítima era duas caras", respondo e ela se mostra confusa. "Suas unhas. Acho que alguém as cortou e escreveu uma mensagem."

Priya franze a testa e se abaixa para dar uma olhada mais de perto. Ela me olha com admiração, como se eu fosse Hercule Poirot. Acho que ler é meu superpoder.

Evito seu olhar e volto minha atenção para o rosto da mulher deitada na terra. Em seguida, instruo um dos membros da equipe forense a tirar fotos dela de todos os ângulos. Ela parece ser o tipo de pessoa que gostava de ser fotografada, usando sua vaidade como um distintivo. O *flash* me cega e me lembro de outro tempo e lugar; Londres, há alguns anos, repórteres e câmeras em uma esquina, clamando para tirar uma foto de algo que não deveriam querer ver. Enterro essa lembrança — não suporto a imprensa — e então percebo outra coisa.

A boca da mulher morta está ligeiramente aberta.

"Ilumine o rosto dela com sua lanterna."

Priya faz o que peço e eu me ajoelho mais uma vez para olhar o corpo mais de perto. Os lábios que antes eram rosados se tornaram azuis, mas consigo ver algo vermelho escondido no espaço escuro entre eles. Tento tocá-lo, sem pensar, como se estivesse sob um feitiço.

"Senhor?"

Priya interrompe meu erro antes que eu o cometa. Ela está perto de mim de uma forma desconfortável, tanto que consigo sentir seu perfume e seu hálito: um leve sopro de chá recém-bebido. Me viro e vejo uma velha expressão se formar em seu rosto jovem. Achava que essa experiência toda — encontrar um corpo na mata pela primeira vez — poderia tê-la perturbado, enervado um pouco, mas talvez eu estivesse errado. Tento me lembrar da idade de Priya — acho tão difícil saber a idade das mulheres. Se tivesse que adivinhar, diria que tem vinte e tantos ou trinta e poucos anos. Ela ainda é ambiciosa, confiante em seu próprio potencial e não se abateu com as decepções que a vida ainda não lhe causou.

"Não deveríamos esperar o patologista examinar o corpo antes de tocar em qualquer coisa?", ela pergunta, já sabendo a resposta.

Priya se atém às regras da mesma forma que os bons mentirosos se atêm às suas histórias. Ela diz "patologista" como uma criança que acabou de aprender uma palavra nova na escola, uma criança que quer que as pessoas a ouçam usá-la em uma frase.

"Com certeza", respondo, e dou um passo para trás.

Ao contrário de minha colega, já vi muitos cadáveres, mas este não é como nenhum outro caso em que trabalhei anteriormente. Me distraio mais uma vez enquanto Priya começa a especular sobre a identidade da mulher. Parece que é o início de algo grande, e me pergunto se estou à altura da tarefa. Não há dois assassinatos iguais, mas faz anos que não lido com um caso nem de longe semelhante a esse e muita coisa mudou desde então. O trabalho mudou, eu mudei, e não é só isso.

Este é diferente.

Nunca trabalhei no assassinato de alguém que conheço.

E eu conhecia bem essa mulher.

Estive com ela na noite passada.

Dela
Terça-feira 06:30

Todos nós temos segredos; alguns não contamos nem a nós mesmos.

Não sei o que me acordou, nem que horas são, nem onde estou quando abro os olhos pela primeira vez. Tudo está escuro como breu. Meus dedos encontram o abajur, que ilumina um pouco o ambiente e fico feliz em ver a imagem familiar do meu próprio quarto. É sempre um alívio saber que cheguei em casa quando acordo me sentindo assim.

Não sou uma dessas mulheres sobre as quais você lê em livros ou vê em dramas de TV, que bebem demais e esquecem o que fizeram na noite anterior. Não sou uma alcoólatra amadora e não sou um clichê. Todos nós somos viciados em alguma coisa: dinheiro, sucesso, rede social, açúcar, sexo... a lista de possibilidades é interminável. Minha droga preferida é o álcool. Posso demorar um pouco para recuperar minha memória e talvez eu nem sempre esteja feliz ou orgulhosa do que fiz, mas sempre me lembro. *Sempre.*

Isso não significa que eu tenha que contar ao mundo inteiro.

Às vezes, acho que sou uma narradora não confiável da minha própria vida.

Às vezes, acho que todos nós somos.

A primeira coisa de que me lembro é que perdi o emprego dos meus sonhos, e a memória do meu pior pesadelo se tornando realidade parece me ferir fisicamente. Apago a luz — não quero mais ver as coisas com tanta clareza — e me deito de novo na cama, me enfiando debaixo das cobertas. Envolvo meus braços ao meu redor e fecho os olhos, enquanto me recordo de ter saído do escritório do Controlador Magricela e da redação no meio da tarde. Peguei um táxi para casa, pois me sentia um pouco instável demais para andar, então liguei para minha mãe para contar o que havia acontecido. Foi uma burrice, mas não consegui pensar em mais ninguém para ligar.

Minha mãe tem ficado um pouco esquecida e confusa nos últimos anos e os telefonemas para casa só me fazem sentir culpada por não visitá-la com mais frequência. Tenho meus motivos para nunca querer voltar para o lugar de onde vim, mas eles ficam melhores esquecidos do que compartilhados. É mais fácil culpar os quilômetros pela distância que existe entre alguns pais e seus filhos, mas quando você contorce demais a verdade, ela tende a se romper. A princípio, soava como a mamãe do outro lado da linha, mas na verdade não era ela. Depois que abri meu coração, ela ficou completamente em silêncio por um momento e, em seguida, perguntou se um ovo com batatas fritas para o chá me animaria depois do meu dia ruim na escola.

A mamãe nem sempre se lembra de que tenho 36 anos e moro em Londres. Com frequência, ela se esquece de que tenho um emprego e que já tive um marido e uma filha. Ela nem mesmo parecia saber que era meu aniversário. Não houve cartão este ano, nem no ano passado, mas não é culpa dela. O tempo é algo que minha mãe esqueceu como contar. Ele se move de forma diferente para ela agora, muitas vezes para trás em vez de para frente. A demência roubou o tempo da minha mãe e roubou minha mãe de mim.

Buscar nas minhas memórias uma fonte de conforto era compreensível, dadas as circunstâncias, mas eu não deveria ter me estendido até a minha infância; muita chance de dar errado.

Quando cheguei em casa, fechei todas as cortinas e abri uma garrafa de *malbec*. Não porque estivesse com medo de ser vista — apenas gosto de beber no escuro. Às vezes, nem eu mesma gosto de ver o que me torno quando ninguém está vendo. Depois da segunda taça, troquei de roupa e vesti algo menos chamativo — uma calça jeans velha e um suéter preto — então, fui visitar alguém.

Quando voltei, algumas horas depois, tirei minhas roupas no corredor. Elas estavam cobertas de terra e eu estava cheia de culpa. Lembro-me de abrir outra garrafa e acender a lareira. Sentei-me bem em frente a ela, enrolada em um cobertor, dando goles no vinho. Demorei uma eternidade para me aquecer depois de ficar tanto tempo no frio. A lenha sibilava e sussurrava como se tivesse seus próprios segredos, e a luz do fogo lançava uma série de sombras fantasmagóricas que dançavam pelo cômodo. Tentei tirá-*la* da cabeça, mas, mesmo com os olhos fechados, ainda conseguia *ver* seu rosto, *sentir o cheiro* de sua pele, *escutar* sua voz, chorando.

Lembro-me de ver a sujeira sob as minhas unhas e de me esfregar no chuveiro antes de ir para a cama.

Meu celular toca de novo e percebo que deve ter sido isso que me acordou. Agora é de manhã cedo, ainda tão escuro fora do apartamento quanto dentro, e estranhamente silencioso. O silêncio é um medo que aprendi a sentir, em vez de escutar. Sorrateiro, ele se aproxima de mim, muitas vezes à espreita nos rincões mais barulhentos da minha mente. Ouço, mas não há som de trânsito, pássaros cantando ou vida. Nem o ruído do aquecedor ou os murmúrios da série de canos antigos que tentam em vão aquecer minha casa.

Olho para o meu celular — a única luz nas sombras — e vejo que foi uma mensagem sobre uma notícia urgente que me acordou. A tela emite um brilho não natural. Leio a manchete sobre o corpo de uma mulher encontrado na mata e me pergunto se ainda estou sonhando. O quarto parece um pouco mais escuro do que antes.

Então, meu telefone começa a tocar.

Atendo e ouço O Controlador Magricela se desculpar por ligar tão cedo. Ele quer saber se eu poderia ir até lá e apresentar o programa.

"O que aconteceu com Cat Jones?", pergunta uma voz muito semelhante à minha.

"Não sabemos. Mas ela não veio trabalhar e ninguém consegue entrar em contato com ela."

Os pedacinhos de mim que foram quebrados ontem começam a rastejar para se juntarem de volta. Às vezes, me perco em meus próprios pensamentos e medos. Presa em um mundo de preocupações que, no fundo, sei que só existe dentro da minha cabeça. A ansiedade geralmente grita mais alto do que a lógica e, quando você passa muito tempo imaginando o pior, pode fazer com que ele se torne realidade.

O Controlador Magricela faz mais perguntas quando não consigo responder à primeira.

"Sinto de *veudade* por tê-la incomodado, Anna. Mas tenho que saber *agoua*, se é possível..."

Sua dificuldade de falar me faz odiá-lo um pouco menos. Sei exatamente o que vou dizer — ensaiei esse momento na cabeça.

"Claro. Jamais deixaria a equipe na mão."

O alívio tangível do outro lado da linha é delicioso.

"Você é nossa salvação", ele diz e, por um momento, esqueço que o oposto é a verdade.

Demoro mais do que o normal para me preparar; ainda estou bêbada, mas nada que um colírio e uma xícara de café não possam resolver. Bebo enquanto ainda está muito quente, de modo que ele escalda minha boca; um pouco de dor para aliviar o sofrimento. Em seguida, sirvo-me de vinho branco gelado de uma das garrafas na geladeira — apenas um copo pequeno, para aliviar a queimadura. Dirijo-me ao banheiro e ignoro a porta do quarto no final do corredor, a que sempre mantenho fechada. Às vezes, nossas lembranças se reorganizam e revelam imagens mais bonitas de nosso passado, algo um pouco menos horrível para relembrar. Às vezes, precisamos pintar sobre elas, fingir que não nos lembramos do que está escondido por baixo.

Tomo banho e escolho um vestido vermelho do meu guarda-roupa, um que ainda está com a etiqueta pregada. Não sou fã de compras, portanto, se encontro algo que me cai bem, costumo comprar em todas as cores. As roupas não fazem a mulher, mas podem ajudar a disfarçar o tecido de que somos feitas. Não saio usando coisas novas de imediato; eu as guardo para quando preciso me sentir bem, em vez de me sentir eu mesma. Agora é o momento perfeito para usar algo novo e bonito e me esconder por trás. Quando estou satisfeita com minha aparência, a envolvo com meu casaco vermelho favorito — ser notada nem sempre é uma coisa ruim.

Pego um táxi para o trabalho — ansiosa para voltar ao meu antigo emprego o mais rápido possível — e coloco uma pastilha de hortelã na boca antes de entrar na recepção. Passaram-se menos de 24 horas, mas quando olho para a redação, sinto-me como se estivesse voltando para casa.

Enquanto me aproximo da equipe, não posso deixar de notar como todos se viram para me olhar, como um grupo de suricatos. Eles trocam uma série de expressões ansiosas, bem marcadas em seus rostos cansados. Achei que ficariam mais felizes em me ver — nem todos os apresentadores se esforçam tanto quanto eu para levar um jornal ao ar —, mas mantenho meu sorriso não retribuído e agarro o corrimão de metal da escada em espiral com um pouco mais de força do que antes. Sinto que poderia cair.

Quando me aproximo da cadeira de âncora, a editora me impede, colocando sua mão gelada em cima da minha. Ela balança a cabeça e olha para o chão, como se estivesse envergonhada. Ela é o tipo de mulher que reza regularmente para ter uma conta bancária gorda e um corpo magro, mas Deus sempre parece confundir suas orações. Fico no meio da equipe que está sentada, sentindo o calor de seus olhares em minhas bochechas coradas, tentando adivinhar o que *eles* sabem que *eu* não sei.

"Sinto *muito*!", diz uma voz atrás de mim. É ridículo descrevê-la como um veludo molhado, mas é exatamente assim que soa; um ronronar luxuoso e feminino. É uma voz que eu não esperava, nem queria ouvir. "A babá cancelou de última hora, minha sogra concordou em ficar no lugar dela, mas conseguiu bater o carro no caminho — nada muito sério, só uma batidinha mesmo — e então, quando *finalmente* consegui arrumar as meninas e sair de casa, meu trem atrasou *e* percebi que tinha esquecido meu telefone! Não tinha como avisá-los do meu atraso. Não tenho como dizer o quanto lamento, mas agora estou aqui."

Não sei por que acreditei que Cat Jones tinha ido embora de vez. Parece bobagem agora, mas acho que imaginei algum tipo de pequeno acidente. Apenas algo que a impedisse de apresentar o jornal da hora do almoço de novo, para que eu pudesse voltar ao seu lugar e ser a pessoa que almejo. Estou sobrando, agora que ela está aqui e já consigo sentir que começo a me deformar, me transformando em alguém pequeno e invisível. Uma peça de reposição indesejada e desnecessária em uma máquina recém-reformada.

Ela coloca o cabelo vermelho brilhante atrás das orelhas, revelando brincos de diamante de aspecto muito mais genuínos do que a pessoa que os está usando. A cor de seu cabelo não pode ser natural, mas parece perfeita, assim como seu vestido amarelo justo e o conjunto de dentes brancos perolados revelados quando ela sorri em minha direção. Me sinto uma fraude desleixada.

"Anna!", ela diz, como se fôssemos velhas amigas, não novas inimigas. Retribuo o sorriso como se fosse um presente indesejado. "Pensei que ficaria em casa com sua pequena no seu primeiro dia de liberdade, agora que estou de volta! Espero que a maternidade esteja te tratando bem. Qual é a idade da sua filha agora?"

Ela teria dois anos, três meses e quatro dias de idade.

Nunca parei de contar.

Acho que a Cat se lembra de eu estar grávida. Parece que ninguém nunca contou a ela o que aconteceu alguns meses após o nascimento de Charlotte. De repente, tudo anda muito parado e silencioso na redação, com todos olhando em nossa direção. Sua pergunta suga o ar dos meus pulmões e ninguém, nem eu, parece capaz de respondê-la. Suas sobrancelhas — que, tenho certeza, foram tatuadas em seu rosto — formam um franzir ligeiramente teatral.

"Oh, meu Deus, eles te chamaram antes da hora por minha causa? De novo, sinto *muito*, você poderia ter tido uma boa manhã de folga para variar, ter ficado em casa com sua família."

Me seguro na cadeira de âncora para me equilibrar.

"Está tudo bem, de verdade", digo, e me esforço em um sorriso que me dói o rosto. "Estou ansiosa para voltar a ser correspondente, para ser sincera, por isso estou feliz por você estar de volta. Na verdade, sinto falta de sair do estúdio e cobrir histórias reais, conhecer pessoas reais, sabe?"

Sua expressão permanece neutra. Interpreto seu silêncio como uma forma de dizer que ela não concorda ou não acredita em mim.

"Se você está tão ansiosa para voltar a sair, talvez devesse dar uma olhada no assassinato que aconteceu durante a noite. O corpo na mata", Cat responde.

"Não é uma má ideia", diz o Controlador Magricela, surgindo ao lado dela e sorrindo como um macaco com uma banana nova.

Sinto que estou começando a me retrair.

"Não vi nada sobre isso", minto.

Acho que agora pode ser um bom momento para fingir que estou doente. Poderia ir para casa, me isolar do mundo e beber até ficar feliz — ou, pelo menos, menos triste —, mas Cat Jones continua a falar e toda a equipe parece estar atenta a cada palavra dela.

"O corpo de uma mulher foi encontrado durante a noite em um lugar chamado Blackdown, um pacato vilarejo de Surrey, de acordo com as notícias. Talvez não seja nada, mas talvez você pudesse dar uma conferida. Na verdade, insisto em acharmos uma equipe de filmagem para você. Tenho certeza de que você não quer apenas... ficar por aqui."

Ela olha de relance para o que chamamos de ponto de táxi — o canto da redação onde os correspondentes gerais se sentam, esperando para serem atribuídos a uma pauta, que muitas vezes nem vai ao ar. Os jornalistas com assuntos especializados — como negócios, saúde, entretenimento, crimes — ficam todos em escritórios no andar de cima. Seus dias tendem a ser agitados e satisfatórios e seus empregos relativamente seguros. Mas as coisas são muito diferentes para um humilde correspondente geral. Alguns tiveram carreiras bastante promissoras no passado, mas provavelmente irritaram a pessoa errada e, desde então, estão juntando matérias que não foram ao ar como se fossem poeira.

Há muitos pesos mortos nessa redação, mas o verniz resistente dos sindicatos da mídia pode dificultar a sua remoção. É difícil imaginar um lugar mais humilhante na redação para uma ex-apresentadora do que o canto do correspondente. Trabalhei duro demais por muito tempo para desaparecer. Vou encontrar uma maneira de voltar ao ar, mas essa é a única pauta que não quero cobrir.

"Tem alguma *outra* coisa?", pergunto.

Minha voz soa estranha, como se as palavras tivessem sido estranguladas.

O Controlador Magricela dá de ombros e balança a cabeça. Noto a leve camada de caspa nos ombros de seu terno mal ajustado e ele me vê olhando para ela. Forço um sorriso final para dissipar o último silêncio constrangedor.

"Então, acho que estou indo para Blackdown." Todos nós temos fissuras, as pequenas marcas e imperfeições que a vida faz em nossos corações e mentes, cimentados pelo medo e pela ansiedade, às vezes cobertos por uma frágil esperança. Opto por ocultar meus lados vulneráveis da melhor forma possível em todos os momentos. Opto por esconder muitas coisas.

As únicas pessoas que não se arrependem são os mentirosos.

A verdade é que, embora eu preferisse estar em qualquer lugar que não fosse aqui agora, Blackdown é o único lugar para o qual não quero voltar. Em especial, após a noite passada. Algumas coisas são muito difíceis de explicar, até para nós mesmos.

Matar a primeira foi fácil.

Ela parecia não querer estar ali quando desceu do trem na estação de Blackdown. Eu podia me colocar em seu lugar. Também não queria estar ali, mas pelo menos eu usava roupas adequadas para o frio, com um suéter preto velho. Não como ela. Era o último trem vindo de Waterloo, então ela já havia chegado tarde, mas claramente ainda tinha planos para a noite com seus lábios vermelhos, cabelo loiro e saia de couro preta. A saia parecia autêntica, não falsa como a mulher que a usava. A escolha de sua carreira sempre aparentava ser tão altruísta e compassiva com os outros — administrar uma instituição de caridade para desabrigados —, mas eu sabia que ela estava longe de ser uma santa. Era como uma pecadora tentando compensar sua maldade.

Todos fazemos coisas boas porque, às vezes, nos sentimos culpados.

Blackdown estava deserta, como sempre está àquela hora da noite, então ela foi a única passageira a descer e caminhar pela pequena plataforma deserta. É uma cidade pacata, onde as pessoas vão para casa e para a cama cedo nos dias de semana, envoltas em um manto de boas maneiras e conformidade da classe média. Um lugar onde, se algo ruim acontece, as pessoas se lembram de esquecer com uma rapidez surpreendente.

A estação em si é um prédio tombado, construído em 1850, como declara com orgulho a escultura em pedra acima das portas duplas. Uma pitoresca e singular estrada de ferro de vilarejo, embora Blackdown tenha se transformado em uma cidade vários anos antes. É como voltar no tempo e entrar na cena de um filme em preto e branco. Devido ao seu patrimônio, ela é protegida de todas as formas desnecessárias de modernização. Não há câmeras de segurança e há apenas uma entrada e uma saída.

Eu poderia tê-la matado ali mesmo.

Mas o telefone dela tocou.

Ela falou com a pessoa que ligou durante todo o trajeto da plataforma até o estacionamento, portanto, mesmo que ninguém visse, alguém poderia ter ouvido.

Observei enquanto ela entrava em seu Audi TT, um carro da empresa que ela havia decidido que a instituição de caridade poderia pagar, além de outras coisas, incluindo um casaco de grife, uma viagem a Nova York e as luzes no seu cabelo. Eu havia visto as declarações anuais arquivadas por seu contador. Encontrei em seu escritório de sua casa — a gaveta da escrivaninha nem sequer estava trancada. Ela roubava o dinheiro da instituição de caridade com frequência e o gastava com ela mesma, teria sido um crime deixá-la continuar impune.

Ela dirigiu pela curta distância da estação até a mata, e não foi muito longe para que eu tivesse que segui-la. Observei enquanto ela saía de seu carro e entrava em outro. Em seguida, ela prendeu aquele lindo cabelo loiro atrás das orelhas e fez sexo oral no motorista. Era pouco mais que um aperitivo, algo para abrir seu apetite, talvez, antes de levantar a saia e abaixar a calcinha para o evento principal.

Notei como ela gostava de manter suas roupas, dando um tapa nas mãos que tentavam ajudar a tirá-las. Não importava; a parte mais bonita dela ainda estava à mostra: suas clavículas. Sempre achei que elas são uma das partes mais eróticas do corpo de uma mulher e as dela eram impressionantes. O formato das cavidades entre os ombros e as clavículas, onde os ossos frágeis se projetavam da pele branca como a neve, era simplesmente deslumbrante. Olhar para eles me doía. Também gostei de seus sapatos, tanto que decidi ficar com eles. Eles são pequenos demais para que meus pés possam calçá-los — mais como uma lembrancinha, talvez.

Vi como seu rosto mudava quando alguém estava dentro dela. Depois fechei os olhos e ouvi os sons que duas pessoas fazem quando sabem que não deveriam estar fodendo uma com a outra, mas não conseguem parar. Como animais na floresta. Satisfazendo uma necessidade básica sem considerar as consequências.

Mas sempre há consequências.

Gostei da aparência de seu rosto após o ato: brilhante de suor apesar do frio, alguma cor naquelas bochechas pálidas e só uma fração de sua boca perfeita aberta, por onde ela estava literalmente ofegante como um cachorro competindo no Best in Show. *Os lábios se abriram apenas o suficiente para que coubesse algo dentro deles.*

Acima de tudo, gostei da expressão de seus lindos olhos azuis pouco antes de matá-la. Era uma expressão que nunca havia visto em seu rosto antes — medo — e que combinava muito bem com ela. Era como se ela já soubesse que algo muito ruim estava prestes a acontecer.

Dele

Terça-feira 07:00

Isso é muito ruim.

Se alguém descobrir, vai pensar que fui eu, mas tenho uma relativa confiança que ninguém sabia sobre nosso acordo. Toda vez que vejo o corpo da vítima deitado na terra hoje, penso em como eu estava dentro dela na noite passada.

Às vezes, parecia que eu a estava observando fazer as coisas que ela fazia comigo, à distância, como se fosse com outra pessoa. Muitas vezes me esforcei para acreditar que nosso caso era real, como se essa mulher linda estar interessada em mim fosse bom demais para ser verdade. Acho que agora, considerando os fatos, era. Ela entrou no carro, abriu o zíper da minha braguilha sem dizer uma palavra e fez sexo oral em mim. Depois disso, ela me deixou fazer o que eu quisesse, e eu fiz, apreciando os pequenos sons que saíam daquela boca perfeita.

Tinha imaginado fazer essas coisas com ela por muito tempo.

Ela estava muito acima do meu nível — imagino que, no fundo, eu sabia que um dia isso teria de acabar —, mas desde o momento em que nossas relações noturnas começaram, há alguns meses, ela me deixou fazer *qualquer coisa* com ela. Isso não fazia muito sentido para mim, considerando o quanto ela era bonita, mas, depois de um tempo, parei de questionar nossa incompatibilidade. Ela era como uma droga: quanto mais dela eu tinha, mais precisava me entorpecer.

Quando uma mulher como ela atrai sua atenção, é raro que ela a retribua. Ela ia e vinha como a maré, e eu sabia que, mais cedo ou mais tarde, ela me deixaria a ver navios, mas aproveitei o passeio enquanto durou.

Nós dois conseguimos o que queríamos com o acordo — sexo sem compromisso. Não significava nada, e acho que foi por isso que funcionou. Sem jantares, sem encontros, sem complicações desnecessárias. Ela me disse que havia se divorciado alguns meses antes e que ele a havia traído. É evidente que o homem era um estúpido, mas eu também era, enganando a mim mesmo que era algo mais do que alguém que ela usava para se sentir melhor. Eu não me importava em saber que não era mais do isso para ela. Ela mantinha a reputação de ter boa aparência, mas de ser má; pessoas bonitas tendem a se safar de muito mais coisas do que o resto de nós. Na maioria das vezes. Eu achava que se ninguém soubesse o que estávamos fazendo, ninguém poderia se machucar. Estava errado.

"Fala meu nome", foi a única coisa que ela chegou a dizer durante o sexo, então, eu falava.

Rachel. Rachel. Rachel

"Tudo bem, senhor?"

Priya está com o olhar fixo em mim, e me pergunto se estou falando sozinho de novo. Pior ainda, acho que ela olha para o arranhão em meu rosto, onde Rachel deixou sua marca. Nunca entendi por que as mulheres fazem isso durante o sexo, arranhando como gatos ferozes. As unhas dela eram sempre as mesmas: compridas e cor-de-rosa, com pontas brancas que pareciam falsas. Eu não me importava com marcas nas costas que ninguém pudesse ver, mas ela havia me pegado no rosto na última noite. Olho de novo para os dedos de Rachel, as unhas cortadas de forma grosseira e as duas palavras pintadas nelas: DUAS CARAS. Depois, volto a olhar para Priya. Ver minha colega olhando para a leve cicatriz rosada em minha bochecha me dá vontade de correr, mas, em vez disso, me afasto.

"Estou bem", murmuro.

Peço desculpas e fico sentado no carro por um tempo, fingindo fazer ligações enquanto tento me aquecer e me acalmar. Viro-me e olho para o banco de trás, verifico rapidamente o assoalho, mas não há sinais visíveis de que Rachel esteve aqui, embora suas impressões digitais devam estar por toda parte. Perdi a conta de quantas vezes e de quantas maneiras transamos nesse carro. Para ser franco, ele está tão sujo quanto nós. Vou limpá-lo mais tarde, por dentro e por fora, quando surgir um momento adequado.

Não sei o que estava pensando ao me envolver com uma mulher como ela. *Sabia* que era encrenca, mas talvez por isso não tenha conseguido dizer não. Acho que me senti lisonjeado. Encontrar-me com Rachel era sempre preferível a ir para casa; não havia muito o que esperar depois de um longo dia de trabalho. Mas se as pessoas descobrissem, eu poderia perder tudo.

Ainda está chovendo. O barulho constante no para-brisa parece uma bateria dentro dos meus ouvidos. Estou com uma dor de cabeça na base do crânio, do tipo que só pode ser curada com nicotina. Mataria por um cigarro agora, mas parei de fumar há alguns anos, pela criança, não queria infligir minhas péssimas escolhas de vida a um ser humano inocente. Uma boa taça de vinho tinto também faria a dor passar, mas beber antes da hora do almoço é outra coisa que abandonei. Considero minhas opções e percebo que não tenho nenhuma — o melhor é seguir o plano.

Priya bate na janela. Penso em ignorá-la, mas penso melhor e saio do carro, de volta à realidade fria e úmida.

"Desculpe interromper, senhor. Estava falando com alguém?"

Só comigo mesmo.

"Não."

"O chefão disse que você não está atendendo o telefone", ela diz.

Se ela queria que as palavras soassem como uma acusação, deu certo. Pego meu celular e vejo oito chamadas perdidas do delegado.

"Não tem nada aqui. Ou ele está ligando para o número errado ou meu sinal está ruim", minto, colocando o celular de volta no bolso. Mentir é algo em que sou muito bom, tanto para mim mesmo quanto para os outros; tenho muita prática. "Se ele ligar de volta, diga que está tudo sob controle e que o atualizarei mais tarde." A última coisa que preciso no momento é de um chefe bambambã, com metade da minha idade, estragando a minha festa.

"Tá bom, vou avisá-lo", diz Priya.

Eu a vejo acrescentar isso à lista invisível de coisas a fazer que ela sempre escreve em sua cabeça. É evidente que há algo mais que ela quer me dizer e seu rosto se ilumina como um fliperama quando se lembra o que é.

"Achamos que encontramos uma evidência!"

O quê?

"O quê?"

"Achamos que encontramos uma evidência!", ela repete.

"Uma digital?", pergunto.

"Uma pegada."

"Sério? Nessa lama?"

A chuva já fez uma série de riachos no chão da floresta. Priya sorri para mim como uma criança que quer mostrar aos pais sua última pintura.

"Acho que a equipe forense está muito animada com a permissão para sair do laboratório. Parece uma pegada de bota, grande e recente, bem ao lado do corpo, de início escondida por folhas secas. Eles fizeram um trabalho incrível! Quer ver?"

Por um momento, contemplo meus próprios sapatos sujos de lama antes de segui-la.

"Sabe, mesmo que *tenham* conseguido encontrar uma pegada, prevejo que ela possa pertencer a um dos membros da equipe. Toda a cena deveria ter sido devidamente isolada assim que vocês chegaram", sentenciei. "Incluindo o estacionamento. Qualquer rastro que encontrarmos agora será inútil no tribunal."

O sorriso some do rosto dela e respiro um pouco mais aliviado.

Acho que ninguém sabe que estive aqui ou tem qualquer motivo para suspeitar de meu envolvimento com a vítima do assassinato. Portanto, desde que continue assim, não terei problemas. O melhor a fazer é agir com normalidade, fazer meu trabalho e provar que outra pessoa matou Rachel antes que alguém possa apontar o dedo para mim. Tento esvaziar minha mente, mas minha cabeça está muito cheia e meus pensamentos são muito barulhentos. O mais alto se repete e, neste momento, é a verdade: gostaria de nunca ter voltado para Blackdown.

Dela

Terça-feira 07:15

Não vejo sentido em tentar evitar a volta para Blackdown. Isso apenas levantaria mais perguntas para as quais não tenho respostas, então vou para casa e faço uma mala. Não pretendo passar a noite lá, mas as coisas nem sempre saem conforme o planejado nesse ramo. Pode ter passado algum tempo, mas não me esqueci do procedimento: roupas íntimas limpas, roupas que não precisam ser passadas, jaqueta impermeável, maquiagem, produtos para o cabelo, uma garrafa de vinho, algumas garrafinhas e um romance que já sei que não terei tempo de ler.

Coloco minha pequena mala no banco de trás do carro — um pequeno conversível vermelho que comprei quando meu marido me deixou — então, entro e coloco o cinto de segurança; sou uma motorista muito cuidadosa. Estava preocupada que ainda pudesse estar acima do permitido depois da noite passada, mas tenho meu próprio bafômetro no porta-luvas para ocasiões como essa. Eu o tiro, sopro no tubo e espero a tela mudar. Ela fica verde, o que significa que estou bem. Não preciso ligar o GPS; sei exatamente para onde estou indo.

A viagem pela A3 é relativamente tranquila — ainda é hora do *rush* e a maioria dos motoristas na estrada a essa hora do dia está correndo em direção a Londres, e não para fora dela —, mas os minutos são como horas, sem nada além das mesmas opiniões e inquietações como companhia.

O rádio faz pouco para abafá-las e cada música que ouço parece me fazer pensar em coisas que eu preferiria esquecer. Cobrir essa pauta é uma má ideia, mas como não posso explicar isso a ninguém, sinto que não tenho escolha.

A sensação incômoda no fundo do meu estômago piora quando pego a velha e conhecida curva e sigo as placas para Blackdown. Tudo parece igual ao que sempre foi, como se o tempo tivesse parado nesse pequeno canto de Surrey Hills. Há muito tempo, esse era o lugar que eu chamava de lar, mas quando olho para trás agora, é como se fosse a vida de outra pessoa, não a minha. Não sou a mesma pessoa que era naquela época. Mudei muito, mesmo que Blackdown e seus residentes não tenham mudado nada.

Continua lindo, apesar de todas as coisas feias que sei que aconteceram aqui. Assim que saio da rodovia, me vejo percorrendo uma série de estradas rurais estreitas. O céu logo some de vista, cortesia da antiga floresta que parece me engolir por inteiro. Árvores com séculos de idade se inclinam em uma malha de pistas rebaixadas, com margens íngremes de raízes expostas em ambos os lados. Seus galhos deformados se retorcem no alto, bloqueando todas as partículas de raios de sol, exceto as mais determinadas. Concentro-me bastante na estrada à frente, desviando-me de pensamentos indesejados e do túnel sombrio de árvores em direção à cidade.

Quando saio do dossel de folhas, vejo que Blackdown ainda usa sua roupa de domingo todos os dias da semana. Lindas e bem cuidadas casas de campo vitorianas se erguem orgulhosas atrás de jardins bem cuidados, muros de pedra solta cobertos de musgo e a ocasional cerca branca. As jardineiras das janelas das propriedades vizinhas competem entre si durante todo o ano, e você não encontrará lixo nessas ruas. Passo pela praça central do vilarejo, pelo pub The White Hart, pela igreja católica em ruínas e, em seguida, pelo exterior imponente da St. Hilary's. Ao ver a escola de ensino fundamental para meninas, piso no acelerador. Mantenho meus olhos na estrada, como se, ao não olhar em direção ao prédio, os fantasmas das minhas lembranças não conseguiriam me encontrar.

Entro no estacionamento do National Trust e vejo que meu cinegrafista já está aqui. Espero que tenham designado um bom câmera. Todos os veículos da equipe da bbc são exatamente iguais — uma frota de carros com um arsenal de equipamentos de filmagem escondidos no porta-malas — mas os cinegrafistas são todos diferentes. Alguns são melhores do que imaginam. Vários são bem piores. A minha aparência na tela depende muito de quem está me filmando, portanto, posso ser bastante exigente com relação a quem trabalha comigo. Assim como um carpinteiro, acho que tenho o direito de escolher as melhores ferramentas para ajustar e dar forma ao meu trabalho.

Estaciono ao lado do carro da equipe, ainda sem conseguir ver quem está sentado lá dentro. O assento do motorista está totalmente reclinado, como se, quem quer que fosse, tivesse decidido tirar um cochilo. Não é um bom sinal. Faz muito tempo que estou fora de circulação e a rotatividade de pessoal é alta nos noticiários, portanto, é provável que seja alguém com quem nunca trabalhei. A estrada dessa carreira é íngreme e um pouco pontiaguda, com pouco espaço no topo. Em geral, as melhores pessoas se mudam quando percebem que não vão conseguir subir. Considero a possibilidade de ser alguém novo, mas quando saio do carro e dou uma olhada no deles, vejo que não.

A janela está aberta — apesar do frio e da chuva — e vejo a forma familiar de um homem que eu conhecia. Ele está fumando um cigarro que enrolou e ouvindo música dos anos 1980. Acho melhor tirar o reencontro incômodo do caminho, se é isso que vai acontecer. Prefiro deixar as pessoas com quem tenho uma história no passado, mas isso pode ser complicado quando se trabalha com elas.

"Isso vai te matar, Richard", digo, entrando no banco do passageiro e fechando a porta. O carro cheira a café, fumaça e a ele. O cheiro é familiar e não é de todo desagradável. Meus outros sentidos estão menos impressionados. Ignoro meu impulso instintivo de limpar toda a bagunça que consigo ver — principalmente embalagens de barras de chocolate, jornais velhos, copos de café vazios e latas de Coca-Cola amassadas — e tento não tocar em nada. Percebo que ele está usando uma de suas camisetas retrô que são sua marca registrada e um par de jeans rasgados, ainda se vestindo como um adolescente, apesar de ter completado 40 anos no ano passado. Ele tem o aspecto de um surfista magro, porém forte, embora eu saiba que ele tem medo do mar. Seu cabelo loiro é comprido o suficiente para ser amarrado para trás, mas está pendurado no que costumávamos chamar de "cortinas" quando eu estava na escola, preso a esmo atrás de suas orelhas furadas. Ele é a versão Peter Pan de um homem.

"Todos nós temos que morrer de alguma coisa", diz, dando outra tragada. "Você parece bem."

"Obrigada. Você parece um trapo", respondo.

Ele sorri e o gelo espesso é pelo menos rachado, se não quebrado.

"Sabe, nem sempre é preciso dizer a verdade. Principalmente de manhã. Você poderia ter mais alguns amigos se não fizesse isso."

"Não preciso de amigos, apenas de um bom câmera. Conhece algum?"

"Fofa", replica ele, depois joga a cinza do cigarro pela janela, antes de se virar para me encarar. "Vamos acabar logo com isso?"

Há algo ligeiramente ameaçador em seus olhos, um olhar do qual não me lembro. Mas então ele sai do carro e percebo que ele estava se referindo ao trabalho. Observo enquanto Richard confere sua câmera — ele pode não ser perfeccionista no que diz respeito à higiene, mas leva seu trabalho a sério — e sinto uma onda de gratidão e alívio por estar trabalhando com ele hoje, por tantos motivos. Em primeiro lugar, ele é capaz de filmar qualquer pauta bosta e me fazer parecer bem, mesmo quando me sinto horrível. Em segundo lugar, posso ser eu mesma com ele. Quase.

Richard e eu dormimos juntos algumas vezes quando eu era correspondente. Não é algo que alguém mais saiba — nós dois tínhamos bons motivos em forma de aliança em nossos dedos para manter isso assim — e não é algo de que eu me orgulhe muito. Eu ainda estava casada, assim, mas estava um pouco mal. Às vezes, acho que a única maneira de aliviar as piores dores é me machucar de uma maneira diferente. Desviar minha atenção das coisas que podem e vão me derrubar. Um pouco de mágoa para ajudar a me curar.

Eu nunca defenderia a infidelidade, mas meu casamento já havia acabado muito antes de eu dormir com alguém que não devia. Algo mudou quando meu marido e eu perdemos nossa filha. Uma pequena parte de nós morreu quando ela partiu. Mas, como fantasmas que não sabem que estão mortos, continuamos a assombrar a nós mesmos e um ao outro por muito tempo depois disso.

Esse é um trabalho estressante na melhor das hipóteses e, na pior delas, todos nós encontramos conforto onde podemos. A maioria das notícias é ruim. Há coisas que vi por causa do meu trabalho que me mudaram, assim como minha visão do mundo e das pessoas que vivem nele. Coisas que nunca conseguirei desver. Somos uma espécie capaz de cometer atos horríveis e incapaz de aprender com as lições que nossa própria história tenta nos ensinar.

Quando você testemunha o horror e a desumanidade dos seres humanos de perto, todos os dias, isso muda permanentemente sua perspectiva. Muitas vezes, você só precisa olhar para o outro lado e isso é tudo o que nosso caso foi: uma necessidade compartilhada de lembrar como é sentir algo. Isso não é incomum para as pessoas no meu ramo de trabalho — metade da redação parece ter dormido com outras pessoas — e volta e meia tenho dificuldade para acompanhar as últimas configurações da equipe.

Richard veste o paletó e vejo um relance de uma barriga tonificada, quando seus braços alcançam as mangas. Em seguida, ele deixa cair o cigarro e apaga o que resta dele com a sola de sua bota grande.

"Você vem?", ele pergunta.

Ele deixa o tripé para trás e caminhamos em direção à mata, nada de ficar na lama aqui. Faço o possível para evitar todas as poças, sem querer estragar meus sapatos. Não vamos muito longe. Além de alguns fotógrafos, somos a única imprensa que chegou, mas logo fica claro que nenhum de nós é bem-vindo.

"Por favor, fique atrás da faixa", diz uma mulher jovem e pequena.

Suas roupas são muito arrumadas, suas vogais são muito pronunciadas e ela me faz lembrar uma monitora escolar desiludida. Ela acena com o distintivo — um pouco tensa, penso — quando não respondemos, como se estivesse acostumada a ser confundida com uma colegial e a ter que mostrar sua identificação. Consigo ler o nome "Patel", mas nada mais, antes que ela o coloque de volta no bolso. Eu sorrio, mas ela não.

"Vamos estabelecer um cordão de isolamento mais amplo em breve. Por enquanto, peço que fiquem no estacionamento. Esta é uma cena de crime."

Fica claro que a mulher passou direto pela fila do carisma.

Posso ver as luzes que foram instaladas atrás dela, junto a um pequeno exército de pessoas vestidas com trajes forenses, algumas delas agachadas sobre algo no chão da floresta. Eles já montaram uma tenda ao redor do corpo e sei por experiência própria que não teremos outra chance de chegar tão perto de novo. Richard e eu trocamos um olhar silencioso, junto com um diálogo mudo. Ele aperta o botão de gravação da câmera e a coloca no ombro.

"Claro", digo, com um sorriso largo para acompanhar minha mentirinha.

Faço o que for necessário para entregar um trabalho. Irritar a polícia nunca é o ideal, mas às vezes é inevitável. Não gosto de queimar pontes, mas tende a existir outra — nesse caso, suspeito que mais acima.

"Vamos gravar alguns *takes* rápidos e sair do seu caminho", digo.

"Você vai sair do caminho agora e vai voltar para o estacionamento, conforme ela pediu."

Observo o homem que veio se posicionar ao lado da detetive. Parece que ele não dorme há algum tempo, que se vestiu no escuro e está usando um cachecol estilo Harry Potter no pescoço. Um Tenente Columbo moderno, sem o charme. Richard continua filmando e permaneço exatamente onde estou. Essa é uma dança familiar e todos nós conhecemos os movimentos — são os mesmos passos para qualquer notícia de última hora: conseguir o vídeo, conseguir a matéria.

"Essa trilha é uma passagem pública. Temos todo o direito de filmar aqui", digo.

É a melhor frase que consigo elaborar, uma tática para enrolar e permitir que Richard aproxime o *zoom* e faça mais alguns *closes* da cena.

O detetive dá um passo à frente e cobre a lente com a mão.

"Cuidado, meu chapa", diz Richard, dando um passo para trás. Ele aponta a câmera para o chão.

"Não sou seu *chapa*. Volte para o estacionamento ou vou mandar te prender."

O detetive olha para mim antes de voltar para a tenda.

"Estamos apenas fazendo nosso trabalho, não precisa ser um babaca", Richard diz por cima do ombro enquanto nos retirávamos.

"Conseguiu o *take*?", pergunto.

"Claro que sim. Mas não gosto que toquem na minha câmera. Deveríamos fazer uma reclamação. Pegar o nome do cara."

"Não é necessário, já consegui. O nome dele é detetive Jack Harper." Richard me encara.

"Como você sabe disso?"

Penso por um segundo antes de responder.

"Já nos encontramos antes."

É a verdade, mas não toda ela.

Dele

Terça-feira 08:45

Ver Anna me deixa nervoso, não que eu planeje contar a alguém a verdade. Repasso o encontro em minha mente, até que se torne uma repetição irritante que eu possa citar palavra por palavra e descarregar minha frustração em todos ao meu redor. Gostaria de ter lidado melhor com a situação, mas já estou tendo o pior dos piores dias, e ela não deveria estar aqui. Há uma camisa novinha em folha no meu guarda-roupa que eu poderia ter usado hoje, se soubesse que iria vê-la. Ela está pendurada lá há meses, mas ainda tem os vincos do pacote em que veio. Não sei por que a estou guardando — não vou a lugar nenhum desde que me mudei para cá — e agora ela me viu *assim*, com roupas amassadas e um casaco mais velho do que alguns dos meus colegas. Finjo não me importar, mas me importo.

O local está infestado de caminhões de externa, cinegrafistas e repórteres. Não tenho ideia de como a imprensa ficou sabendo dos detalhes tão cedo, inclusive *ela*. Não faz sentido. Mesmo que eles soubessem que um corpo foi encontrado, há várias entradas para essa mata, que se estende por quilômetros no vale e nas colinas ao redor — metade das quais nem conheço — e há um monte de estacionamentos. Portanto, não entendo como eles sabiam que deveriam vir para este. E Anna foi praticamente a primeira a chegar.

Eu a vejo conversando com Priya, longe do resto da imprensa, e resisto ao impulso de ir até lá e interromper. Ela sempre soube como fazer amigos a partir de inimigos. Só espero que a detetive Patel não seja ingênua o suficiente para confiar em uma jornalista ou dizer algo que não deva, seja em público ou não. Ela entrega algo para Anna. As duas mulheres sorriem e eu tenho que me esforçar para ver o que é: protetores azuis descartáveis para sapatos. Anna se apoia em um tronco de árvore enquanto os calça sobre seus saltos altos. Ela olha em minha direção e acena, então finjo não ver e dou as costas. Ela deve ter pedido um par emprestado para a equipe forense, para não sujar seus lindos sapatos de reportagem na lama. Inacreditável.

"Acho que sei quem ela é", comenta Priya, surgindo ao meu lado e interrompendo meu monólogo interno.

Pelo menos, espero que tenha sido interno.

Estou ciente de que comecei a falar comigo mesmo em voz alta nos últimos tempos. Já peguei pessoas me olhando na rua quando isso acontece. Na maioria das vezes, parece ocorrer quando estou muito cansado ou estressado e, como um detetive de meia-idade, vivendo com uma mulher perpetuamente infeliz e uma criança de 2 anos, estou quase sempre as duas coisas. Tento me lembrar se alguém da equipe fuma — talvez eu possa filar um cigarro, para me acalmar.

Priya está olhando para mim como se estivesse esperando algum tipo de resposta e tenho que rebobinar minha mente para lembrar o que ela disse.

"Ela é apresentadora de telejornal, deve ser por isso que você a está reconhecendo."

Minhas palavras estão com muita pressa para sair da minha boca e tropeçam em si mesmas. Pareço ainda mais mal-humorado do que estou me sentindo.

Priya — que acompanha minhas mudanças de humor como se fossem sua coisa favorita no parquinho — não vai deixar o assunto morrer.

"Eu quis dizer a vítima, chefe. Não a Anna Andrews." Ouvir alguém dizer o nome dela em voz alta me chateia pela segunda vez. Não tenho ideia da cara que estou fazendo, mas Priya parece sentir a necessidade de se defender dela. "Eu assisto ao noticiário", diz, fazendo de novo aquela coisa estranha de colocar o queixo para fora.

"É bom saber."

"Com relação à vítima, ainda não sei o nome *dela*, mas já a vi pela cidade. Você já a viu?"

Vi, senti o cheiro dela, trepei com ela...

Felizmente, Priya não faz uma pausa longa o suficiente para que eu responda.

"Ela é difícil de passar despercebida, não acha? Ou era, com seu cabelo loiro e roupas elegantes. Tenho certeza de que já a vi andando pela rua principal com um tapete de ioga. Ouvindo o resto da equipe local, pelo visto ela era daqui, nascida e criada em Blackdown. Eles acham que ela ainda morava aqui também, mas que trabalhava em Londres. Em uma instituição de caridade para sem-teto. Ninguém parece se lembrar do nome dela."

Rachel.

Ela não trabalhava apenas para uma instituição de caridade para sem-teto, ela a dirigia, mas não corrijo Priya, nem digo a ela que já sei quase tudo o que há para saber sobre a vítima. Ioga foi outra coisa na qual Rachel focou depois que seu marido focou em outra pessoa. Ela ficou um pouco obcecada com isso, indo quatro ou cinco vezes por semana, não que eu me importasse. Esse *hobby* específico trouxe benefícios para nós dois. Além de me encontrar em estacionamentos ou em hotéis ocasionais — nunca visitávamos a casa um do outro ou nos encontrávamos em público —, ela não parecia socializar muito, a menos que fosse a trabalho. Ela postava fotos de si mesma no Instagram com uma regularidade alarmante — que eu gostava de ver quando estava sozinho e pensava nela —, mas para alguém com milhares de supostos amigos *on-line*, ela possuía, surpreendentemente, poucos na vida real.

Talvez porque ela estivesse sempre trabalhando demais.

Ou talvez porque outras pessoas tivessem inveja de seu sucesso.

Por outro lado, pode ter sido porque, por baixo de seu belo exterior, ela dispunha de um lado feio. Um lado que eu preferia ignorar, mas que não podia deixar de ver.

Estabelecemos um amplo cordão de isolamento em torno dessa área específica da mata, mas é como se tivéssemos colocado uma armadilha para atrair moscas, a imprensa insiste em circular, tentando obter uma vista melhor. Já me disseram que *eu* deveria dar uma declaração para a TV e recebi uma enxurrada de telefonemas e e-mails — de pessoas que nunca ouvi falar no departamento da polícia — querendo que eu aprovasse uma frase para uma conta de rede social da polícia. Não *uso* redes sociais, exceto para espionar as mulheres com quem estou dormindo, mas ultimamente é como se os poderes constituídos acham que isso é mais importante do que o trabalho. Os parentes mais próximos ainda nem foram informados, mas, pelo visto, *eu* que preciso melhorar minhas prioridades. Meu estômago ronca tão alto que tenho certeza de que toda a equipe o ouve. Todos parecem estar olhando para mim.

"Amêndoa?", pergunta Priya, acenando com algo semelhante a um pacote de alpiste em minha direção.

"Não, obrigado. O que eu quero é um sanduíche de bacon ou um..."

"Cigarro?"

Ela tira um maço do bolso, o que é inesperado. Priya é uma daquelas vegetarianas chiques — vegana — e nunca a vi poluir seu corpo com algo mais perigoso do que um único tablete de chocolate amargo. Ela está segurando minha antiga marca favorita de cigarros em sua mão pequena e é como pegar uma freira lendo um catálogo de brinquedos sexuais da Ann Summers.

"Por que você tem isso?", pergunto.

Ela dá de ombros. "Emergências."

Me desagrado dela um pouco menos do que antes, e pego um. Parto o cigarro ao meio — um velho hábito meu que me faz pensar que esse pequeno bastonete de câncer me fará apenas metade do seu mal — e depois deixo que ela o acenda. Ela é tão pequena que tenho de me curvar e opto por ignorar o modo como suas mãos tremem enquanto ela segura um fósforo com uma e o protege do vento com a outra. Conheci ex-fumantes que dizem que o cheiro do cigarro agora os deixa enjoados. Não sou como eles. O primeiro cigarro que toca meus lábios em dois anos é simplesmente o êxtase. A euforia temporária faz com que, por acidente, um sorriso apareça em meu rosto.

"Melhor?", Priya pergunta.

Percebo que ela não pegou um.

"Sim, muito. Organize aquela coletiva de imprensa. Vamos dar aos idiotas o que eles querem e torcer para que desapareçam depois."

Ela também sorri, como se isso fosse contagioso.

"Sim, chefe."

"Não sou seu... deixa pra lá."

Vinte minutos depois, sem o meu cachecol do Harry Potter, estou no estacionamento em frente a dez ou mais câmeras. Fazia tempo que eu não tinha que fazer algo assim, desde que saí de Londres. Sinto-me fora de prática, bem como fora de forma e, de forma inconsciente, contraio meu estômago antes de começar a falar. Tento tranquilizar silenciosamente meu ego ansioso, dizendo que ninguém que conheço verá isso. Mas não sou tão bom em mentir para mim mesmo quanto sou em mentir para os outros, e esse pensamento não traz muito conforto. Lembro-me das roupas amassadas que estou vestindo. Sabia que deveria pelo menos ter feito a barba de manhã.

Limpo a garganta e estou prestes a falar quando a vejo, abrindo caminho até a frente. Os outros jornalistas parecem descontentes até se virarem e reconhecerem seu rosto. Então, eles se afastam e a deixam passar, como se a realeza dos repórteres tivesse chegado. Já passei por muitas entrevistas coletivas e declarações para tv para saber que a maioria dos talentos na tela é tratada da mesma forma que todos os outros. Mas Anna exala confiança, embora eu saiba que a pessoa por dentro não corresponde à versão que ela apresenta para o resto do mundo.

Todas as outras pessoas parecem estar vestidas em tons suaves de preto, marrom ou cinza, como se tivessem coordenado as cores de suas roupas com a cena do crime de propósito, mas não ela. Anna está usando um casaco e um vestido vermelho vivo, e me pergunto se são novos; não os reconheço. Evito olhar em sua direção, pois isso me distrai. Ninguém aqui jamais imaginaria que nos conhecemos e é do interesse de ambos manter as coisas assim.

Espero até ter toda a atenção deles e a multidão ficar em silêncio mais uma vez, então faço minha declaração pré-preparada e pré-aprovada. Os detetives não têm mais permissão para falar por si mesmos. Pelo menos, eu não tenho. Não depois da última vez.

"No início desta manhã, a polícia recebeu uma denúncia de que um corpo havia sido encontrado na floresta de Blackdown, nos arredores da cidade. Os policiais verificaram e o corpo de uma mulher foi encontrado não muito longe do estacionamento principal. A mulher ainda não foi oficialmente identificada e a causa da morte, até esse momento, permanece desconhecida. A área está isolada enquanto as investigações continuam. Não haverá mais declarações deste local e não responderei a nenhuma pergunta neste momento."

Também gostaria de aproveitar esta oportunidade para lembrá-los de que esta é uma cena de crime e não um episódio de uma série de detetives qualquer que vocês estejam assistindo na Netflix.

Não digo a última frase. Pelo menos espero não ter dito. Começo a me afastar — não estamos, de forma intencional, compartilhando muito com a imprensa ou com o público nessa fase — mas então *a* ouço. Sempre gostei de ouvir a maneira como as pessoas falam, isso pode nos dizer muito sobre elas. Não me refiro apenas aos sotaques, mas a tudo: o tom, o volume, a velocidade, bem como o idioma. As palavras que elas escolhem usar, como, quando e por que as dizem. Os silêncios entre as frases, que podem ser igualmente altos. A voz de uma pessoa é como uma onda — algumas simplesmente passam por cima de você, enquanto outras têm o poder de te derrubar e arrastar para um oceano de dúvidas. O som de sua voz me faz sentir como se estivesse me afogando.

Anna claramente não ouviu a parte sobre não fazer perguntas. Ou, conhecendo-a, preferiu ignorá-la.

"É verdade que a vítima era uma mulher local?" Nem sequer me viro para encará-la.

"Sem comentários."

"Você disse que a causa da morte estava sendo tratada como desconhecida, mas pode confirmar que se trata de uma investigação de homicídio?"

Estou ciente de que as câmeras ainda estão gravando, mas começo a me afastar. Anna não é uma mulher que gosta de ser ignorada. Quando não obtém uma resposta para sua última pergunta, ela faz outra.

"É verdade que a vítima foi encontrada com um objeto estranho dentro da boca?"

Só agora eu paro. Viro-me devagar para encará-la, uma centena de perguntas colidindo em minha mente enquanto observo os olhos verdes que parecem sorrir. As duas únicas pessoas que sabem que algo foi encontrado dentro da boca da vítima são a detetive Patel e eu. Não contei a mais ninguém ainda, de propósito — é o tipo de coisa que vaza antes que eu queira — e Priya está tão calada quanto uma ostra. O que me deixa com mais uma pergunta que não consigo responder: como Anna sabia?

Dela
Terça-feira 09:00

Ignoro os olhares dos outros jornalistas e volto correndo para o meu carro. Esqueci como é ficar no frio por horas e me arrependo de não ter usado mais camadas de roupas. Ainda assim, pelo menos estou bonita. Melhor do que Jack Harper, com certeza. Assim que entro no miniconversível, ligo o motor e coloco o ar quente no talo para tentar me aquecer. Quero dar um telefonema sem que o mundo inteiro esteja ouvindo, então pedi ao Richard para tirar algumas fotos extras.

É estranho imaginar a equipe do *One O'Clock News* sentada na sala de redação sem mim, tudo acontecendo na normalidade, como se eu nunca tivesse estado lá. Acho que posso persuadir o Controlador Magricela a me deixar ir ao ar com o que já consegui. Assim, pelo menos isso não terá sido uma completa perda de tempo. Acho que é melhor ir direto ao topo para obter uma resposta; o editor do programa de hoje sofre de indecisão crônica.

Por fim, depois de ouvir o telefone tocar por mais tempo do que deveria ao ligar para uma redação de uma emissora, alguém atende.

"*One O'Clock News*", ela diz. O som da voz aveludada de Cat Jones faz com que a minha falhe.

Eu a imagino sentada no que, ainda ontem, era minha cadeira. Atendendo ao meu telefone. Trabalhando com minha equipe. Fecho os olhos e consigo ver seus cabelos ruivos e seu sorriso branco. A imagem não me deixa enjoada, mas sim com sede. Meus dedos vêm em socorro e, de forma automática, procuram em minha bolsa uma miniatura de uísque. Eu a abro, torço a tampa de rosca com minha única mão livre — tenho prática — e abro a garrafa.

"Alô?", diz a voz do outro lado, em um tom parecido com o tom educado que as pessoas usam antes de desligar quando ninguém responde. Minha resposta fica presa na garganta, como se minha boca tivesse esquecido como formar palavras.

"É a Anna", consigo responder, aliviada por ainda conseguir me lembrar de meu próprio nome.

"Anna...?"

"Andrews."

"Oh, Deus, me desculpe, *mesmo*. Não reconheci sua voz. Você quer falar com..."

"Sim. Por favor."

"Claro. Deixe-me colocá-la em espera e ver se consigo a atenção dele."

Ouço um clique antes que a conhecida música de contagem regressiva da BBC News comece. Sempre gostei dela, mas nesse momento é bem irritante. Olho para fora da janela e vejo o restante da imprensa que ainda está por perto. Alguns dos rostos são familiares e todos pareciam genuinamente felizes em me ver, o que foi bom. Lembro-me de que alguns deles apertaram minha mão e pego minha bolsa de novo, dessa vez em busca de um lenço antibacteriano para os dedos. Estou prestes a desligar — cansada de ficar na espera — quando o som de berros na redação substitui a música.

"Alguém mais pode tentar atender os malditos telefones? *Séuio*, não é difícil e não vai causar *feuimentos uepetitivos* no cérebro, pois nenhum de vocês faz isso com muita *fuequência*. Sim, quem é?" O Controlador Magricela estala no meu ouvido.

Apesar do cargo e da arrogância, ele é um homem que quase nunca tem qualquer coisa sob controle. Incluindo seu problema de fala. Sempre suspeitei que a redação fosse alérgica à sua autoridade imaginária e o coro de telefones que ainda tocam sem resposta ao fundo reforça a teoria.

"É a Anna", digo.

"Anna...?"

Resisto à vontade de gritar; esquecer de mim é obviamente contagioso.

"Andrews", respondo.

"Anna! Desculpa, está um caos aqui esta manhã. Como posso ajudar?"

É uma boa pergunta. Ontem estava apresentando o programa, agora é como se eu estivesse ligando para implorar para aparecer nele por um ou dois minutos.

"Estou na cena de um assassinato em Blackdown..."

"É um assassinato? Espere..." Sua voz muda de novo e percebo que ele está falando com outra pessoa. "Eu disse não a uma *uepórter* política *pueuil* de quem nunca ouvi falar na *históuia* da PM, é a maldita pista. Bem, diga à editora de Westminster para tirar a cabeça do traseiro de Downing Street por cinco minutos... Não me interessa o que eles estão fazendo para outros veículos, eu quero um correspondente *maduuo* no meu jornal, então me arranje um. O que você estava dizendo?"

Demoro um pouco para perceber que ele está falando comigo de novo. Estou muito ocupada imaginando-o em uma briga física e não verbal, com a editora de Westminster, que mede 1,80m. Ela acabaria com ele.

"O assassinato para o qual você me mandou...", insisto.

"Achei que você *puefeuiuia* estar lá do que aqui, dado o que aconteceu esta manhã. Dei uma olhada nas notícias depois da *declauação* da polícia. Mas todas diziam que a causa é desconhecida..."

"É tudo o que a polícia está dizendo no momento, mas sei que há mais do que isso."

"Como você sabe?"

É uma pergunta difícil de responder.

"Apenas sei", digo, e minha resposta soa tão fraca quanto me sinto.

"Bem, me liga de volta quando tiver alguma coisa *guavada* e verei se conseguimos encaixar você."

Me encaixar?

"Vai ser uma pauta importante", digo, sem querer desistir ainda. "Seria bom colocá-la no ar antes de qualquer outra pessoa."

"Me *peudoe*, Anna. O último tuíte de Trump está quebrando a internet e já é um dia de notícias movimentado ao *extuemo*. Acho que esse corpo na *flouesta* pode ser apenas uma notícia local e não tenho *houáuio*. Liga se isso mudar, tá bom? Tenho que ir."

"Não é uma..."

Não me dou ao trabalho de terminar a frase, porque ele já desligou. Desapareço em meus pensamentos mais sombrios por um tempo. É como se fosse Halloween todo dia nessa carreira — adultos usando máscaras assustadoras, fingindo ser algo que não são.

Alguém bate na minha janela, e dou um pulo. Olho para cima, esperando ver Richard do lado de fora do meu carro, mas é Jack — e ele está fazendo sua melhor cara de detetive descontente. Ele parece tão irritado comigo quanto na última vez em que nos vimos. Saio para me juntar a ele e sorrio quando Jack olha por cima do ombro para verificar se alguém está nos observando. Ele sempre foi um pouco paranoico. Agora está tão perto que posso sentir o ranço de fumaça em seu hálito. O que me surpreende, pois pensei que ele tivesse parado.

"Que porra é essa que você está fazendo?", ele pergunta.

"Meu trabalho. É bom ver você também."

"Desde quando a bbc envia um apresentador para uma pauta como essa?"

Sempre digo a mim mesmo que não me importo com o que esse homem pensa de mim, mas ainda não quero dizer a ele que não apresento mais o programa. Não quero contar a ninguém.

"É complicado", digo.

"As coisas são sempre complicadas com você. O que você sabe e por que fez aquela última pergunta depois da coletiva?"

"Por que você não respondeu?"

"Não brinca comigo, Anna. Não estou de bom humor."

"Você nunca foi uma pessoa das manhãs."

"Estou falando sério. Por que você perguntou isso?"

"Então é verdade? Havia algo dentro da boca da vítima?"

"Me diga o que você acha que sabe."

"Você sabe que não posso fazer isso. Sempre protejo minhas fontes."

Ele se aproxima um pouco mais; um pouco demais.

"Se você fizer qualquer coisa que ponha em risco esta investigação, vou tratá-la da mesma forma que trataria qualquer outra pessoa. Esta é uma cena de assassinato, não é Downing Street ou o tapete vermelho de uma estreia de filme."

"Então, *é* um assassinato."

Suas bochechas ficam vermelhas quando ele percebe seu próprio erro.

"Uma mulher que nós dois conhecemos morreu, mostre algum respeito", ele sussurra.

"Uma mulher que nós dois conhecemos?"

Ele me encara como se achasse que eu já soubesse.

"Quem?", pergunto.

"Não importa."

"Quem?", pergunto de novo.

"Não acho que seja uma boa ideia você cobrir essa pauta."

"Por quê? Você acabou de dizer que era alguém que nós dois conhecíamos, então talvez *você* não devesse estar investigando."

"Preciso ir."

"Claro. Fuja como você sempre faz."

Ele começa a ir embora, mas depois se vira e se aproxima tanto que seu rosto fica bem na frente do meu.

"Você não precisa se comportar como uma vaca toda vez que nos vemos. Isso não combina com você."

As palavras doem um pouco. Mais do que eu gostaria de admitir, até para mim mesma.

Ele se afasta e mantenho um sorriso em meu rosto até que ele esteja completamente fora de vista. Então, algo estranho e inesperado acontece: eu choro. Odeio a maneira como ele ainda consegue me atingir e me detesto por ter permitido.

O som do carro estacionado ao lado do meu sendo destravado de longe me assusta.

"Desculpa interromper."

Richard abre o porta-malas, colocando sua câmera dentro dele com cuidado. Limpo os olhos com as costas da mão e grumos úmidos de rímel mancham meus dedos.

"Você está bem?", questiona ele. Concordo com a cabeça, e ele interpreta com sucesso meu silêncio como um sinal de que não quero falar sobre isso. "Precisamos fazer uma matéria para a hora do almoço? Se sim, eu preciso..."

"Não, eles não querem nada a menos que a pauta se desenvolva", digo.

"Certo. Então, de volta a Londres?"

"Ainda não. Há mais nessa história, eu sei disso. Há algumas pessoas na cidade com quem quero falar, por conta própria; sua câmera só vai assustá-las. Vou levar meu carro. Há um bom pub no final da rua chamado The White Hart, que serve um ótimo café da manhã o dia todo. Por que não o encontro lá um pouco mais tarde?"

"Tá bem", ele responde devagar, como se estivesse ganhando tempo enquanto escolhe suas próximas palavras. "Sei que você disse que já havia conhecido o detetive antes. Já teve alguma coisa entre vocês?"

"Por quê? Você está com ciúmes?"

"Estou certo?"

"Bem, você não está errado. Jack é meu ex-marido."

Dele

Terça-feira 09:30

Minha ex-esposa sabe mais do que está deixando transparecer.

Não entendo como, mas vivi com essa mulher por quinze anos, fui casado com ela por dez deles e ainda assim sempre tive dificuldade para distinguir entre as verdades e as mentiras dela. Algumas pessoas constroem muros invisíveis ao redor de si mesmas em nome da autopreservação. Os dela eram sempre altos, sólidos e impenetráveis. Eu sabia que tínhamos problemas muito antes de fazer qualquer coisa a respeito. A verdade em meu trabalho é tudo, mas a verdade em minha vida pessoal às vezes parece uma luz brilhante da qual preciso me afastar.

Ninguém aqui sabe que fui casado com Anna Andrews. Assim como espero que ninguém com quem ela trabalha saiba sobre mim. Anna sempre foi muito reservada, um mal que herdou da mãe. Não que haja algo de errado nisso. "Não pergunte, não conte" também funciona para mim quando se trata de minha vida fora do trabalho.

Como muitas pessoas que estão em um relacionamento há muito tempo, dizíamos "eu te amo" com regularidade. Não me lembro exatamente por que ou quando isso começou a perder o significado, mas essas três palavrinhas se transformaram em três mentiras. Elas se tornaram mais um substituto para "tchau", se um de nós estivesse saindo de casa, ou "boa noite", quando estávamos indo dormir. Depois de um tempo, deixamos de lado o "eu", "te amo" parecia suficiente, e por que desperdiçar três palavras quando você poderia expressar o mesmo sentimento vazio com duas? Mas não era a mesma coisa. Era como se tivéssemos esquecido o que as palavras deveriam significar. Meu estômago ronca alto e me lembro de como estou com fome.

Quando era criança, minha mãe não nos deixava comer entre as refeições e os doces eram banidos de casa. Ela trabalhava como recepcionista no dentista local e levava cáries muito a sério. Todas as outras crianças levavam lanches para a escola — batatas fritas, barras de chocolate, biscoitos — e eu recebia uma maçã ou, em ocasiões especiais, uma pequena caixa vermelha de uvas passas Sun-Maid. Lembro-me da raiva que sentia sempre que as encontrava em minha lancheira — a caixa dizia que as passas vinham da Califórnia e me dei conta que até mesmo as frutas secas tinham uma existência mais interessante do que a minha aos 8 anos de idade. O máximo que eu podia esperar era uma maçã verde Golden Delicious, o que era uma descrição enganosa porque, na minha opinião, essas maçãs não eram nem douradas, nem deliciosas.

A única vez que provei chocolate quando criança foi quando minha avó veio me visitar. Era nosso pequeno segredo e tinha gosto de promessa. Nada que me lembre da minha infância me deu mais prazer do que aqueles pequenos quadrados marrons de chocolate ao leite Cadbury derretendo na minha língua.

Agora como uma barra de chocolate todos os dias. Às vezes, duas, se as coisas estiverem ruins no trabalho. Não importa qual eu compre ou quanto custe, o gosto nunca é tão bom quanto o das barras de chocolate baratas que minha avó costumava trazer. Nem mesmo elas têm o mesmo sabor. Acho que quando finalmente conseguimos o que achamos que queremos, isso perde seu valor. É o segredo que ninguém compartilha, porque se compartilhassem, todos nós pararíamos de tentar.

Anna e eu conseguimos o que achávamos que queríamos.

Não foi um suprimento interminável de barras de chocolate ou uma ilha particular ao sol. Primeiro foi um apartamento, depois um carro, depois um trabalho, depois uma casa, depois um casamento, depois um bebê. Seguimos os mesmos caminhos seguros que as gerações mais velhas haviam traçado para nós, esmagados na estabilidade por tantos passos anteriores que só nos restava segui-los. Tínhamos tanta certeza de que estávamos indo na direção certa que deixamos nossa própria trilha para ajudar futuros casais a encontrar a deles. Mas não descobrimos um pote de felicidade dourada no final do arco-íris do rito de passagem. Quando finalmente chegamos onde achávamos que queríamos estar, percebemos que não havia nada lá.

Acho que é a mesma coisa para todo mundo, mas, como espécie, somos pré-programados para fingir que estamos felizes quando achamos que deveríamos estar. É o que esperam de nós.

Você compra o carro que sempre quis, mas daqui a alguns anos quer um novo. Você compra a casa dos seus sonhos, mas depois decide que seus sonhos não eram grandes o suficiente. Você se casa com a mulher que ama, mas depois se esquece do motivo. Você tem um bebê porque esse é o próximo item da sua lista de coisas a fazer. É o que todo mundo faz, então talvez isso conserte o que você finge que não está quebrado. Talvez uma criança o faça feliz.

E ela nos fez por um tempo, nossa filha.

Éramos uma família e a sensação era diferente. Amá-la parecia nos lembrar de como amar uns aos outros. De alguma forma, havíamos criado o ser vivo mais bonito que meus olhos já tinham visto e eu sempre olhava maravilhado para o nosso bebê, impressionado como duas pessoas imperfeitas puderam, de alguma forma, gerar uma criança tão perfeita. Nossa garotinha nos salvou de nós mesmos por um curto período, mas depois ela se foi.

Perdemos uma filha e eu perdi minha esposa.

A verdade é que a vida nos destruiu e, quando enfim reconhecemos que não sabíamos como consertar um ao outro, paramos de tentar.

• • •

"O corpo foi movido, senhor", diz Priya.

Não sei há quanto tempo estou do lado de fora da tenda, em um mundo só meu. Mesmo que ninguém mais descubra sobre a noite passada, não consigo deixar de me preocupar que, de alguma forma, Anna saiba de algo. Ela sempre conseguiu enxergar através de minhas mentiras.

Nós dois fugimos do que aconteceu. Ela se escondeu em seu trabalho e eu voltei para cá — para um lugar onde eu sabia que ela não me seguiria — não porque eu quisesse, mas porque não conseguia mais suportar a maneira como ela me olhava. Na verdade, Anna nunca me culpou pelo que aconteceu, pelo menos não em voz alta. Mas seus olhos diziam tudo o que ela não dizia. Cheios até a borda, transbordando de mágoa e ódio.

"Senhor?", Priya chama.

"Certo, bom trabalho".

Eu havia pedido intencionalmente à equipe que retirasse o corpo do local enquanto dava a entrevista coletiva. Há coisas que nunca devem ser capturadas pela câmera.

Priya ainda está esperando ao meu lado, não sei bem para quê. Quando não falo, ela volta a falar, e me pego olhando para ela em vez de ouvir. Ela sempre tem a mesma aparência para mim: rabo de cavalo, os velhos grampos de cabelo prendendo os fios soltos no rosto, óculos, sapatos brilhantes de amarrar e blusas engomadas, ou seja lá como se chama quando uma mulher usa camisa. É como se ela fosse um catálogo ambulante da Marks & Spencer, um cordeiro vestido de carneiro. Não é como minha ex-mulher, que é sempre tão estilosa. Anna está ainda mais bonita agora do que quando estávamos juntos, ao contrário de mim.

Acho que talvez a solidão a agrade. Notei que ela perdeu um pouco de peso, não que eu tenha me importado. Ela nunca foi *grande*, mesmo quando achava que era. Ela costumava dizer que usava tamanho 41 — sempre em algum lugar entre o 40 e o 42. Só Deus sabe o tamanho dela agora... um 38, talvez. A solidão pode encolher uma pessoa em mais de um aspecto. A menos que ela não seja solitária.

Eu sempre me perguntava sobre os cinegrafistas com quem Anna viajava. Às vezes, ela ficava fora por dias seguidos, hospedada em hotéis, cobrindo qualquer pauta em que tivesse sido escalada como correspondente.

Seu trabalho sempre vinha em primeiro lugar. Então, aconteceu o que aconteceu. Anna estava arrasada, nós dois estávamos. Mas quando ela tirou a sorte grande e começou a apresentar, as coisas melhoraram entre nós por um tempo. Ela trabalhava em horários mais regulares e passávamos mais tempo juntos do que antes. Mas algo estava faltando. Alguém. Parecia que nunca conseguíamos encontrar o caminho de volta um para o outro.

Foi a Anna quem pediu o divórcio. Eu não achava que tinha o direito de discutir. Sabia que ela ainda me culpava pela morte de nossa filha e que sempre me culparia.

"Não entendo como ela sabia."

"Desculpe, senhor?", Priya pergunta e percebo que disse as palavras em voz alta sem querer.

"O objeto dentro da boca da vítima. Não entendo como Anna poderia saber dele."

Os olhos da detetive Patel parecem ainda maiores do que o normal por trás de seus óculos de tartaruga e me lembro de tê-la visto conversando com Anna antes da coletiva de imprensa.

"Por favor, me diga que você não contou a uma jornalista o que eu te disse especificamente para não contar?"

"Me perdoa, senhor", ela diz, como uma criança. "Não foi minha intenção. Meio que só escapou. Foi como se ela já soubesse."

Não culpo a Priya, não mesmo. Anna sempre encontrou as perguntas certas a serem feitas para obter as respostas certas. Mas isso ainda não explica por que ela está aqui de fato.

Começo a caminhar de volta para o estacionamento. Priya quase corre ao meu lado, tentando me acompanhar. Ela ainda está se desculpando, mas devaneio de novo. Estou muito ocupado observando Anna conversar com o cinegrafista e não gosto do modo como ele olha para ela. Conheço homens como ele, já fui um deles. Ela entra no miniconversível vermelho que comprou após o divórcio — é provável que seja porque sabia que eu o odiaria — e fico surpreso ao ver que parece que está indo embora. Nunca soube de uma pauta que ela tenha desistido com facilidade, nem de qualquer outra coisa. O que me faz pensar para onde ela está indo.

Ando um pouco mais rápido em direção ao meu próprio carro.

"Você está bem?", pergunta a detetive Patel, ainda atrás de mim.

"Estaria muito melhor se as outras pessoas fizessem seu trabalho direito."

"Desculpa, chefe."

"Pelo amor de Deus, *não* sou seu maldito chefe."

Procuro minhas chaves nos bolsos enquanto o miniconversível some em direção à saída do estacionamento. Priya me encara em silêncio, para variar, com um tom de desafio nos olhos que acho que nunca vi antes. Por um momento, fico preocupado que até ela saiba mais do que deveria.

"Sim, senhor", diz ela naquele tom que me faz sentir velho e horrível ao mesmo tempo.

"Me desculpa, não tive a intenção de descontar em você. Só estou cansado. A criança me deixou acordado metade da noite", minto.

Agora moro com uma mulher e uma criança diferentes, mas, ao contrário de mim, a criança nunca tem problemas para dormir. Priya assente com a cabeça, mas ainda parece não estar convencida. Entro no carro antes que ela tenha tempo de perguntar para onde estou indo, torcendo que a droga do carro funcione quando dou a partida.

Não sei o que estou fazendo nem por que estou fazendo isso. Instinto, suponho; é assim que justificarei isso para mim mesmo mais tarde. Não tenho o hábito de seguir minha ex-mulher, mas algo me diz que devo fazê-lo nesta ocasião. Mais do que isso, parece que devo.

Sempre há perguntas sem respostas quando se trata de Anna.

Por que ela, de fato, está aqui? Será que ela já sabe quem é a vítima? Como ela sabia a localização exata da cena do crime antes de contarmos para a imprensa? Ela sente minha falta? Será que ela me amava de verdade?

A pergunta sobre nossa filhinha é sempre a mais forte.

Por que ela teve que morrer?

Há tantas perguntas sem resposta que me mantêm alerta à noite. A insônia se tornou um hábito ruim que não consigo abandonar. Todos os dias parecem começar ao contrário — o cansaço ao acordar e ir para a cama com a sensação de estar alerta demais. Não é a culpa por ter matado Rachel — começou muito antes disso, e nada que eu faça ajuda. Os remédios para dormir que o médico me deu são uma perda de tempo e tenho dores de cabeça terríveis se os tomo com álcool, o que, óbvio, é difícil não fazer. O vinho é sempre a muleta mais confiável quando acho que vou cair.

Faço tudo para evitar os médicos, se possível. Os hospitais são lugares imundos e nenhuma quantidade de sanitizante ou lavagem de mãos parece remover o cheiro de doença e morte da minha pele depois de visitar um deles. Os estabelecimentos médicos estão forrados de germes e julgamentos, e acho que as pessoas que trabalham ali sempre fazem as mesmas perguntas, então sempre dou as mesmas respostas: não, nunca fumei e sim, bebo, mas com moderação.

Não conheço nenhuma lei que diga que você tem que contar a verdade ao seu médico. Além disso, mentiras contadas com frequência podem começar a soar como verdades.

Minha mente tende a divagar mais quando estou no carro, mas isso não é novidade, sempre tive propensão ao devaneio. Não que eu seja um perigo para mim ou para os outros nesse aspecto. Dirijo com precaução, mas, às vezes, dirijo no piloto automático, só isso. De qualquer forma, as estradas estão quase sempre vazias por aqui. Será que agora isso vai mudar? No início, é claro que vai — a polícia, o circo da mídia —, mas imagino o que acontecerá depois. Quando o show terminar e toda a... bagunça for varrida. É certo que a vida voltará ao normal para a maioria dos habitantes locais. Não para os afetados de forma direta, óbvio, mas o luto é sempre mais agudo no ponto de impacto. Me pergunto se os ônibus cheios de turistas ainda virão excursionar nos meses de verão? Não seria ruim se não vierem, na minha opinião. A popularidade pode estragar um lugar, assim como pode estragar uma pessoa.

Não me preocupo com minha falta de remorso, mas questiono o que isso significa. Me pergunto se sou, em essência, uma pessoa diferente daquela que eu era antes de matá-la. As pessoas ainda parecem me olhar da mesma forma que me olhavam ontem e, quando me olho no espelho, não consigo ver nenhuma mudança óbvia.

Mas talvez isso se deva ao fato de não ter sido minha primeira vez.

Eu já havia matado antes.

Enterro a lembrança do que fiz naquela noite porque ainda dói muito, mesmo agora. Uma decisão errada resultou em duas vidas arruinadas, mas ninguém jamais soube o que de fato aconteceu. Nunca contei a ninguém. Tenho certeza de que muitas pessoas poderiam entender meus motivos para matar Rachel Hopkins se soubessem a verdade sobre ela — algumas poderiam até me agradecer —, mas ninguém jamais entenderia por que matei alguém que eu amava tanto.

E nunca vão entender por que eu nunca lhes contarei.

Dela
Terça 10:00

Há muitas coisas que nunca conto às pessoas sobre mim.

Até demais.

Tenho meus motivos.

Está chovendo de novo, tão forte que é quase impossível enxergar a estrada à frente. Pesadas e furiosas, as gotas de água batem incansáveis no para-brisa, antes de escorrerem pelo vidro como lágrimas. Continuo dirigindo até sentir que há distância suficiente entre mim e a cena do crime, bem como entre mim e meu ex-marido, e então paro em um recuo do acostamento e me sento ali por um momento, paralisada pela visão e pelo som dos limpadores de para-brisa:

Vai e volta. Vai e volta. Vai e volta.

Caia fora. Caia fora. Caia fora.

Verifico à frente e depois atrás no espelho retrovisor. Quando me dou conta de que a estrada está vazia, viro outro uísque em miniatura. Ele queima minha garganta e me satisfaz. Aprecio o sabor e a dor o máximo que posso, depois jogo a garrafa vazia na minha bolsa. O som dela tilintando com as outras me faz lembrar do sino dos ventos que costumava ficar pendurado do lado de fora do quarto da minha filha. O álcool não me faz sentir melhor; ele apenas impede que eu me sinta pior. Chupo uma pastilha de hortelã, sopro no bafômetro e, quando minha rotina de autodestruição e autopreservação está completa, sigo em frente.

No caminho de volta à cidade, passo pela escola que frequentava. Vejo algumas meninas do lado de fora, usando o uniforme da St. Hilary's que me é familiar e sempre detestei tanto: azul-royal com uma faixa amarela. Elas não devem ter mais de 15 anos e parecem tão jovens para mim agora, embora me lembre com clareza como eu *achava* que era velha na idade delas. É engraçado como muitas vezes a vida parece funcionar ao contrário. Éramos crianças disfarçadas de adultos e agora somos adultos agindo como crianças.

Sinto-me um pouco enjoada quando paro em frente à casa, mas não é por causa da bebida. Estaciono o mini um pouco mais adiante na rua para não ser vista; não sei bem por quê. Ela vai acabar sabendo que estou aqui. A culpa pelo tempo que passou desde que visitei esse lugar parece me prender dentro do carro. Tento me lembrar quando foi a exata última vez que nos vimos... mais de seis meses desta vez, acho.

Nem sequer fui visitá-la no último Natal. Não porque tivesse outros planos — Jack e eu estávamos divorciados naquela época e ele já estava morando com outra pessoa — mas porque senti que não podia. Precisava ficar sozinha. Então, depois de uma tarde como voluntária em um sopão na véspera de Natal, passei três dias trancada em meu apartamento, sem nada além de garrafas de vinho e comprimidos para dormir como companhia.

Quando acordei no dia 28 de dezembro, não me sentia melhor, mas me senti capaz de seguir em frente. O que era bom e o melhor cenário possível. Havia um plano B se eu não conseguisse me sentir diferente em relação ao futuro, mas descartei essa opção e estou feliz. O Natal costumava ser minha época do ano preferida, mas agora é algo que precisa ser suportado, não comemorado. E a única maneira que sei fazer isso é sozinha.

Às vezes, é como se eu vivesse logo abaixo da superfície e todos os outros estão acima. Quando tento ser, soar e agir como eles por muito tempo, parece que não consigo respirar. Como se até meus pulmões tivessem sido formados de um jeito diferente e eu não fosse capaz, ou não fosse boa o suficiente, para inalar o mesmo ar que as pessoas que conheço.

Tranco o carro e olho a velha rua conhecida de cima a baixo. Nada mudou muito. Há um bangalô que se transformou em uma casa e um jardim que se tornou uma entrada de garagem um pouco mais adiante na rua, mas, fora isso, tudo parece exatamente como antes. Como sempre foi. Como se talvez os últimos vinte anos fossem uma mentira, um produto de minha imaginação cansada. A verdade é que sinto que estou cambaleando à beira da loucura há algum tempo, mas ainda não cruzei totalmente a fronteira.

Meus pés travam na última casa da rua e levo um tempo para olhar para cima, como se tivesse medo de fazer contato visual. Quando me viro para olhar a velha casa de campo vitoriana, ela tem o mesmo aspecto de sempre. Exceto pela pintura descascada nas molduras das janelas e pela porta da frente envelhecida. A aparência antiga do lugar é nova para mim. O jardim é o que mais me choca: uma selva coberta de grama não aparada e urze. As duas fileiras de arbustos de lavanda em ambos os lados do caminho também foram negligenciadas, os caules tortos e lígneos se estendem como dedos retorcidos por artrite, como se quisessem impedir que alguém entrasse.

Ou saísse.

Olho para o portão do jardim e vejo que ele está quebrado e pendurado pelas dobradiças. Levanto-o para um lado e me dirijo à porta da frente, hesitando antes de tocar a campainha. Não precisava ter me incomodado. Não funciona, então bato na porta. Três vezes, como ela me ensinou todos aqueles anos atrás, para que soubesse que era eu. Por muito tempo, ela não deixou mais ninguém entrar na casa.

Quando ninguém responde, olho para o tapete de boas-vindas desbotado e vejo que ele está de cabeça para baixo. É como se ele não fosse para os visitantes, mas sim para recebê-la no mundo real, caso ela decida sair e se juntar a ele. Em silêncio, eu me repreendo e tento colocar os pensamentos desagradáveis para dormir, cobrindo-os com toda firmeza possível. Então, vejo o que estava procurando: um vaso de flores de terracota rachado na soleira da porta. Levanto-o e fico um pouco surpresa que ela ainda deixe uma chave escondida embaixo dele.

Entro.

Dele

Terça 10:05

Eu a perdi na segunda rotatória — ela sempre dirigiu mais rápido do que deveria — mas isso não importava. Naquele momento, já havia adivinhado aonde ela estava indo. Vou ser sincero, fiquei surpreso depois de todo esse tempo. Assim que vi o carro dela na rua, confirmando minhas suspeitas, parei um pouco mais adiante, desliguei o motor e esperei.

Sou bom em esperar.

Anna está diferente em relação ao início da manhã. Continua linda, com seu cabelo castanho brilhante, grandes olhos verdes e casaquinho vermelho, mas está menor. Como se este lugar tivesse o poder de agir fisicamente sobre ela. Ela parece mais frágil, fácil de romper.

Minha ex nunca gostou de voltar aqui, mesmo antes da morte de nossa filha, não que ela jamais falasse sobre isso ou explicasse o motivo. Depois do que aconteceu, ela parou de ir a qualquer lugar, exceto à redação. Até mesmo fazer compras era algo que ela só fazia *on-line*, de modo que era raro que saísse do apartamento, exceto para o trabalho.

Ela não suportava nem mesmo dizer o nome de nossa filha e ficava furiosa se eu o dissesse, tapando os ouvidos como se o som da palavra a ofendesse. Há coisas que aconteceram em minha vida — erros que cometi, pessoas que magoei — que parecem ter sido quase completamente apagadas de minha mente. É como se as lembranças fossem dolorosas

demais para serem mantidas e precisassem ser apagadas. Mas, apesar
da minha culpa, minha filha não é uma delas. Às vezes, ainda sussurro
seu nome em minha cabeça. Ao contrário de Anna, não quero esquecer. Não mereço.

Charlotte. Charlotte. Charlotte.

Ela era tão pequena e tão perfeita. E então ela partiu.

Quando você descobre que é alérgico a alguma coisa, a coisa lógica a fazer é evitá-la. E foi isso que Anna fez com sua dor. Ela se
mantinha ocupada no trabalho em público e, em particular, passava
o tempo todo se escondendo em casa, tentando se proteger das erup-
ções de medo que ver outras pessoas lhe causava. Ela aprendeu a esconder sua ansiedade dos outros, mas sei que a preocupação mantém
o mundo dela girando.

Meu estômago começa a roncar e percebo que ainda não comi nada
hoje. Em geral, guardo alguns docinhos no carro. Se minha falecida mãe
soubesse, tenho certeza de que ela me assombraria com uma escova de
dentes fantasmagórica. Abro o porta-luvas, mas em vez da barra de chocolate ou dos biscoitos esquecidos que esperava encontrar, vejo uma
calcinha preta rendada. Imagino que ela deve ter pertencido à Rachel —
mulheres tirando a roupa no meu carro não é uma ocorrência comum
— embora eu não tenha ideia de como ela foi parar ali.

Tiro a mão do porta-luvas e vejo alguns Tic Tacs. Eles me fazem
lembrar da Anna — ela sempre tinha caixinhas de balas de menta — e,
embora não satisfaçam muito minha fome, são melhores do que nada.
Sacudo a pequena caixa de plástico, abro a tampa e tiro alguns. Mas as
formas brancas não são balas de menta. Olho para os grossos pedaços
de unha na palma da minha mão e penso que vou vomitar.

A porta de um carro bate no final da rua. Jogo as roupas íntimas e a
caixa de Tic Tac de volta no porta-luvas, fechando-o segundos depois,
como um reflexo nervoso. Como se, se não posso vê-los, eles nunca es-
tiveram de fato lá.

Alguém sabe que eu estava com Rachel ontem à noite e agora está
tentando foder comigo.

Não consigo pensar em outra explicação, mas quem?

Olho através da janela do carro e observo cada movimento de Anna. Ela demorou a sair do carro, apesar de sua pressa em chegar aqui. Não consigo deixar de pensar que é porque ela tem medo do que pode encontrar atrás das portas fechadas. Simpatizo com isso, pois ela tem razão.

Sei o que a espera dentro daquela casa, porque vou lá o tempo todo. Até mandei fazer minha própria chave.

Não que alguém soubesse.

Dela

Terça 10:10

Eu deveria saber que seria assim.

Há uma pilha de correspondências não abertas atrás da porta, o que dificulta a abri-la. Fecho-a atrás de mim assim que consigo passar pela fresta, mas descubro que faz tanto frio dentro da casa quanto na rua. Meus olhos tentam se ajustar à escuridão — é difícil enxergar —, mas percebo de imediato o cheiro. É como se algo tivesse morrido aqui dentro.

"Olá?", chamo, mas não há resposta.

Ouço os murmúrios familiares de uma televisão nos fundos da casa e não sei se fico feliz ou triste. As cortinas romanas estão todas abaixadas, com apenas um pouco do sol de inverno tentando iluminar suas bordas de algodão envelhecido. Lembro-me de que todas elas foram feitas em casa, há mais de vinte anos. Tento ligar o interruptor de luz, mas nada acontece e, quando olho para cima na escuridão, vejo que não há lâmpada.

"Olá?", chamo de novo.

Quando ninguém responde pela segunda vez, puxo a corda da persiana para levantá-la um pouco e sou envolvida por uma nuvem de poeira, um milhão de partículas minúsculas dançando no feixe de luz que inunda a sala. Viro-me para ver que o que antes era uma sala de estar aconchegante agora está vazia, exceto por caixas de papelão. Muitas. Algumas estão empilhadas em uma altura precária e inclinadas para um lado, como que prestes tombar. Cada uma foi etiquetada com o que parece ser uma caneta preta de ponta de feltro grossa, e meus olhos são atraídos para a caixa no canto mais distante que diz COISAS DA ANNA.

Vir aqui dá sempre a sensação de que algo está errado, mas acho que nada disso está certo.

Não faz sentido nenhum — minha mãe preferiria morrer nesta casa a deixá-la — é algo que costumávamos discutir com frequência antes de pararmos de nos falar. Minhas mãos começam a tremer, exatamente como faziam quando eu morava aqui. Não que isso fosse culpa *dela*, ela nem mesmo sabia. Eu era uma versão diferente de mim mesma naquela época, uma versão que duvido que muitas pessoas gostariam ou reconheceriam. O lar nem sempre é onde o coração está. Para pessoas como eu, o lar é onde vive a mágoa que nos transformou em quem somos.

Minha mãe sempre gostou de caixas, mas nem todas eram reais. Quando eu era pequena, ela me ensinou a construí-las em minha cabeça e a esconder minhas piores lembranças dentro delas. Aprendi a enchê-las com as coisas que eu mais queria esquecer, de modo que ficassem trancadas e escondidas nos cantos mais escuros da minha mente, onde ninguém, nem eu, jamais procuraria. Repito a mim mesma o que sempre digo quando venho aqui:

Você é mais do que a pior coisa que já fez.

Sinto uma dor conhecida na parte de trás da cabeça, que começa a latejar no mesmo ritmo dos meus batimentos cardíacos. É o tipo de agonia rápida e acelerada que só pode ser curada com álcool — e a necessidade de curá-la toma conta de todo o resto. Pego minha bolsa e encontro uma embalagem de analgésicos meio vazia. Ponho dois na boca e procuro uma miniatura de bebida para ajudar a engolir.

Não é mais tão difícil encontrá-las como costumava ser — miniaturas de bebidas — e não preciso mais roubá-las de voos ou hotéis. Tenho minhas favoritas: Smirnoff, Bombay Sapphire, Bacardi e, para um docinho, Baileys Irish Cream. Mas um uísque escocês de qualidade tende a ser minha primeira escolha e há uma grande variedade deles disponíveis em garrafas minúsculas agora — até mesmo para compra *on-line* com entrega no dia seguinte. Todas são pequenas o suficiente para caberem com discrição em qualquer bolso ou bolsa. Giro a tampa da primeira que encontro em minha bolsa e a bebo como se fosse um remédio; desta vez, vodca. Não me incomodo em chupar uma bala depois. Os pais conhecem seus filhos, mesmo os ruins.

"Mamãe!" Minha voz soa da mesma forma que soava quando era criança quando digo o nome dela.

Mas ainda não há resposta.

"É grande o suficiente para nós duas", foi como ela descreveu esta pequena casa de campo quando eu ainda estava aqui. Como se ela tivesse se esquecido de que éramos três pessoas morando na casa. Ainda posso ouvi-la dizendo isso dentro da minha cabeça, junto com todas as outras mentiras que ela contou para tentar me impedir de ir embora.

É um sobrado vitoriano de tijolos, com duas salas embaixo e dois quartos em cima, e um puxadinho na extremidade, como se fosse uma reflexão tardia do século xx. Nossa casa sempre pareceu um belo lar, mesmo quando deixou de ser um. Agora não é mais. Passo pelas pilhas de caixas até chegar à porta que dá nos fundos da construção. Ela range em protesto quando a abro e o cheiro é ainda pior. Ele atinge a parte de trás da minha garganta e engasgo enquanto minha mente especula sobre o que poderia o estar causando isso.

Passo pelas escadas, atravesso o que ainda parece ser uma sala de jantar — apesar das caixas sobre a mesa — e faço o possível para não tropeçar em nada no escuro. Vejo o velho toca-discos da mamãe na cômoda no canto, coberto por uma espessa camada de poeira. Mesmo quando tentei apresentá-la a fitas cassete e cds, ela insistiu em ficar com o vinil. Às vezes, eu a pegava dançando pela sala com os braços estendidos, como se estivesse dançando valsa com um homem invisível.

Chego à cozinha, acendo a luz e, de forma automática, minha mão se eleva para cobrir minha boca. Pratos sujos cobertos de comida não consumida, junto com xícaras de chá bebidas pela metade, cobrem todas as superfícies disponíveis. Há algumas moscas que parecem preguiçosas, zumbindo em torno do que poderia ter sido uma lasanha de micro-ondas. Não é do feitio de minha mãe comer refeições prontas. Era raro que ela comesse algo que não fosse cultivado em nossa própria horta, e preferia passar fome a comer *fast food*.

O cheiro é um pouco forte demais agora. Quando consigo olhar por cima de toda a sujeira e bagunça da cozinha, vejo o brilho da TV na varanda, bem nos fundos da casa. É o lugar onde ela sempre gostou mais de se sentar, com a melhor vista de seu amado jardim.

Eu a vejo então, sentada em sua poltrona favorita em frente à televisão, com uma sacola de tricô no chão ao seu lado. Minha mãe sempre preferiu fazer as coisas ela mesma: comida, roupas, eu. Anos atrás, ela me ajudou a tricotar um cachecol do Harry Potter para o Jack. Foi estranho e surreal vê-lo usando-o ainda hoje.

Me aproximo e vejo que ela está menor do que me lembrava, como se a vida a tivesse feito encolher. Seus cabelos grisalhos afinaram e há formas côncavas onde antes havia bochechas rosadas. As roupas que ela está vestindo parecem sujas e grandes demais, e os botões de seu cardigã estão mal abotoados, de modo que um lado pendente do tecido branco aparenta ser mais comprido do que o outro. Ele está coberto de desbotadas abelhas bordadas e eu me lembro de tê-lo comprado para ela há muito tempo — um presente de aniversário de última hora. Fico surpresa que ela ainda o tenha. Olho para a tela da TV de relance e vejo que ela está assistindo ao canal da BBC News, como se esperasse me ver ao fundo. Sabia que ela fazia isso, mas ver isso me faz sentir ainda pior do que antes.

Ela não está assistindo agora.

Seus olhos estão fechados e sua boca está ligeiramente aberta.

Me aproximo um pouco mais e as lembranças que guardei há muito tempo começam a se revolver. Sacudo a cabeça, como se estivesse tentando silenciá-las antes que fiquem muito altas. Não é apenas a bagunça na cozinha que cheira mal, é ela. Ela tem cheiro de odores corporais, mijo e algo mais que não consigo identificar. Ou escolho não identificar.

"Mamãe?", sussurro.

Ela não responde.

As lembranças se transfiguram. Algumas se curvam, outras se torcem, outras murcham e morrem com o tempo. Mas as piores nunca nos abandonam.

"Mamãe?", digo seu nome um pouco mais alto, mas ela ainda não responde nem abre os olhos.

Ensaiei a morte de minha mãe em minha imaginação durante anos. Não porque desejasse que ela morresse, era apenas algo que às vezes acontecia em minha cabeça. Não sei se outras filhas também fazem isso — não é o tipo de coisa sobre a qual as pessoas falam —, mas agora que pode estar acontecendo de verdade, sei que não estou pronta.

Estendo a mão e hesito antes de tocá-la. Quando toco, seus dedos estão gelados. Inclino-me para baixo, até que meu rosto esteja próximo ao dela, tentando ver se ela está respirando. Apesar dos comprimidos, a dor na minha cabeça está tão forte que fecho os olhos por um instante e sinto como se tivesse voltado no tempo.

Ouço um grito e levo vários segundos para perceber que é o meu próprio.

Dele

Terça 10:10

Minhas próprias lembranças desse lugar invadem meu presente.

Observo Anna do lado de fora da casa em que ela cresceu, e é como se os anos tivessem desaparecido e eu estivesse vendo uma garotinha. Eu poderia sair do carro agora mesmo e impedi-la, mas não saio. Às vezes, é preciso deixar as coisas acontecerem, por mais desagradáveis que sejam. Já sei o que ela vai encontrar lá dentro e me sinto péssimo com isso. Também sei que ela tem sua própria chave, mas observo quando ela se abaixa para pegar a chave reserva debaixo do vaso, antes de sumir atrás da porta da frente descascada.

A casa de campo costumava ser linda, mas, assim como a mulher que a habita, não envelheceu bem. A mãe de Anna era uma mulher que sabia como fazer de uma casa um lar e essa sempre foi, de longe, a casa mais bonita da rua. Uma imagem perfeita. Ao menos do lado de fora. As pessoas costumavam parar e tirar fotos porque parecia uma casa de boneca, com seu lindo jardim, janelas e cerca branca. Ninguém mais tira fotos dela.

Contudo, naquela época, ela era tão boa em limpar, arrumar e tornar um lugar aconchegante que ganhava a vida fazendo isso. A mãe de Anna limpou metade do vilarejo por mais de vinte anos — incluindo a casa onde moro agora — e ela não apenas limpava. Ela comprava velas perfumadas e flores e as deixava na casa das pessoas. Ocasionalmente, fazia uma fornada de *brownies* e os deixava na mesa da cozinha. De vez em quando, ela também tomava conta da minha irmã. Às vezes, era apenas a maneira como ela arrumava a cama ou preenchia os travesseiros, mas sempre se sabia quando a sra. Andrews tinha feito uma visita. Nunca lhe faltava trabalho ou referências.

Fico esperando no carro. Quando nada acontece, espero um pouco mais, mas então a mistura familiar de tédio e expectativa me distrai e saio para esticar as pernas. Ando pela rua, de olho na casa, então, paro para examinar o mini da Anna. Não há nada fora do comum nele — além da cor vermelha gritante —, não há amassados, marcas ou arranhões. Nem sei por que estou fazendo isso. Acho que, muitas vezes, no meu ramo de trabalho — assim como na vida — nem sempre sabemos o que estamos procurando até encontrarmos.

E então encontro.

Vejo um tíquete de estacionamento com um conhecido logo do National Trust no assoalho do banco do passageiro. Descartado e levemente amassado, o pequeno quadrado de papel branco impresso não parece nada significativo em um primeiro momento. Sei que ela estacionou do lado de fora da mata esta manhã — eu estava lá, eu a vi. Mas estou surpreso que alguém da mídia tenha prestado atenção ao parquímetro, dadas as circunstâncias. Tenho certeza de que o National Trust estava muito mais preocupado com o fato de um corpo ter sido encontrado em sua propriedade do que com algumas pessoas terem esquecido de pagar e comprovar no parquímetro.

Fico olhando para ele por mais algum tempo, sem saber por quê, como se meus olhos estivessem esperando pacientemente que meu cérebro acompanhasse o que eles viram. Em seguida, verifico meu relógio antes de olhar para o bilhete uma última vez. A data. Não é a de hoje. Encosto meu rosto na janela do carro, olhando para dentro até ter certeza absoluta do que estou vendo. De acordo com aquele pequeno quadrado de papel preto e branco, Anna visitou o estacionamento onde o corpo foi encontrado *ontem*.

Olho para cima e para baixo na rua, como se quisesse compartilhar essa informação com outro ser humano, para que ele verifique se é real.

Então, ouço uma mulher gritar.

Dela

Terça-feira 10:15

Paro de gritar quando minha mãe abre os olhos.

Ela parece tão aterrorizada quanto eu no início, mas então os vincos na pele ao redor da boca se esticam em um sorriso, seu rosto se ilumina ao me reconhecer e ela começa a rir.

"Anna? Você me assustou!"

Sua voz é a mesma de sempre, como se ela ainda fosse a mãe de meia-idade de que me lembro, e não a mulher idosa sentada à minha frente agora. Acho isso desorientador, pois o que vejo e o que ouço não combinam. Minha mãe tem apenas 70 anos, mas a vida envelhece algumas pessoas mais rápido do que outras, e ela esteve em uma via rápida por muito tempo, tendo como combustível a bebida e longos períodos de depressão que eu nunca reconheci ou compreendi. Há coisas que os filhos preferem não ver em seus pais. Muitas vezes, é melhor passar pelo espelho sem parar para olhar seu reflexo.

Ela continua rindo, mas eu não. Sinto-me como uma criança de novo e não consigo encontrar palavras que se encaixem na situação. Estou chocada com o estado dela e da casa e sinto impulso terrível de dar meia-volta, sair e deixar esse lugar para sempre. E não é a primeira vez.

"Você achou que eu estava morta?"

Ela sorri e se empurra para cima, saindo da cadeira. Isso parece exigir um esforço considerável.

Deixo que ela me abrace. Não tenho muita prática quando se trata de afeto — não consigo me lembrar da última vez que alguém me abraçou —, mas tento não chorar e, em algum momento, acabo me lembrando de corresponder. Leva um bom tempo até que uma de nós pare de abraçar. Apesar do caos geral, ainda há fotos minhas quando criança espalhadas por toda a casa. Eu as sinto olhando para nós, das paredes e das prateleiras empoeiradas, e sei que todas essas versões anteriores de mim não aprovariam o eu que sou agora. Em todas as fotos que ela emoldurou estou com 15 anos ou menos. Como se eu tivesse parado de envelhecer na cabeça da minha mãe depois disso.

"Deixa eu olhar para você", diz ela, embora eu duvide que seus olhos enevoados consigam me ver como antes. Compartilhamos um diálogo não verbal sobre o número de meses que se passaram desde a última vez que nos vimos. Todas as famílias têm sua própria versão de normalidade e os longos períodos de ausência sem explicação é a nossa. Nós duas sabemos por quê.

"Mamãe, a casa...a bagunça...as caixas. O que está acontecendo?"

"Estou de mudança. Chegou a hora. Quer tomar um chá?"

Ela passa por mim, sai da varanda fechada e vai para a cozinha, de alguma forma encontrando a chaleira entre todas as xícaras e pratos sujos. Ela abre a torneira para enchê-la e os canos velhos se sacodem em protesto. Eles fazem um barulho forçado, como se estivessem tão cansados e destruídos quanto ela parece para mim agora. Ela coloca a chaleira no fogão, porque acha que o gás é mais barato do que a eletricidade.

"Poupe as moedas e as cédulas vão poupar a si mesmas", diz, sorrindo, como se estivesse lendo minha mente.

De repente, penso em mim como a moeda ruim que acabou de aparecer e me pergunto se ela está pensando o mesmo. O silêncio é longo e constrangedor enquanto esperamos a chaleira ferver.

Minha mãe nem sempre foi uma faxineira, mas tudo nela e em nossa casa estava sempre arrumado e organizado, limpinho, *impecável*. Era como se ela fosse alérgica à sujeira e acho que posso ter herdado sua abordagem de TOC em relação à higiene. Embora, olhando ao redor agora, isso sem dúvida mudou.

Meus pais compraram esta casa para que estivéssemos na área de captação certa para uma boa escola. Quando mesmo assim não consegui uma vaga em uma escola pública decente, eles decidiram pagar por uma escola particular, embora não tivéssemos condições financeiras para isso. Depois disso, meu pai passou a trabalhar fora ainda mais do que antes, mas era o que ambos queriam: me oferecer o pontapé inicial na vida que nenhum deles teve. Para mim, foi o início de uma vida inteira sem me encaixar.

Eu tinha 15 anos quando ele sumiu de vez. Isso é idade mais do que suficiente para voltar sozinha da escola para casa, mas mamãe disse que me buscaria naquele dia. Quando ela não estava lá, fiquei furiosa. Achei que tinha se esquecido de mim. Os pais de outras pessoas não se esqueciam. Os pais de outras pessoas surgiam com pontualidade em seus carros chiques, usando roupas chiques, prontos e esperando para levar sua prole de volta para suas casas chiques para comer seus jantares chiques. Eu parecia ter pouco em comum com as outras crianças da minha escola.

Naquele dia, fui para casa debaixo de chuva, com minha mochila, meu uniforme de educação física e meu portfólio de artes. Era tudo tão pesado que eu tinha de ficar trocando de mão. Meu casaco não possuía capuz e não era possível carregar um guarda-chuva com todo o resto, então fiquei encharcada por completo antes mesmo de chegar à metade do caminho. Lembro-me da chuva escorrendo pela minha nuca e das lágrimas escorrendo pelo meu rosto. Não por causa das bolsas ou da chuva, mas porque, mais cedo, naquele dia, Sarah Healey havia dito, na frente de toda a classe, que eu tinha um nariz de judia. Eu não sabia o que isso significava ou por que era uma coisa ruim, mas todos riram de mim. Planejei perguntar à minha mãe sobre isso assim que chegasse em casa.

Quando era adolescente, tudo o que eu queria era ser igual a todo mundo. Só agora percebo como minha vida poderia ter sido tediosa se eu fosse.

Cheguei ao topo da colina, encharcada até os ossos e sem fôlego, e tive de largar tudo e descansar por um momento. Olhei para o padrão de sulcos vermelhos horríveis em meus dedos frios — cicatrizes temporárias de todas as bolsas — e esfreguei as palmas das mãos, tentando fazer as linhas sumirem e me aquecer ao mesmo tempo. Em seguida, virei em nossa rua, a mais alta de Blackdown. Naquela época, antes de começarem a construir as grandes casas de luxo na colina, dava para ver a quilômetros de distância. Havia paisagens ininterruptas do vilarejo abaixo, da floresta que o cercava e da colcha de retalhos do campo à distância, que se estendia até a névoa azul do mar em um dia claro. Era o local perfeito para olhar de cima abaixo todas as pessoas que normalmente nos olhavam com desprezo.

Nossa casa podia ser a menor, mas também era a mais bonita, afastada de tudo, no canto sem saída da rua. No verão, ônibus lotados de turistas vinham passear no que ainda é com frequência descrito como o mais típico vilarejo inglês. Eles caminhavam até o topo da colina para apreciar a vista, mas volta e meia também tiravam fotos da nossa casa de campo enquanto estavam lá. Não que minha mãe se importasse. Ela passava horas no jardim frontal, plantando e podando, além de pintar a porta da frente toda primavera. Ela fazia o lugar parecer novo e brilhante, apesar dos seus mais de cem anos.

Não me dei ao trabalho de procurar minha chave, sempre havia uma escondida sob o belo vaso de flores na varanda. Mesmo antes de colocá-la na fechadura naquele dia, pude ouvir a televisão e suspeitei que minha mãe tivesse adormecido diante dela. Entrei em casa antes de bater a porta atrás de mim, intencionalmente.

"Mamãe!"

Berrei o nome dela como uma acusação, antes de deixar cair o casaco e as bolsas molhadas no chão, literalmente pingando no carpete. Pensei em não tirar os sapatos da escola — isso a deixaria muito chateada — mas, em vez disso, desamarrei os cadarços e os deixei na porta. Minhas meias estavam molhadas, então também as tirei.

"Mamãe!"

Chamei mais uma vez, irritada por ela ainda não ter respondido e percebido minha existência. Fui até a sala de estar e vi que ela havia montado a árvore de Natal. As luzinhas brilhavam como estrelas, mas não prenderam minha atenção por muito tempo. Não havia presentes embaixo, apenas minha mãe, deitada de bruços no chão e coberta de sangue.

Havia um rastro de pegadas enlameadas no carpete atrás dela, como se ela tivesse rastejado do jardim. Tentei sussurrar seu nome de novo, mas a palavra ficou presa em minha garganta. Quando meu cérebro se deu conta do que meus olhos estavam vendo, caí no chão ao lado do corpo ferido de minha mãe e tentei virá-la. Seu cabelo estava manchado de vermelho pelo sangue e estava grudado ao lado de seu rosto surrado e coberto de hematomas. Seus olhos estavam fechados, suas roupas estavam rasgadas e seus braços e pernas estavam cobertos de cortes e arranhões.

"Mamãe?", sussurrei, com medo de tocá-la de novo.

"Anna?"

Sua cabeça se virou e seu olho direito se abriu um pouco, o esquerdo estava tão inchado que não abria. Eu não sabia o que fazer. O som distorcido de sua voz rouca parecia ferir meus ouvidos e senti um impulso terrível de sair correndo. Ela olhou por cima do meu ombro, para o velho telefone de discagem bege sobre a mesa de centro. Levantei-me, correndo em direção a ele.

"Vou ligar para a polícia..."

"Não", disse ela.

Ficou claro por sua feição que falar — mesmo que fosse uma única palavra — lhe causava uma dor enorme.

"Por que não?"

"Sem polícia."

"Vou chamar uma ambulância então", falei, discando o primeiro número.

"Não."

Ela começou a se arrastar em minha direção, como algo saído de um filme de terror.

"Mamãe, por favor. Tenho que chamar alguém. Você precisa de ajuda. Vou ligar para o papai. Ele vai saber o que fazer, vai voltar para casa e..."

Ela se aproximou de mim com a mão trêmula e ensanguentada. Depois pegou o telefone e o puxou com tudo arrancando-o da parede antes de colapsar no chão.

Comecei a chorar e pensei em procurar um vizinho que pudesse me ajudar.

"Nada de vizinho", ela disse baixinho, como se estivesse lendo minha mente, como sempre fazia. "Nem polícia nem ninguém. Me prometa."

Ela me encarou com seu olho bom até que assenti com a cabeça, dizendo que entendia e, então, ela recostou a cabeça no chão.

"Vou ficar bem. Só preciso descansar", disse, com a voz tão fraca que mal pude ouvi-la.

Ela parecia determinada a tomar a decisão por mim, mas eu ainda não estava convencida de que era a certa.

"Por que não posso ao menos ligar para o papai?"

Ela soltou um suspiro, como se o silêncio fosse uma nota que tivesse sido obrigada a segurar por muito tempo.

"Porque foi o papai quem fez isso comigo."

Dele

Terça-feira 10:15

Às vezes, este trabalho se resume a tomar decisões. Aprendi com o passar dos anos que se essas decisões são certas ou erradas, em geral, é algo secundário em relação à capacidade de tomá-las em primeiro lugar. Além disso, "certo" e "errado" são altamente subjetivos.

Eu não deveria estar aqui; estou certo sobre isso. Fazer hora do lado de fora da casa onde minha ex-esposa cresceu pode ser malvisto — embora eu tenha meus motivos — mas há algumas pessoas que nunca deixamos de lado na vida. Ou na morte. Mesmo quando fingimos que sim. Elas estão sempre lá, à espreita em nossos pensamentos mais solitários, assombrando nossas memórias com sonhos que não podem mais se tornar realidade.

Não sou nenhum Casanova; sou mais um monogâmico em série... até a chegada da Rachel. Posso contar em uma mão o número de mulheres com quem já dormi. Mas, independentemente do número de mulheres que conheci, só amei uma de verdade. Deixei Londres porque era a coisa certa a fazer por Anna. As pessoas não sabem o que é amor verdadeiro até perderem. A maioria nunca nem sequer o encontra, mas quando o encontra, faz *qualquer coisa* por essa pessoa.

Eu sei, porque eu fiz.

Era o melhor para ela, mas pode ter sido o pior erro que já cometi.

Independente de se deveria ou não estar aqui agora, eu *estou,* e tenho certeza de que acabei de ouvir alguém gritar. Eu não seria um bom exemplar de homem *ou* detetive se não fizesse algo a respeito.

Uso meu telefone para tirar uma foto do tíquete de estacionamento com a data de ontem no carro de Anna e depois vou em direção à casa da mãe dela. Levanto o portão quebrado e olho por cima do ombro para ver se alguém está me observando. Concluo que não e continuo pelo caminho irregular e coberto de ervas daninhas. Ignoro a porta da frente, optando por caminhar pela lateral da casa, em direção aos fundos, onde espero que elas estejam.

Paro quando ouço vozes lá dentro.

Não consigo entender o que está sendo dito, mas também não quero correr o risco de ser visto. Espero por um minuto, encostado na parede, concluindo que talvez seja melhor dar meia-volta. A coisa mais sensata a fazer seria entrar no meu carro, voltar para o departamento de polícia e continuar meu trabalho. Mas então ouço de novo o que parece ser outro grito.

O grito espanta até minha hesitação por tempo o suficiente para que eu olhe através da janela da cozinha. Vejo Anna e sua mãe, que percebo estar tirando a chaleira do fogão, e me dou conta de que deve ter sido isso que ouvi. Eu havia me esquecido de que ferver água dessa maneira é um dos muitos hábitos antiquados e estranhos da minha ex-sogra. Minha ex-esposa tem mais em comum com ela do que admite.

Em minha experiência, há dois tipos de mulheres: aquelas que passam a vida inteira tentando não se transformar em suas mães e aquelas que parecem literalmente não querer mais nada. Com frequência percebo que ambas as variedades obtêm o completo oposto do que esperavam — um grupo se torna uma cópia fiel das mulheres que não queriam ser, enquanto as outras nunca correspondem às próprias expectativas de quem acham que deveriam ter se tornado.

Volto para o carro, para não ser visto.

As mulheres desta casa já me fizeram de bobo em mais de uma ocasião. Anna sempre deixou claro que não quer nem precisa ser salva. É provável que confundir o som de uma chaleira com algum tipo de pedido de ajuda tenha sido apenas uma ilusão de minha parte. Não é possível ajudar uma pessoa a encontrar o caminho se ela não admitir que está perdida.

Dela

Terça-feira 10:18

Acho que minha mãe pode ter perdido o juízo, mas guardo meus pensamentos para mim. A chaleira começa a gritar e ela a tira do fogão. Pelo canto do olho, acho que vejo algo se movendo do lado de fora da janela da cozinha. Mas devo ter imaginado, porque, quando vou verificar, não há nada lá. Volto e observo o estado do lugar mais uma vez. Conhecendo-a como a conheço, não sei como ela consegue suportar isso. Quando eu era adolescente, às vezes me sentia envergonhada pelo fato de minha mãe limpar a casa de outras pessoas. Agora sinto vergonha de mim mesma por me importar com o que eles pensavam. Ela fez o que fez por mim.

Jack enviou alguns e-mails nos últimos meses para dizer que mamãe estava muito pior do que antes. Achei que era apenas uma desculpa para entrar em contato. Não acreditei nele. Quando olho para o estado dela agora, me odeio por isso. Às vezes, os papéis de pais e filhos se invertem e eu não desempenhei bem o meu papel. Não apenas esqueci minhas falas, como também nunca as aprendi.

Mamãe limpava nossa casa o tempo todo quando eu ainda morava aqui, quase uma obsessão — um hábito que confesso ter herdado — e nunca vi a casa, ou ela, com essa aparência. Apresentação sempre foi *muito* importante para minha mãe. Nunca tivemos muito dinheiro sobrando, mas ela sempre se vestia bem — muitas vezes encontrando as roupas mais bonitas em brechós da caridade para nós duas usarmos — e ela sempre, *sempre*, fazia o cabelo e a maquiagem. Quase não me lembro de tê-la visto sem maquiagem. Ela era de fato muito bonita, mas agora parece, e cheira, como se não tomasse banho há dias.

"Como tem passado, mãe?"

"Eu? Oh, estou bem."

Ela começa a abrir e fechar os armários da cozinha e vejo que estão quase todos completamente vazios. Jack mencionou que ela estava se esquecendo de comer e que havia perdido peso. Ele disse que ela estava se esquecendo de muitas coisas.

"Com certeza há alguns biscoitos por aqui…"

"Tudo bem, mamãe. Não estou com fome."

"Tá certo. Então, vou fazer o chá para nós."

Observo enquanto ela abre duas latas diferentes — ela mesma gosta de fazer a mistura — e depois pega o velho bule de chá que desperta mil lembranças de nós duas fazendo isso antes. Preciso muito de uma bebida agora, mas não de chá. Deveria ter voltado para casa antes, deveria ter cuidado dela, como ela costumava cuidar de mim. Tive meus motivos para ficar longe. A autopreservação é apenas um deles. Sinto vontade de ir embora de novo enquanto ainda posso, mas mamãe agarra meu braço.

"Aqui, toma isso."

Olho para o copo de cristal com uísque e depois de volta para ela. Ela sorri e isso me traz uma estranha sensação de conforto por saber que minha mãe me conhece — mesmo na pior versão — e ainda parece me amar de qualquer forma.

Minha mãe começou a beber quando meu pai foi embora e, apesar de suas inúmeras promessas ao longo dos anos, sei que ela nunca parou de verdade. Sempre coloquei a culpa dos seus ocasionais lapsos de memória em seu desejo de apagá-la com álcool. Ela nunca foi uma mulher sociável. Seus dois melhores amigos eram o vinho e o uísque, e eles estavam sempre presentes quando ela precisava. Ninguém mais sabia o quanto ela bebia. Ela escondia bem seu hábito e aprendi que a melhor maneira de guardar um segredo é nunca contá-lo. Tal mãe, tal filha.

Jack tocou no assunto da demência algumas vezes ao longo dos anos, mas sempre o ignorava, certa de que conhecia minha mãe melhor do que ele. Mesmo quando ele descrevia a piora dos sintomas, eu ainda achava que era algo controlável.

Talvez estivesse errada.

Lembro-me dela esquecendo coisas pequenas, como o leite, ou onde havia deixado as chaves ou, em certas ocasiões, indo limpar casas erradas nos horários errados. Mas isso era fácil de explicar; o tipo de esquecimento que acontece a todos nós. Ela se esqueceu do meu aniversário algumas vezes, mas isso não parecia ser um grande problema, apenas mais uma coisa. Além disso, meu aniversário tende a ser um dia que eu também preferiria esquecer.

Jack disse que ela esqueceu onde morava há alguns meses.

Achei que ele estava exagerando, mas agora não sei no que acreditar. Se a demência está roubando as memórias da minha mãe, então acho que às vezes ela as devolve. Apesar das aparências, ela pelo menos parece coerente hoje. Esvazio meu copo e penso se seria ruim servir outro.

"O que é isso?", pergunto, ao perceber uma fileira de pílulas com prescrição médica alinhadas no parapeito da janela.

A expressão em seu rosto é difícil de traduzir, uma mistura desconhecida de medo e vergonha.

"Nada com que se preocupar", diz, abrindo uma gaveta vazia e escondendo os pequenos frascos marrons dentro dela.

Minha mãe nunca toma remédios, nem mesmo paracetamol. Ela sempre achou que as empresas farmacêuticas seriam responsáveis pelo fim da humanidade. Essa era uma de suas teorias mais dramáticas sobre o mundo, mas uma na qual ela acreditava piamente.

"Mamãe, pode me contar. Seja lá o que for."

Ela me encara por um longo tempo, como se estivesse avaliando suas opções e concluindo que a verdade pode ser um pouco pesada demais.

"Estou bem, juro."

Olho em volta da cozinha imunda e digo as palavras da forma mais gentil possível. "Acho que nós duas sabemos que isso não é verdade."

"Sinto muito pela bagunça, meu amor. Ninguém vem me visitar há tanto tempo. Se soubesse que você viria... é que tenho estado tão ocupada tentando encaixotar tudo — há uma vida inteira escondida dentro desta casa — e os comprimidos me deixam *tão* cansada..."

"Para que servem os comprimidos?"

Ela olha para o chão antes de responder.

"As pessoas dizem que estou esquecendo as coisas."

Um raio de luz da janela da cozinha projeta um desenho em seu rosto e ela parece sentir o calor dele. Suas bochechas ficam coradas e sua boca se abre em um sorriso envergonhado.

"Que pessoas?", pergunto.

Uma nuvem deve ter encoberto o sol, porque a luz deixa o cômodo e o sorriso sai do rosto de minha mãe ao mesmo tempo. Ela balança a cabeça.

"Jack. Esqueci de pagar minhas compras no supermercado há algumas semanas. Fiquei muito envergonhada. Nem sei o que estava fazendo lá — você sabe o quanto odeio fazer compras — mas eles me mostraram as imagens de segurança depois e me vi passando direto pelos caixas e indo para o estacionamento, com um carrinho cheio de coisas que nem precisava comprar, livros de autores que não gosto, bifes de filé mignon — não como carne há décadas — e um pacote de fraldas!"

Desvio o olhar e ela hesita ao escolher suas próximas palavras, como se estivesse arrependida de ter compartilhado as últimas.

"O que aconteceu?" Pergunto, ainda sem conseguir olhá-la nos olhos.

"Ah, eles foram muito gentis. Mas insistiram em chamar a polícia. Eu tinha o número do Jack escrito do lado de dentro da minha pulseira. Eles ligaram para ele, e ele disse que *era* da polícia e que era meu filho, então deixaram que ele fosse me buscar."

Olho para a pulseira de prata para identificação médica em seu pulso. Um presente meu no ano passado para aliviar minha própria culpa — ela sofreu um pequeno acidente de carro e ninguém no hospital sabia para quem ligar — mas, por algum motivo, agora ela tem o nome *dele* e o número *dele* escritos, em vez do meu.

"Você sabe que Jack não é seu filho, não sabe? Ele costumava ser seu genro, mas nos divorciamos, então ele também não é mais. Você se lembra?"

"Eu sei. Posso estar um pouco esquecida, mas não estou senil! Ainda acho que é uma pena. Vocês eram bons um para o outro e ele tem sido bom para mim. Ele me fez ver um médico."

"E?"

"Não quero que você se preocupe, meu amor. Há muitas coisas que podem desacelerar a demência agora; uma pena que elas pareçam me desacelerar também. Me sinto muito cansada. É por isso que a casa está um pouco desorganizada. Jack acha que talvez seja hora de seguir em frente, receber um pouco mais de ajuda e acho que ele pode estar certo. Na maioria dos dias me sinto bem, mas às vezes... não sei bem como descrever. É como se eu desaparecesse. Há uma comunidade de repouso não muito longe daqui, um lugar e tanto. Ainda vou ter minha própria casa, mas com alguns aparelhos e dispositivos para pedir ajuda, se precisar. Pessoas para ficarem de olho em mim quando eu me perder."

Parte de mim sabe que deveria sentir gratidão, mas tudo o que sinto é uma raiva crescente dentro de mim.

"Jack deveria ter me contado. Por que *você* não me contou o que estava acontecendo? Eu poderia ter ajudado."

"Ele estava *aqui*, minha querida. Só isso." Ela não precisa acrescentar que eu não estava. "De qualquer forma, já que está aqui, por que não vai até seu antigo quarto e vê se há algo que gostaria de guardar? Esperava que você pudesse fazer uma visita antes que eu precisasse começar a mexer lá. Vá em frente, suba, vou terminar de fazer o chá. Vou acrescentar um pouco de mel fresco, como você costumava gostar."

"Não precisa, mamãe."

"Me deixe fazer isso por você. Não há muito mais que eu possa fazer."

Com relutância, subo para o meu antigo quarto. Até a estreita escada está entulhada de tralha, principalmente livros empoeirados e sapatos velhos. Ela sempre sentiu dificuldade em jogar fora algo que um dia amou. Também vejo alguns presentes de Natal que dei a ela ao longo dos anos, coisas que ela nunca usou e que ainda estão nas caixas em que vieram, incluindo um celular, que suspeito que ela nunca tenha aberto; um cobertor elétrico e uma chaleira elétrica. Eu deveria ter percebido. O patamar da escada está igual: uma pista de obstáculos de papelão obstruindo meu caminho para o quarto nos fundos da casa. Aquele que sempre foi meu.

Não sei o que esperar e abro a porta com certo pavor, mas quando a abro, vejo que meu quarto está igualzinho a quando me mudei. Eu tinha 16 anos quando saí e é como se o tempo tivesse parado aqui dentro. Observo os móveis de madeira escura, as cortinas florais feitas em casa e as almofadas combinando, as prateleiras de livros e a escrivaninha no canto, onde costumava fazer minha lição de casa. Há um pedaço de papelão dobrado ainda preso sob um pé para mantê-la estável.

Ao contrário do resto da casa, que parece estar coberta por uma espessa camada de poeira, tudo aqui está perfeitamente limpo. A roupa de cama tem cheiro de recém-lavada — embora eu não a visite há tanto tempo — e os móveis não estão apenas impecáveis, como foram recentemente polidos. Um leve cheiro de lustra-móveis ainda está no ar. Na penteadeira, vejo um perfume familiar que gostava quando era adolescente — Coty L'Aimant — e borrifo um pouco no meu pulso. O cheiro traz tudo de volta e quase deixo cair o frasco, antes de limpar o resíduo de uma lembrança que preferia esquecer.

Reparo no movimento lá fora de novo e olho pela janela dos fundos que se abre para uma vista do amado jardim de minha mãe. Até onde me lembro, ele foi dividido em quatro seções: o gramado de leitura (como ela sempre o chamou, apesar de ser um retângulo de grama não maior do que um canteiro), o pomar (que consistia em apenas uma macieira), a horta (que é um pouco sem graça) e galpão de plantas. O jardim da frente pode ser bonito, mas o dos fundos da casa sempre foi prático.

Minha mãe leva os orgânicos ao extremo e começou a cultivar quase todos os seus próprios alimentos depois que meu pai sumiu. Ela acredita muito no forrageamento e, com frequência, desaparecia na floresta, sempre sabendo o lugar exato onde encontrar cogumelos, bagas, sementes e ervas comestíveis para comermos. E ela também produz mel.

Observo quando ela se dirige para o canto mais distante do jardim, antes de levantar a tampa da velha colmeia. Ela não usa máscara ou luvas, nunca usou, em vez disso, apenas coloca a mão nua dentro dela.

Isso costumava me assustar quando era criança, mas depois ela me ensinou que se você confiar nas abelhas, elas também confiarão em você. Não sei se isso é verdade, mas ela nunca foi picada. Ela olha para mim aqui em cima enquanto estou olhando para ela lá embaixo e acena. Ela parece estar bem para mim. Talvez ela não precise dos comprimidos que algum médico receitou e que meu ex-marido a incentivou a tomar. Talvez os comprimidos sejam o problema.

Ela some dentro da casa e volto minha atenção para meu antigo quarto. Nem todas as lembranças que ele desperta são bem-vindas. Sou atraída pelo porta-joias de madeira que foi um presente do meu pai, o último que ele me deu. Meu nome está gravado na tampa e foi uma lembrança de uma de suas muitas viagens a trabalho.

Sinto as quatro letras simétricas do nome que ele me deu e pressiono com força as formas de madeira até que elas deixem uma marca na ponta dos meus dedos. Então, quando algum tipo de curiosidade mórbida me impede de resistir por mais tempo, abro a caixa. Há uma única pulseira da amizade vermelha e branca dentro dela, junto a uma foto de cinco meninas de 15 anos, uma das quais costumava ser eu. Coloco a foto no bolso e a pulseira no pulso, depois deixo todo o resto exatamente como estava.

Então me ocorre um pensamento que me dói tanto, que gostaria de poder esquecê-lo: mamãe sempre manteve meu quarto bonito assim para o caso de eu voltar para casa. Ela ainda está esperando, e me parte um pouco o coração saber o quanto minha distância deve tê-la magoado.

Algo na antiga lareira vitoriana chama minha atenção. Nossa casa sempre foi muito fria quando eu era criança — minha mãe se recusava a ligar o aquecedor central a menos que a temperatura estivesse abaixo de zero —, portanto, as lareiras eram muitas vezes a única maneira de nos aquecermos. Lembro-me da última vez que usei a minha, mas não foi para me aquecer. Queimei uma carta que ninguém jamais deveria ler.

A porta do quarto se abre — o que me faz dar um pulo —, e surge minha mãe, com seu sorriso mais caloroso, enquanto carrega duas xícaras de chá com mel. Seu rosto muda assim que me vê e ela deixa as xícaras caírem, pedaços de porcelana e uma poça de líquido fumegante formando uma poça escura no piso de madeira. Ela olha para a lareira, depois para a pulseira da amizade em meu pulso, então dá um passo para trás e parece de fato assustada. Mal ouço as palavras que ela sussurra.

"O que você está fazendo?", pergunta.

"Nada, mamãe. Só estava dando uma olhada no meu antigo quarto, como você disse que eu deveria..."

"Eu não sou sua mãe! Quem é você?"

Dou um passo à frente, mas ela dá outro passo para trás.

"Sou eu, mamãe. A Anna. Estávamos conversando lá embaixo agora, lembra?"

Seu medo se transforma em raiva.

"Não se faça de tonta! Anna tem 15 anos de idade! Como você ousa entrar na minha casa fingindo ser ela? Quem é você?"

Esse é o tipo de comportamento que Jack havia descrito, mas não acreditei. O rosto dela se transformou em medo e ódio, em uma mãe que não reconheço mais.

"Mamãe, sou eu, Anna. Está tudo bem..."

Pego sua mão, mas ela a afasta e a eleva acima da cabeça, como se estivesse se preparando para me acertar.

"Não me toque! Saia da minha casa agora mesmo ou vou chamar a polícia! Não pense que não vou chamar."

Choro. Não consigo evitar. Essa versão da mulher que eu costumava conhecer está destruindo minhas lembranças reais dela.

"Mamãe, por favor."

"Saia da minha casa!"

Ela grita as palavras de novo e de novo.

"Sai daqui, sai daqui, sai daqui!"

Dele

Terça-feira 10:35

Entro no carro e espero, sem saber muito bem o que fazer, mas já com a certeza de que não será bom. Tenho lembranças ambíguas da casa de minha ex-sogra e estar aqui sempre faz com que me sinta mal. Anna nunca gostou de visitá-la. Eu costumava me perguntar se isso tinha algo a ver com o pai dela. A perda de um pai deixa um buraco enorme na vida de uma pessoa, mas a de um filho deixa um ainda maior. Essa casa foi o último lugar em que vimos nossa garotinha viva. Não que pudéssemos saber disso na época; deixar uma criança passar uma noite com a avó deveria ser uma coisa segura a se fazer.

Acho que chegamos a uma idade — e ela é diferente para cada pessoa — em que enfim percebemos que todas as coisas que achávamos que eram importantes não são mais. Em geral, isso acontece quando você perde a única coisa que importava de verdade. Mas aí já é tarde demais. Nossa filhinha tinha apenas três meses e três dias de idade quando morreu. Às vezes penso que ela era preciosa e perfeita demais para existir em um mundo tão imperfeito.

Meu celular vibra e, quando leio as palavras da mensagem, sinto uma onda de náusea misturada com uma excitação da qual me envergonho. Então, um punho bate na janela do meu carro um tanto sujo, e apenas consigo engolir o que, tenho certeza, teria sido um grito muito másculo.

Gostaria de ter pegado outro cigarro da Priya para guardar para mais tarde. Por mais tarde, quero dizer agora. Hoje está se transformando em um dia muito ruim, de fato.

Desço a janela manual — meu carro é velho assim — e consigo ver melhor a cara de brava da minha ex-mulher.

"Você está me seguindo?", ela pergunta.

Seu rosto está manchado e dá pra ver que ela andou chorando. Ela carrega o casaco na mão, apesar de estar muito frio do lado de fora, como se tivesse saído com pressa demais para vesti-lo.

"Você acreditaria em mim se eu dissesse que não?"

"Como você ousa interferir na saúde e na vida da minha mãe?"

"Espera aí. Não sei o que ela te disse ou em que tipo de estado ela estava agora, mas ela vem apresentando uma piora progressiva nos últimos seis meses. Você saberia disso se a visitasse alguma vez."

"Ela é *minha* mãe e isso não é da *sua* conta."

"Errada de novo. Tenho uma procuração."

"O quê?"

Anna dá um pequeno passo, se distanciando do carro.

"Houve um incidente há algum tempo. Tentei te contar, mas você continuou ignorando minhas ligações. Ela pediu minha ajuda; a ideia foi dela."

O rosto de Anna fica vermelho como se tivesse levado um tapa verbal.

"Do que isso se trata na verdade? Você está tentando vender a casa da minha mãe sem ela saber? É isso? Enganá-la para que te dê dinheiro, porque você percebeu que a vida é um pouco mais difícil com um único salário?"

O golpe baixo que ela dá em autodefesa machuca.

"Você sabe que não é isso", digo.

"Não?"

"Independente de estarmos juntos ou não, ainda me preocupo com sua mãe. Ela foi boa para mim e para nós. O que aconteceu com Charlotte não foi culpa dela."

"Não, foi sua."

Sinto como se ela tivesse de me dado um soco no peito.

Anna parece se arrepender de ter dito essas palavras, tanto quanto eu me arrependo de tê-las ouvido. Mas isso não as torna menos verdadeiras. Respiro fundo e continuo.

"Olha, sua mãe não está bem e alguém precisa fazer o que é melhor para ela."

"E é você, não é?"

"Na ausência de qualquer outra pessoa, sim. Ela foi vista vagando pela cidade, perdida, usando apenas camisola no meio da noite, pelo amor de Deus."

"O quê? Não acredito em você."

"Tá bom, estou inventando. Imagino que você também não esteve em Blackdown ontem?"

Não queria fazer a acusação daquele jeito, mas a expressão no rosto dela me revela muito mais do que espero que sua resposta diga.

"Você enfim perdeu o que restava de sua mente minúscula? Não, eu não estive aqui ontem", diz.

"Então, por que há um tíquete no seu carro que diz que você esteve?"

Ela hesita por um segundo apenas, mas é um segundo longo o suficiente para que eu entenda, e ela sabe disso.

"Não sei do que está falando e sugiro que, de agora em diante, fique longe de mim, do meu carro e da minha mãe. Entendido? Talvez se limite a cuidar de sua própria família e a fazer seu trabalho, considerando o que aconteceu."

Eu a vejo então, minha filha no rosto de Anna, em seus olhos. As pessoas sempre dizem que os filhos se parecem com os pais, mas às vezes é o contrário. Isso traz tudo de volta e não posso machucá-la mais do que já machuquei.

"Esse é um bom conselho", digo.

"Isso é uma forma de assédio. Você não deveria estar aqui."

"Não, não deveria."

Ela faz uma pausa, como se eu tivesse começado a falar uma língua estrangeira na qual ela não é fluente.

"Você está concordando comigo?", pergunta.

"Sim. Acho que sim."

Estudo o rosto que amo há tanto tempo agora e aprecio a forma desconhecida que ele assume quando fica surpreso. Anna quase nunca fica assim. Mesmo que isso vá contra tudo o que sei sobre o que não devo fazer, quero ver como ela reage ao que não devo dizer.

"A mulher morta era Rachel Hopkins."

Sinto-me fisicamente mais leve depois de dizer o nome dela em voz alta.

O rosto de Anna não muda, como se ela não tivesse me ouvido.

"Você se lembra da Rachel?", pergunto.

"Claro que me lembro. Por que está me contando isso?"

Dou de ombros. "Achei que você deveria saber".

Fico esperando algum tipo de reação emocional e ainda não consigo decidir como interpretar a falta de uma.

Anna e Rachel costumavam ser amigas, mas isso foi há muito tempo. Talvez sua falta de emoção seja normal e esperada. É raro que as pessoas da nossa idade ainda mantenham contato com as amigas com quem estudaram na escola. Naquela época, não havia rede social ou e-mail, não tínhamos nem mesmo internet ou telefones celulares. É difícil imaginar uma vida como essa agora — deve ter sido muito mais tranquila. Nós dois somos de uma geração para a qual era melhor em seguir em frente, em vez de se apegar a amizades que já haviam terminado a validade.

Me arrependo de ter contado a ela quase no mesmo instante.

Não ganhei nada com isso e não foi nada profissional. Os parentes mais próximos ainda não foram informados. Além disso, não é como se eu precisasse que Anna confessasse o quanto ela odiava Rachel Hopkins. Já sei disso.

Meu telefone vibra de novo, interrompendo o silêncio que havia se instalado entre nós.

"Vamos ter que pausar essa pequena reunião. Preciso ir", digo, já fechando minha janela.

"Por quê? Com medo de a cidade inteira descobrir que você está perseguindo sua ex-mulher?"

Pensei em não lhe contar mais nada, mas logo ela vai ficar sabendo.

"Eles encontraram algo que pode ajudar a identificar o assassino", digo, dando a partida e dirigindo sem olhar para trás.

Dela
Terça-feira 11:00

Observo Jack se afastando e me pergunto qual foi minha cara quando ele me disse que a mulher morta era Rachel Hopkins. Espero que eu não tenha reagido, mas é difícil saber, e Jack me conhece muito melhor do que qualquer outra pessoa. Ele sempre foi capaz de ver através de mim quando estou tentando esconder alguma coisa.

Vi essa porcaria de carro dele estacionada na rua assim que saí da casa da mamãe. É uma lata velha usada, que provavelmente é o que ele pode bancar, agora que está vivendo com uma mulher que é alérgica a trabalhar para ganhar a vida. Desde que me deixou, Jack encontrou um novo lar para si, além de uma nova hipoteca para pagar e uma nova filha para sustentar. Tudo isso com apenas um único salário. Estivemos juntos por mais de quinze anos e, por muito tempo, não consegui imaginar minha vida sem ele. Acho que agora entendo. É como se eu tivesse vivido muitas vidas diferentes em uma única vida e a que compartilhei com ele não era para durar para sempre. Às vezes, nós nos apegamos demais às pessoas erradas, até que dói tanto que temos de abrir mão delas.

Espero até que o carro dele suma de vista por completo antes de tirar a foto do meu bolso. Encontrá-la dentro do porta-joias em meu antigo quarto me causou arrepios e o que Jack acabou de me contar fez com que eles voltassem. Pode ter se passado muito tempo desde que estávamos todas juntas na escola, mas ainda reconheço cada um dos rostos na foto. E me lembro da noite em que ela foi tirada. Quando todas nós nos arrumamos tentando parecer mais velhas, preparando-nos para fazer algo que não deveríamos. Uma noite a qual nem todas sobreviveríamos para nos arrepender.

Observo o rosto de Rachel Hopkins, uma versão mais jovem da mulher morta na floresta, olhando de volta para mim. Estamos lado a lado na foto. Seu braço está em volta do meu ombro nu, como se fôssemos amigas, mas não éramos. Ela está sorrindo, eu também, mas vejo que o meu sorriso não é verdadeiro. Se ao menos tivesse sido mais honesta naquela época, talvez não precisasse me esconder atrás de uma vida inteira de mentiras agora. Gostaria de nunca ter me mudado para aquela escola horrível. Nós nunca teríamos nos conhecido e isso nunca teria acontecido.

Descobri que algo estava errado durante uma aula dupla de inglês, alguns meses após o meu pai ter desaparecido. A secretária da escola — com seu rosto estranhamente pálido e roupas coloridas contrastantes — bateu uma vez e enfiou sua cabeça pequena demais pela porta da sala de aula.

"Anna Andrews?"

Não respondi. Não precisava responder. A classe inteira se virou para me encarar.

"A diretora gostaria de vê-la."

Naquele momento, aquilo não fazia muito sentido, nunca tinha me metido em problema antes. Segui a secretária em um silêncio obediente e depois me sentei do lado de fora do escritório sem saber o que havia feito ou por que estava ali. A diretora não me deixou esperando por muito tempo e sinalizou para que eu entrasse na sala acolhedora — que, lembro-me, cheirava a geleia —, vi todos os livros em suas prateleiras e me senti um pouco melhor. Parecia uma biblioteca e eu achava que nada muito terrível poderia acontecer em uma delas. Estava errada.

"Você sabe por que pedi para vê-la?", disse ela.

A mulher tinha cabelos grisalhos curtos, penteados de uma forma que fazia parecer que ela estava usando bobes e havia se esquecido de tirá-los. Ela sempre usava conjuntos de suéter, pérolas e batom rosa, e tinha uma grande verruga marrom na bochecha que me esforçava para não olhar. Na época, achava que ela era pré-histórica, mas provavelmente não era mais velha do que sou agora. As pessoas da minha idade aparentavam ser antiquíssimas naquela época.

Não consegui pensar em nenhuma razão para ter sido intimada ao escritório dela, então neguei com a cabeça. Ainda consigo visualizar a expressão distorcida que lembrava um sorriso em seu rosto. Não conseguia me decidir se era um sorriso do tipo gentil ou cruel.

"Tudo bem em casa?", quis saber ela.

Sabia o suficiente para entender que isso significava que ela suspeitava que não. Meu pai nunca mais voltou depois da noite em que machucou minha mãe. Eu já tinha ouvido eles discutirem antes e sabia que ele havia batido nela em várias ocasiões. Tenho vergonha de dizer que, naquela época, depois de tê-los visto se comportarem assim durante toda a minha vida, achava que era normal. As pessoas fazem de tudo para ferir aqueles que amam, muito mais do que fazem por aqueles que odeiam.

Desde o dia em que ele sumiu, minha mãe estava vendendo suas joias na casa de penhores, plantando coisas em sua horta nova e em expansão — porque não tínhamos mais dinheiro para fazer compras no supermercado — ou bebendo o pouco dinheiro que nos restava, despejando-o em taças de vinho. Em todos os outros momentos, ela estava dormindo em frente à lareira na sala de estar, como se vigiasse a porta da frente. Ela não gostava mais de dormir no andar de cima, na cama que compartilhava com ele, e não tínhamos dinheiro para comprar uma nova. Tudo que pertencia ao meu pai e não podia vender, ela queimava para nos manter aquecidas. Portanto, a resposta à pergunta da diretora era definitivamente não.

"Sim, tudo certo", respondi.

"Nada que você queira conversar?"

"Não. Obrigada."

"É que suas mensalidades escolares não foram pagas no último período e, apesar de termos escrito várias cartas para seus pais e telefonado, não conseguimos falar com nenhum deles. Esperava que sua mãe ou seu pai tivessem comparecido à reunião de pais na semana passada. Você sabe por que nenhum deles pôde comparecer?"

Porque minha mãe estava muito bêbada e meu pai estava muito ocupado não sendo mais o meu pai.

Chacoalhei a cabeça.

"Entendi. E você tem certeza de que está tudo bem em casa?"

Esperei um pouco antes de responder. Não porque tivesse a intenção de contar a verdade. Apenas não tinha tido tempo suficiente para inventar as mentiras certas, para preencher as lacunas que as perguntas dela continuavam deixando.

Todos me encararam de novo quando voltei para a sala de aula e senti que todos sabiam coisas sobre mim que não podiam, não queriam e nunca deveriam saber. Desde então, odeio quando as pessoas ficam me olhando. Isso pode fazer com que minha escolha de carreira — apresentar as notícias todos os dias para milhões de pessoas — pareça um pouco estranha. Mas somos apenas eu e uma câmera robótica no estúdio. Se não conseguir vê-los olhando para mim, está tudo bem. Como uma criança que acha que ninguém pode vê-la se cobrir os próprios olhos com as mãos.

Deslizo a foto de volta no bolso e percebo que estou usando a pulseira da amizade vermelha e branca. Lembro-me de tê-la feito há muitos anos, junto com outras quatro idênticas. Parecia uma boa ideia na época, mas isso sempre volta para me assombrar. Puxo a ponta até que ela fique apertada em meu pulso. Mereço a dor, por isso me sinto mal quando começo a gostar dela.

Um pássaro barulhento chama minha atenção e olho para cima, para a casa de minha mãe. Sinto que preciso me afastar desse lugar, é ruim para mim de muitas maneiras. Volto para o mini e descanso minhas mãos no volante. Então, olho de novo para a pulseira, tão apertada que dói. Eu a afrouxo um pouco e vejo o sulco vermelho e irritado que ela deixou em minha pele.

Fingimos não ver as cicatrizes que deixamos nos outros, em especial naqueles que amamos. Já a automutilação é sempre mais difícil de ignorar, mas não impossível. Esfrego a linha, como se estivesse tentando apagá-la com a ponta dos dedos, para desfazer a dor que causei a mim mesma. A marca em meu pulso vai desaparecer, mas a cicatriz em minha consciência, por causa do que aconteceu na primeira vez em que usei essa pulseira, vai ficar para sempre.

Dele

Terça-feira 11:25

O rosto de Anna não se abalou quando contei que a mulher morta era Rachel Hopkins. Não sei bem o que eu estava esperando, mas uma pessoa normal teria tido algum tipo de reação. Por outro lado, normal era algo que minha ex-esposa nunca aspirou ser. Essa era uma das coisas que eu mais amava nela.

Paro no posto para comprar cigarros a caminho de Priya. Pelo que ela disse em sua mensagem, sei que vou precisar. As estradas estão vazias, então não demoro muito para chegar ao meu destino e decido fumar um cigarro rápido antes de sair do veículo. Algo para fazer minhas mãos pararem de tremer.

Visitar um necrotério é algo que já fiz centenas de vezes antes — uma parte regular do meu trabalho quando estava em Londres —, mas já faz algum tempo e essa situação parece muito diferente. Não consigo parar de pensar na noite passada e em como deixei Rachel do jeito que deixei. O que aconteceu não foi culpa minha, mas duvido que as outras pessoas veriam as coisas dessa forma se soubessem a verdade.

Me forço a entrar no prédio, tentando não me engasgar com o cheiro, que é pior na minha cabeça do que nas minhas narinas. Quando vejo o corpo de Rachel sobre a mesa de metal, tenho que cobrir meu nariz e boca. Se não houvesse outras pessoas na sala, fecharia os olhos também, mas Priya está me encarando com sua habitual intensidade. Ela me vê como seu chefe e, às vezes, acho que é só isso, mas há outros momentos, como agora, em que não consigo deixar de me perguntar se há mais do que isso. Não que eu fosse fazer algo a respeito. Ela não é feia nem nada, mas misturar trabalho e prazer nunca funcionou bem para mim.

Ignoro o olhar de Priya e volto minha atenção para Rachel. De alguma forma, não foi tão ruim quanto na mata, quando ela ainda estava totalmente vestida e deitada entre as folhas, como uma Bela Adormecida moderna. Vê-la assim — nua sobre uma chapa prateada e cortada como um animal — é um pouco demais. Não teria escolhido me lembrar dela dessa forma, mas acho que essa é a versão que não vou conseguir esquecer. Junto com o cheiro. Seus olhos pelo menos estão fechados agora.

"Você vai precisar de um balde?", pergunta um homem que nunca vi antes.

Acho que é razoável supor que ele seja o patologista forense, considerando o local onde estou e a aparência dele. Mas é sempre melhor ter certeza de com quem se está falando, acredito.

"Detetive Jack Harper", digo, "e obrigado pela oferta, mas estou bem."

Ele encara minha mão estendida, mas não a aperta. Acho que está sendo rude, até que reparo que as luvas que ele está usando estão cobertas de sangue.

Ele é um cabide de arame em forma de homem, magro e torcido, como se estivesse um pouco fora de forma, ao mesmo tempo em que parece ter pontas afiadas se manuseado da maneira errada. Suas sobrancelhas grisalhas e despenteadas fazem um esforço exagerado para se esticar sobre a testa cheia de linhas, como amigos há muito perdidos que só brigam quando finalmente se encontram no meio. E o cabelo em sua cabeça ainda é preto, como se tivesse esquecido de envelhecer ao mesmo tempo que os pelos em seu rosto. Ele sorri com os olhos, não com a boca, e parece um pouco empolgado demais por ter algo para fazer, na minha opinião. Posso ver as manchas do sangue dela em seu avental e tenho que desviar o olhar.

"Dr. Jim Levell, prazer em conhecê-lo", diz ele, sem emoção. "Foram os ferimentos de perfuração que a mataram."

Se isso é o melhor que ele pode dizer, temo que minha viagem tenha sido um desperdício.

Seu tom casual tem aspecto pouco profissional — até mesmo para mim —, mas esse é o primeiro assassinato com o qual tive de lidar desde que voltei para esta parte tranquila do campo, então talvez ele esteja sem prática. De qualquer forma, já decidi que não gosto dele. Pela expressão em seu rosto, concluo que ele também não é meu fã instantâneo.

"Alguma opinião sobre a arma?", pergunto.

"Lâmina relativamente curta, na verdade, talvez uma faca de cozinha? Ela pode não ter morrido por causa de um ou dois, mas havia mais de quarenta ferimentos de profundidade quase idêntica — em todo o peito —, então..."

"Então ela não morreu de imediato?" Concluo a frase que ele parecia incapaz de terminar.

"Não, duvido muito disso. Não foram os ferimentos que a mataram, foi a perda de sangue. Deve ter sido bem... lento".

Priya olha para o chão, mas ele não parece notar ou se importar e continua com suas descobertas.

"Acredito que o assassino cortou as unhas da vítima na cena do crime e é provável que as tenha levado com ele. Um *souvenir*, talvez. Ou, se ela conseguiu arranhá-lo, talvez ele estivesse preocupado com o que poderíamos encontrar embaixo delas. Coletei amostras, mas suspeito que ele usava luvas. Não tenho dúvidas de que isso foi planejado."

Visualizo a caixa de Tic Tac que encontrei no meu carro mais cedo, cheia de unhas cortadas.

Preciso me livrar dela.

"Você continua se referindo ao assassino no masculino...", começo a dizer.

"Encontramos sêmen."

É claro que ele encontrou e é claro que é meu.

"Alguma novidade sobre o carro da vítima?", pergunto, voltando-me para Priya. Preciso de uma pausa do patologista.

"Não, senhor", ela responde.

Sei que o Audi TT da Rachel estava no estacionamento do lado de fora da floresta ontem à noite, ela estacionou bem ao meu lado. Mas ninguém mais sabe disso e é certo que o carro dela não está lá agora. Continuo olhando para Priya.

"Conseguimos alguma marca de pneu utilizável afinal?"

"Não, senhor. A chuva lavou quase tudo. Tudo o que conseguimos acabou sendo um carro ou uma van pertencente à imprensa ou... a nós."

"Como assim?"

"Os rastros do seu carro, por exemplo."

"Eu disse que não ter isolado o estacionamento foi um erro. Não se culpe por isso. Ninguém sabe tudo, e aqueles que fingem saber sabem ainda menos do que o resto de nós."

Ela parece menos desconcertada do que eu esperava.

"Mas a pegada encontrada ao lado do corpo pode levar a alguma coisa. O laboratório usou um composto para molde e diz que era uma bota Timberland tamanho 42", afirma.

"Que específico!"

"O tamanho e a marca estão na sola, senhor. As árvores protegeram a pegada da chuva e ninguém da equipe estava usando nada que correspondesse a essa descrição, portanto, acho bastante provável que tenha sido feita por quem a matou."

O patologista limpa a garganta, como se quisesse nos lembrar que ainda está aqui.

Olho para baixo, para o meu próprio calçado tamanho 42, feliz por ter optado por usar sapatos em vez de botas hoje.

"Fui informar os parentes mais próximos com o oficial de ligação familiar antes de vir para cá", acrescenta Priya.

"Isso deve ter sido difícil. Imagino que seus pais sejam bastante idosos?", digo, sabendo muito bem que são. Rachel os mencionou algumas vezes.

A testa de Priya tensiona.

"Foi o marido dela que fomos ver, senhor."

Tenho uma sensação estranha no peito, como se meu coração tivesse pulado uma batida.

"Pensei que ela fosse divorciada."

Priya tensiona a testa de novo, combinando isso com um balançar de cabeça dessa vez.

"Não, senhor. Mas ele tinha quase idade suficiente para ser o pai dela. Então, deve ser por isso que você ficou confuso. Há rumores de que ela se casou com ele por causa do dinheiro e depois o gastou."

"Certo", digo. Rachel definitivamente me disse que era divorciada. Até me mostrou a marca em seu dedo onde ficava a aliança de casamento. Olho para o corpo dela agora e vejo a faixa de ouro em sua mão esquerda, brilhando sob as luzes fluorescentes como se estivesse piscando para mim. Fico imaginando sobre o que mais ela mentiu. "Onde estava o marido na hora da morte? Ele tem um álibi? Talvez devêssemos..."

"Não foi ele, senhor", Priya interrompe.

"Não esperava que você fosse etarista, Priya. O fato de alguém ter mais de 60 anos não o desqualifica como suspeito. Você sabe tão bem quanto eu que quase sempre é o marido."

"Ele tem 82 anos, está acamado e recebe cuidados 24 horas por dia. Não consegue usar o banheiro sem ajuda, portanto, perseguir uma mulher pela mata parece um pouco demais, senhor."

O patologista limpa a garganta uma segunda vez e volto minha atenção para ele.

"Me disseram que você encontrou algo?"

"Dentro da boca da vítima, sim", ele responde rápido, como se já tivéssemos tomado muito do seu tempo. "Achei que você gostaria de ver antes que eu faça alguns exames."

Seu avental faz um barulho de *shh* enquanto ele caminha para a lateral da sala. Ele retira as luvas sujas com um *golpe* desagradável, lava as mãos por um desconfortável longo período, as seca em uma toalha, depois coloca um novo par, antes de flexionar os dedos repetidas vezes. Dizer que o homem é estranho seria um eufemismo. Ele pega uma pequena bandeja retangular de metal e vem para o meu lado da mesa, como um garçom macabro servindo um aperitivo monstruoso.

Olho para baixo em direção ao objeto vermelho e branco.

"O que é isso?", pergunto.

A pergunta é uma mentira, pois já sei a resposta.

"É uma pulseira da amizade", diz Priya, aproximando-se para ver melhor. "As meninas as fazem umas para as outras com fios de cores diferentes."

"E isso estava dentro da boca da vítima?", pergunto, ignorando-a agora e olhando para ele.

O patologista sorri e vejo que seus dentes são brancos de um jeito pouco natural e um pouco grandes demais para seu rosto. Mais uma vez, ele parece estar gostando do seu trabalho mais do que deveria.

"Não estava apenas na boca", diz.

"Como assim?"

"A pulseira da amizade estava amarrada em volta da língua da vítima."

Dela

Terça-feira 11:30

Amarro meu casaco em volta dos ombros, sentindo o frio agora, antes de dar partida. Estou prestes a partir quando vejo uma van branca parar atrás de mim. Uma mulher pequena e magra sai, usando um boné de beisebol e vestindo roupas pretas grandes demais para seu corpo pequeno. Ela é jovem, mas tem uma expressão preocupada em seu rosto, com uma série de rugas prematuras.

Observo enquanto ela carrega uma caixa grande até a porta da frente da casa da minha mãe, antes de jogá-la na varanda. Não bate na porta, nem tenta fechar o portão quando sai.

Abaixo minha janela quando ela passa por mim.

"Olá, eu..."

As palavras saem da minha boca como que por acidente. A mulher me lança um olhar estranho — um grande vácuo, em vez de uma resposta. Ela se vai antes que eu pudesse perguntar o que há dentro da caixa. Isso me faz lembrar de outra ocasião em que cheguei em casa e encontrei pessoas que não reconheci entrando e saindo do portão do nosso jardim.

• • •

Saí da escola na hora do almoço no dia em que a diretora disse que minhas mensalidades não haviam sido pagas. Apenas saí sem dizer uma palavra. Parecia que a escola inteira estava me encarando. Eu não aguentava mais. Não éramos ricos — longe disso, morávamos em nossa pequena e velha casa com cômodos úmidos, janelas sem vedação e *todas os nossos pertences* eram feitos em casa — mas meus pais acreditavam que a educação poderia superar *qualquer coisa*. Frequentei uma escola particular desde os 11 anos de idade, e o ano em que eu deveria prestar os exames não era um bom momento para parar. Então, corri para casa, esperando que minha mãe tivesse dinheiro escondido em algum lugar.

Não tinha.

Quando cheguei lá, muito mais cedo do que deveria, homens estranhos estavam saindo de nossa casa, carregando caixas. Parei no gramado do jardim, permitindo que eles passassem por mim no caminho, e só comecei a entrar em pânico quando dois homens saíram pela porta da frente com a nossa tv. Ao contrário de muitas casas naquela época, ainda tínhamos apenas uma. Entrei correndo e encontrei minha mãe em uma sala vazia.

"Por que você está em casa?", ela disse. "Você está doente?"

"Por que eles estão levando todas as nossas coisas?"

Sempre fui boa em responder perguntas com outras perguntas. Essa foi uma das muitas habilidades que aprendi durante a infância e que se tornou útil como jornalista.

"As coisas têm sido um pouco difíceis, em termos de dinheiro, desde que seu pai... nos deixou. Muitas de nossas coisas foram compradas com cartão de crédito e não posso pagar por elas sozinha."

"Porque você é uma faxineira?"

Me odiei pela maneira como disse isso, não apenas pelas palavras em si.

"Bem, sim. Meu trabalho não paga tanto quanto o do seu pai pagava."

Sabia que ela só havia começado a limpar a casa de outras pessoas porque precisávamos do dinheiro. Na verdade, ela não era qualificada para fazer qualquer outra coisa — por isso queria que eu terminasse a escola, algo que ela não conseguira fazer.

"Não podemos só ligar para o papai e pedir que ele nos mande um pouco de dinheiro?"

"Não."

"Por quê?"

"Você sabe por quê."

"Só sei que você disse que ele tinha ido embora e nunca mais ia voltar, e agora não temos dinheiro para comprar uma TV."

"Vamos comprar uma nova quando eu conseguir economizar, prometo. O boca a boca está começando a se espalhar e estou conseguindo mais e mais trabalho. Não vai demorar muito."

"E quanto à minha escola? Eles me tiraram da sala de aula hoje e disseram que minhas mensalidades não estão sendo pagas. Todos ficaram olhando para mim."

Parecia que ela ia chorar e não era isso que eu queria ver. Queria que ela me dissesse que tudo ia ficar bem, mas também não foi o que ouvi.

"Sinto muito", ela sussurrou e deu um passo em minha direção. Dei um passo para trás. "Tentei tudo o que estava ao meu alcance, mas vamos ter de encontrar uma nova escola para você."

"Mas é lá que estão todas as minhas amigas..."

Ela não respondeu, talvez porque soubesse que eu não tinha nenhuma.

"E quanto aos meus exames?", insisti — ela não podia ignorar isso.

"Sinto muito, mas vamos encontrar um bom lugar."

"Sinto muito, sinto muito, sinto muito! Você não diz outra coisa!"

Passei por ela e subi correndo as escadas para o meu quarto. Percebi que era o único cômodo da casa de onde nada havia sido levado, mas não falei nada. Em vez disso, antes de bater a porta, gritei alto o suficiente para ela ouvir.

"Você está arruinando a minha vida."

Somente anos mais tarde entendi como estava errada; ela estava tentando salvá-la.

* * *

Encaro a caixa entregue na varanda da minha mãe agora há pouco e, em seguida, uso meu telefone para pesquisar no Google o nome escrito na lateral. É uma empresa barata e chinfrim que entrega refeições em domicílio. A ideia de minha mãe — uma mulher que durante anos só comia alimentos orgânicos ou coisas que ela mesma cultivava — comendo refeições prontas me dá vontade de chorar. Mas não choro.

Segurar meu telefone despertou algo em mim, o início de uma ideia que já sei que não é boa, mas às vezes as ideias ruins acabam sendo as melhores. Sei que Jack não me disse que a vítima era Rachel Hopkins para que eu pudesse divulgá-lo, mas se quiser salvar minha carreira, preciso voltar ao ar. Ligo para a redação. Em seguida, ligo para o número do meu cinegrafista e Richard atende de imediato, quase como se estivesse esperando a minha ligação.

Algumas horas depois, estou conectada e prestes a fazer uma transmissão ao vivo no programa que costumava apresentar. As contas das redes sociais de Rachel eram públicas e também, sem surpresa, cheias de fotos dela mesma. Selecionei algumas e as enviei para o produtor na base para criar uma montagem. Richard fez algumas filmagens do lado de fora da casa dela e, em seguida, reunimos algumas entrevistas curtas com moradores locais — nenhum deles a conhecia de verdade, mas ficaram mais do que felizes em falar dela como se conhecessem.

Sempre fui boa em fazer as pessoas falarem comigo. Meus métodos são muito simples, mas funcionam:

Regra número um: Todo mundo gosta de se sentir lisonjeado.

Dois: Estabeleça confiança. Seja sempre amigável, independente de como você se sente.

Três: Inicie uma conversa que sugira que você tem muito em comum com o sujeito.

Quatro: Faça a pessoa dizer o que você quer de forma rápida, antes que ela tenha tempo de pensar demais sobre o assunto ou sobre você.

Sempre funciona.

Por fim, gravamos um trecho com a câmera na mata onde Rachel morreu, o mais próximo que o cordão de isolamento permitiu, com a fita da polícia tremulando ao fundo. Deu uma atmosfera muito interessante.

Depois de inserir um breve trecho de Jack falando na coletiva de imprensa anterior, tínhamos dois minutos de imagens para que eu falasse sobre elas. Nada mal para uma manhã de trabalho.

O caminhão de externa chegou bem a tempo e agora estou na melhor e mais próxima posição que conseguimos encontrar nas margens da floresta. Precisamos de uma posição com céu limpo para podermos ver um dos satélites e transmitir ao vivo. Árvores e prédios altos podem ser problemáticos nesse ramo. Assim como ex-maridos.

Estou equipada e pronta para falar quando vejo o 4x4 do Jack entrar no estacionamento. Ele chegou tarde demais. Encaro a lente da câmera quando ouço o diretor no meu ouvido, então, Cat Jones — sentada na cadeira de apresentadora que costumava ser a minha — lê a introdução da matéria.

"O corpo de uma jovem foi descoberto em uma floresta de propriedade do National Trust, em Surrey, esta manhã. A polícia identificou a vítima como Rachel Hopkins, fundadora da instituição de caridade para os sem-teto..."

Jack entra em meu campo de visão. Se olhares matassem, eu teria morrido.

"... Nossa correspondente, Anna Andrews, se junta a nós agora com as últimas informações."

Abro e finalizo minha entrada com vinte segundos de palavras memorizadas, fazendo o possível para ignorar os olhares persistentes e os acenos de Jack. Quando devolvo para o estúdio, ele está tão perto da câmera que poderia tê-la desligado ou derrubado com facilidade. Por sorte, Richard estava no caminho. Aguardo a liberação total e retiro o fone de ouvido.

"Isso está desligado?", pergunta Jack.

"Agora sim", responde Richard, tirando a câmera do tripé e juntando-se aos técnicos no caminhão.

Não foi preciso pedi-lo para nos deixar em paz.

"Que diabos você acha que está fazendo?", diz Jack.

"Meu trabalho."

"E se ainda não tivéssemos informado os parentes mais próximos?"

"Você me contou o nome da vítima, eu informei."

"Você sabe muito bem que não foi por isso que te contei."

"Por que *você* me contou?", pergunto, mas ele não responde.

Ele olha por cima do ombro para o caminhão de externa, depois se inclina um pouco mais para perto, sua voz mal passa de um sussurro.

"Por que você esteve aqui ontem?"

"Do que você está falando?"

"O tíquete do estacionamento com a data de ontem. Você ainda não explicou..."

"Nossa, de novo isso. Você acha que eu tive algo a ver com isso?"

"Teve?"

Jack me acusou de algumas coisas ruins quando éramos casados e de outras quando não éramos, mas nunca de assassinato. Isso me faz pensar se ele sempre teve uma visão negativa de mim, mesmo quando estávamos juntos. Talvez ele escondesse isso melhor naquela época.

"Eu estava apresentando um jornal da emissora para milhões de pessoas ontem, então tenho alguns álibis que podem confirmar que não estive aqui, se você precisar verificar."

"Então, como *você* explica isso?"

"Não sei, talvez a máquina esteja quebrada?"

"Claro. Por que não? Essa é uma explicação plausível."

Jack se dirige ao parquímetro e então procura uma moeda dentro de seu bolso. Não percebo que estou prendendo a respiração até que sua mão volta vazia. Ele olha para mim por cima do ombro, como se eu pudesse lhe oferecer algum trocado. Quando não o faço, ele volta sua atenção para o medidor. Observo a maneira familiar como ele acaricia a barba por fazer no queixo, um hábito que nunca me incomodou quando nos conhecemos, mas que causou uma irritação insuportável quando nos separamos.

Estou esperando que ele se afaste sem dizer mais nada, mas ele permanece completamente imóvel, olhando para o chão como se estivesse imerso em pensamentos profundos. De repente, ele se abaixa, empurra algumas folhas secas e, em seguida, pega uma moeda prateada do chão da floresta.

Ele a segura em minha direção antes de colocá-la na máquina. Posso sentir meu coração batendo no peito quando ele aperta o botão verde com o dedo. Sinto uma vontade louca de correr, mas permaneço no lugar exato em que estou.

Ele pega o tíquete que a máquina cospe e fica olhando para ele.

O tempo parece ficar mais lento enquanto espero que ele se vire ou diga algo, mas ele não diz nada. Não sei o que isso significa.

"E então?", acabo por perguntar.

"É a data de ontem; a máquina está quebrada."

"Isso é o que você chama de pedido de desculpas?"

Ele se vira para mim.

"Não. Ao contrário de você, não tenho nada pelo que me desculpar. Você não deveria estar aqui. Percebi há muito tempo que sua carreira significa mais para você do que as pessoas. Mais do que sua mãe, mais do que eu, mais do que..."

"Vá se foder."

As lágrimas vêm rápido, transbordando pelas minhas pálpebras. Me sinto ridícula por pensar isso, considerando o quanto eu o odeio neste momento, mas quero que ele me abrace. Só queria que *alguém* me abraçasse e me dissesse que tudo vai ficar bem. Nem precisa ser verdade. Só queria me lembrar como é essa sensação.

"Você está muito envolvida com isso. Não sei se é certo você estar fazendo uma reportagem sobre esse assassinato."

"Não sei se é certo que você tente solucioná-lo", respondo, enxugando as lágrimas com as costas da mão.

"Por que você não faz um favor a nós dois e volta para Londres? Sentada naquele estúdio, como você sempre sonhou?"

"Perdi meu emprego de apresentadora do programa."

Não sei por que conto a ele; não planejei contar. Talvez eu só precisasse contar a verdade sobre o que aconteceu a uma pessoa, mas me arrependo na mesma hora. A expressão corajosa que eu estava mantendo se desfaz e odeio a maneira como ele está me olhando agora. Prefiro admiração a pena. As pessoas que conhecem o meu verdadeiro eu são aquelas de quem mais preciso aprender a me esconder.

"Sinto muito em ouvir isso. Sei o quanto esse trabalho significava para você", ele diz e suas palavras soam genuínas.

"Como vai a Zoe?", pergunto, incapaz de esconder meu ressentimento.

Seu rosto se redefine. A mulher com quem meu ex-marido vive agora também era uma antiga amiga minha de escola, assim como Rachel

Hopkins. Já vi fotos de Zoe e Jack brincando de família feliz nas redes sociais, embora desejasse não ter visto. Ela as publica, não ele. A garotinha que posa entre eles é um lembrete constante do que costumávamos ser e do que poderíamos ter sido, se a vida tivesse se desdobrado de forma diferente.

"Espero que vocês estejam muito felizes juntos."

Minhas palavras soam insinceras, ainda que eu as tenha dito com sinceridade.

"Por que você sempre faz isso? Você fala de Zoe como se ela fosse uma mulher por quem te troquei. Ela é minha irmã, Anna."

"Ela é uma vaca egoísta, preguiçosa e manipuladora, que só causou problemas antes, durante e depois do nosso casamento."

Estou tão surpresa com meu rompante quanto ele parece estar.

"Você não mudou nada, apesar de tudo, né?", diz. "Você não pode continuar culpando todo mundo pelo que aconteceu com *a gente*. Talvez se você tivesse se preocupado com *a gente*, tanto quanto se preocupa com o que as outras pessoas pensam, com seu trabalho e tudo *isso*, as coisas não teriam acontecido do jeito que aconteceram..."

Levanto as mãos, como se quisesse tapar os ouvidos antes que ele dissesse o nome de nossa filha, mas ele agarra meu pulso e o encara.

"O que é isso?" Olho para a trança retorcida de vermelho e branco. Tenho estado tão ocupada que esqueci que estava usando a pulseira da amizade que encontrei antes. Tento me esquivar, mas ele aperta meu punho.

"De onde tirou isso?", ele pergunta, sua voz não está mais sussurrante.

"O que você tem a ver com isso?"

Ele me solta e dá um pequeno passo para trás antes de fazer a próxima pergunta. "Quando você viu Rachel pela última vez?"

"Por quê? Sou suspeita de novo?"

Ele não responde e eu não gosto da maneira que está me olhando agora, ainda mais do que antes.

"Não vejo Rachel Hopkins desde que saí da escola", respondo.

Mas é uma mentira. Eu a vi muito mais recentemente. Eu a observei descer de um trem há menos de 24 horas.

Dele

Terça-feira 14:30

Sei que Anna está mentindo.

O caminho de volta ao departamento é um borrão, tentando juntar as peças do quebra-cabeça que não se encaixam. Ainda não comi nada hoje. As unhas dentro da caixa de Tic Tac, junto à visita ao necrotério, conseguiram repelir a comida pelo futuro próximo. Já estou na metade do meu maço de cigarros e, embora eles ajudem a acalmar meus nervos, não fazem nada para aliviar minha culpa.

Não consigo parar de pensar na pulseira da amizade no pulso da Anna, na expressão de seu rosto quando perguntei sobre ela ou na maneira como ela se recusou a explicar de onde tinha vindo aquilo. Era igualzinha à que estava amarrada em volta da língua de Rachel.

Anna está mentindo sobre alguma coisa. Está na cara. Mas também estou.

O cinegrafista dela voltou antes de termos uma chance adequada de conversar. Não consigo identificar o que é, mas há algo de estranho nele também. Não gosto da maneira como olha para ela, não que eu tenha mais o direito de me sentir assim. É fácil reconhecer pessoas com más intenções quando se sabe como é ser uma delas.

Minha tarde consiste em lidar com perguntas da mídia e pistas falsas, em vez de poder continuar com o meu trabalho. A imprensa tem assediado quase todos os membros da equipe. Isso me lembra quando estava em Londres e Anna enfiou um microfone na minha cara pela primeira vez. Foi assim que nos conhecemos: ela estava cobrindo um caso no qual eu estava trabalhando. Foi ódio à primeira vista, mas isso mudou. Ela não se lembrava de mim de seus tempos de escola, mas sempre me lembrei dela.

Trabalho até tarde e me sinto levemente irritado, mas não surpreso, quando Priya decide ficar também, embora tenha dito a ela que fosse para casa. Quando o restante da equipe vai embora do escritório, ela pede uma pizza para nós. Eu a ouço ao telefone enquanto ela escolhe *minhas* coberturas e acompanhamentos favoritos, imaginando como ela sabe quais são. Sempre que ela olha em minha direção, encaro a tela do meu computador. No restante do tempo, eu a observo.

Percebo que ela tirou o *blazer* e parece ter desabotoado os três primeiros botões da camisa, a clavícula e parte dos seios agora estão visíveis. Não que me importe. Seu cabelo está solto, liberado do que eu pensava ser um rabo de cavalo permanente. Ela está bem diferente assim. Menos... irritante.

Comemos em silêncio. Priya mal toca na pizza e não consigo evitar pensar que ela a pediu só para mim. Ela vai buscar uma bebida para nós dois no bebedouro — sem perguntar se eu quero uma — e fica um pouco perto demais da minha mesa quando vem trazê-las. Posso sentir o cheiro não familiar de seu perfume quando coloca a mão pequena em meu ombro.

"Você está bem, Jack?", ela pergunta, deixando de lado o habitual "senhor" ou "chefe".

Se a linguagem corporal dela significa o que eu acho que significa, fico lisonjeado, mas não estou nem um pouco interessado em uma colega júnior com questões paternais ou seja lá o que for isso. Além disso, só consigo pensar na Anna agora e em como nossa vida de casal era boa antes de ser interrompida. Não quero ficar aqui. Também não estou a fim de voltar para casa, para enfrentar todas as perguntas que sei que não vou querer responder. Mas, como a madrugada se aproxima, acho que é um bom momento para ir embora do trabalho.

"Estou cansado, você também deve estar", digo, levantando-me de forma um tanto desajeitada.

Nunca tive muita sorte com o sexo oposto quando era garoto ou rapaz. Foi somente nos últimos anos que as mulheres começaram a me achar atraente. Sou um homem de meia-idade, tenho cabelos grisalhos e mais bagagem do que o aeroporto de Heathrow; não consigo entender. Embora goste da ideia — quem não gostaria? — quando acho que uma mulher está flertando comigo, ainda volto a ser uma versão adolescente e desajeitada de mim mesmo. Aquela que não sabe como falar com as garotas.

"Estou indo. Você também deveria. Separados", acrescento, para evitar qualquer confusão.

Priya franze a testa. Suas bochechas se ruborizam um pouco e ela retorna à sua mesa.

"Vou ficar um pouco mais. Boa noite, senhor", ela responde, com um sorriso educado, enquanto olha para a tela.

Ao tentar atenuar a situação, temo que tenha piorado as coisas. Às vezes, acho que as pessoas mudam suas expressões apenas para dar aos seus rostos algo para fazer. Um sorriso não significa que alguém está feliz, assim como as lágrimas nem sempre significam tristeza. Nossos rostos mentem com a mesma frequência que nossas palavras.

No caminho para casa, vejo que há uma luz acesa na St. Hilary's. É a escola em que Rachel e Anna estudaram quando eram adolescentes. Foi onde elas se conheceram. É tarde, ninguém deveria estar lá a essa hora da noite, mas pelo visto alguém está.

Dirijo até o estacionamento, mas decido fumar mais um cigarro antes de entrar na escola. Apenas a metade deve me deixar satisfeito, por isso quebro-o em dois. Aciono meu isqueiro algumas vezes, mas ele não funciona. Sacudo-o e tento mais uma vez, mas ele ainda se recusa a acender. Então examino os vários cantos e espacinhos do carro. Não quero olhar no porta-luvas de novo, não esqueci o que tem lá dentro.

Em vez disso, encontro alívio na forma de uma velha caixa de fósforos dentro do apoio de braço. Acendo o cigarro e dou uma longa tragada, apreciando a sensação de torpor instantâneo. Então, viro os fósforos e vejo que são do hotel onde passei uma noite com Rachel pela primeira vez. Já faz meses, mas ainda me lembro de cada detalhe: o cheiro de seu cabelo, o olhar em seu rosto, o formato de seu pescoço. A maneira como ela sentia prazer em fingir ser impotente e me fazer pensar que eu estava no controle. Não estava. Há duas palavras escritas no verso dos fósforos: Me liga. E seu número.

A visão de sua caligrafia parece me empurrar da borda onde estive cambaleando o dia todo. Fumo sem parar por um momento, ao mesmo tempo em que desejo uma bebida. Nem me importo mais com quem está na escola. Quando termino meu terceiro cigarro inteiro seguido, até o filtro, olho de volta para o prédio e está tudo escuro. Talvez tenha imaginado ver as luzes acesas e a sombra de alguém em pé na janela.

A caixa de fósforos com a caligrafia de Rachel rabiscada chama minha atenção. A ideia de ouvir sua voz, uma última vez, traz uma estranha sensação de conforto. Então, disco seu número. Ouço um telefone começar a tocar, mas não é do outro lado da linha, é no meu carro.

Viro-me tão rápido que fico surpreso por não ter sofrido uma contusão, mas o banco de trás está completamente vazio. Saio do carro, ainda com o telefone no ouvido, e vou em direção à traseira do 4x4. Então, olho para o porta-malas, de onde parece vir o toque.

Olho em volta, mas o estacionamento da escola está vazio a essa hora da noite, então abro o porta-malas. Meus olhos encontram o telefone na mesma hora. Seu brilho macabro no escuro ilumina dois outros objetos inesperados. Quando me aproximo um pouco mais, vejo que são os sapatos perdidos de Rachel: saltos de grife caros cobertos de lama.

Não entendo o que estou vendo.

Sinto-me tonto, estranho e enjoado.

Acho que vou vomitar, mas então o telefone vai para o correio de voz e ouço a voz dela:

"Oi, aqui é a Rachel. Ninguém mais atende ligações, então me mande uma mensagem de texto."

Desligo o telefone e fecho o porta-malas com tudo.

Minhas mãos começam a tremer quando me lembro de todas as ligações perdidas dela na noite passada, das mensagens que ela deixou no meu celular e já apaguei. Tenho de me certificar de que ninguém descubra. Se descobrirem, será impossível negar que estive com ela ou o que aconteceu. De fato, não tenho ideia do que o celular ou os sapatos de Rachel estão fazendo no meu carro, mas sei que não os coloquei lá. Com certeza me lembraria de ter feito isso.

Lembro-me de ficar de olho no elenco principal do drama que criei. É informativo, educativo e divertido, o que, tenho certeza, costumava ser o objetivo da BBC antes que aqueles no comando se esquecessem disso. Criei o hábito de não esquecer nada nem ninguém, especialmente as pessoas que me prejudicaram. O que me falta em perdão, compenso com paciência. E presto atenção às pequenas coisas, porque são, muitas vezes, as maiores pistas de quem uma pessoa, de fato, é. É raro as pessoas se enxergarem da mesma forma que as outras pessoas as veem. Todos carregamos espelhos quebrados.

Há vários personagens nesta história, cada um com sua própria perspectiva do que aconteceu. Só posso lhe dar a minha própria e imaginar a dos outros. Como todas as histórias, ela chegará ao fim. Tenho um plano agora, um plano que pretendo seguir e, até agora, acho que está indo muito bem. Ninguém sabe que fui eu. Mesmo que suspeitassem de algo, tenho certa confiança de que nunca poderiam provar nada.

Como muitas crianças solitárias, eu tinha um amigo imaginário quando era criança. Ele se chamava Harry e eu fingia conversar com ele. Até fazia uma voz engraçada para suas respostas. Minha família achava isso hilário, mas, em minha mente, Harry era real. Era como se eu fosse ele e ele fosse eu. Sempre que fazia algo errado, culpava o Harry. Às vezes, insistia que ele era culpado por tanto tempo que até eu acreditava nisso.

Quase me deixei enganar e acreditei que não havia matado Rachel algumas vezes, fingindo que era outra pessoa ou que eu havia imaginado. Mas a matei, e estou contente por isso. Não havia nada de bom naquela mulher, nada de verdade pelo menos. Ela era uma cobra em pele de cordeiro e eu deveria ter percebido; pessoas que encantam cobras, em geral, são picadas.

Não é que ela não soubesse a diferença entre certo e errado, Rachel apenas moldava suas definições para atender às suas próprias necessidades. Fazer algo errado muitas vezes era a única coisa que a fazia se sentir bem.

Nem todas as bússolas morais quebradas são irreparáveis. Algumas podem voltar a funcionar de novo com uma sacudida ética de outra pessoa. Todos nós viajamos sozinhos dentro de nossas próprias cabeças, mas é possível navegar pelas intenções de alguém ao norte do ruim e ao sul do errado. As pessoas podem mudar, elas apenas tendem a escolher não mudar.

Já li que alguns assassinos querem ser pegos, mas não eu. Não haveria mais diversão se o jogo acabasse e, embora tenha perdido muito, ainda tenho muito a perder. Tudo o que quero é que as pessoas recebam o que merecem. Na verdade, nem me considero homicida: sou apenas uma pessoa que decidiu prestar um serviço público para o benefício dos outros. O poder oficial da polícia pode ser bastante limitado e decepcionante, foi melhor resolver esse problema com minhas próprias mãos.

Levei muito tempo, mas agora entendo onde, por que e quando as coisas deram errado para mim. Tudo leva a isso — a este lugar e às pessoas que fizeram algo que não deveriam ter feito. Agora é hora de seguir em frente e terminar o que comecei.

Dela

Terça-feira 22:30

Acho que nunca segui em frente de verdade desde que o Jack foi embora. Posso ter pedido o divórcio, mas foi ele que se afastou do nosso casamento muito antes disso. Para mim, os benefícios de ficar sozinha superam a dor. Além disso, acho que é o que mereço. A dor da solidão é apenas temporária, como a de uma urtiga. Se você não coçar a solidão, logo a sensação de normalidade volta. Porém, ainda penso nele, em nós e nela. Algumas lembranças se recusam a ser esquecidas.

Penso em Jack a tarde toda e a noite toda, apesar do fluxo constante de entrevistas ao vivo para vários canais da BBC: o News Channel, a Radio 4, o Five Live, o Six, todos desde a BBC de Londres à BBC World. Quando finalizo minha última entrevista no *Ten O'Clock News*, não somos mais os únicos a transmitir da floresta. A Sky, a ITN e a CNN também estão aqui, cada uma com sua própria equipe e caminhões de externa. Todos estão cobrindo agora, mas o furo foi meu. Eu soube a identidade da vítima antes de qualquer outra pessoa, mesmo que ninguém saiba como.

Por ser tão tarde e pelo horário ridiculamente cedo que eles querem que comecemos a fazer entradas ao vivo no BBC *Breakfast* amanhã de manhã, o editor de notícias da madrugada se oferece para pagar um hotel para mim e para Richard. Os técnicos vão voltar para Londres, para serem substituídos pela equipe da madrugada pela amanhã, mas acho que faz sentido ficarmos aqui, em vez de dirigirmos de volta para a cidade e termos que voltar algumas horas depois. Dessa forma, dormiremos mais e estaremos por perto caso haja algum desdobramento. Richard concorda.

Não precisei perguntar em qual hotel fomos alocados, só há um e o conheço bem. O White Hart é mais um pub, na verdade, com alguns quartos no andar de cima. As únicas outras acomodações no vilarejo são duas pousadas bonitinhas ou meu antigo quarto na casa da minha mãe. Esse não é um lugar para onde eu queira ir.

Chegamos tarde demais para comer — o restaurante fechou há muito tempo — mas Richard sugere tomar um drinque no bar antes dos últimos pedidos. Contra meu bom senso, aceito. Uma garrafa de Malbec e dois pacotes de batatas chips com sal e vinagre depois, sinto que estou começando a relaxar e fico feliz. Às vezes, os colegas são como velhos amigos, daqueles que você pode não ver por alguns meses e depois retomar de onde parou.

"Topa outra?", pergunto, pegando minha bolsa.

Richard sorri. Suas piadas e sua conversa fácil me fizeram sentir jovem de novo esta noite, como se eu ainda pudesse ser uma companhia divertida. É uma pena que ele se vista com roupas retrô e se recuse a cortar o cabelo. Acho que há um homem escondido dentro do garoto que ele finge ser.

"Tentadora", ele responde. "Mas começamos bem cedo amanhã e o bar está fechado agora."

Olho para trás e vejo que ele tem razão. A maior parte das luzes já foi apagada e parece que os funcionários nos deixaram à vontade.

"Que pena", digo, deslizando minha mão pela mesa até quase tocar a dele. "Talvez possamos dar uma olhada no frigobar do meu quarto?"

Ele a afasta e ergue a mão, apontando para a aliança em seu dedo.

"Casado, lembra?"

A rejeição bate um pouco mais forte e digo algo que já sei que vou me arrepender. "Isso nunca o incomodou antes."

Seu rosto se estica em um sorriso educado e apologético, o que só me faz sentir pior.

"Aquilo era diferente. Agora temos as crianças, isso muda as coisas. Isso nos mudou", diz.

Ser tratada com condescendência é muito mais doloroso do que ser rejeitada, e ele está me dizendo algo que já sei. Ter uma criança mudou as coisas para mim também, até que eu a perdi. Nunca falo sobre o que aconteceu com as pessoas no trabalho ou com qualquer outra pessoa, na verdade. Estava vinculada à área de Artes e Entretenimento quando estava grávida — um departamento que fica no último andar da BBC — portanto, era raramente vista pela maioria das pessoas na redação. E se me viam, acho que pensavam que eu tinha apenas engordado. Houve complicações que me fizeram ficar em casa, confinada a semanas de repouso na cama nos últimos meses. Portanto, muitas pessoas nem sabiam que eu estava grávida. Ou que minha filha morreu três meses depois de nascer.

Fico pensando se Richard sabe. Chego à conclusão de que não sabe quando ele pega o celular e começa a rolar por fotos intermináveis de duas lindas garotinhas loiras. Ele parece animado em compartilhar o que acha que estou perdendo.

"Elas são lindas", digo, e falo sério.

Seu sorriso se alarga.

"Elas puxaram a mãe no departamento da aparência."

Fico sem ar de novo. Não me lembro de Richard jamais ter mencionado sua esposa antes, não que não soubesse que ele era casado. E não que haja algo de errado com o fato de um homem amar sua esposa e suas filhas. Acho que ter uma família aproxima alguns casais, em vez de afastá-los. No momento, tudo isso parece ser apenas mais um lembrete que não tenho uma.

"Bom, boa noite", digo, levantando-me para sair. "Só para constar, estava apenas oferecendo uma bebida."

Dou um sorriso e ele também. Nunca é bom deixar as coisas em um pé constrangedor com um colega, em especial com alguém que decide se você fica bem ou mal na tela para um público de milhões de pessoas.

Quando volto ao meu quarto, aproveito para assaltar o frigobar sozinha. Não tem a maior nem a melhor seleção de saideiras, mas é o que há. Em seguida, me sento na cama para comer barras de chocolate caras demais e beber miniaturas enquanto me pergunto como cheguei aqui. Quarenta e oito horas atrás, era uma apresentadora da BBC News. Minha vida pessoal podia estar em frangalhos, mas pelo menos eu ainda tinha minha carreira. Agora, estou literalmente de volta ao ponto de partida, no vilarejo em que cresci, fazendo uma reportagem sobre o assassinato de uma garota que conheci na escola. Uma garota que me magoou e que se transformou em uma mulher que tentou me magoar de novo, anos depois da noite que acabou com nossa frágil amizade de vez.

Rachel me ligou do nada recentemente, ainda não sei como ela conseguiu meu número. Ela disse que sua instituição de caridade estava com problemas e perguntou se eu poderia organizar um evento para ajudá-la. Quando eu disse que não — suspeitando que, se a instituição de caridade *estava* com problemas, devia ser porque era ela quem estava no comando — ela foi parar na BBC. Ficou sentada na recepção principal esperando por mim e depois deu a entender que tinha algo que prejudicaria minha carreira se as pessoas vissem.

Mesmo assim, eu disse que não.

Vou pegar outra bebida, mas o frigobar já está vazio, então decido me preparar para dormir. Preciso estar no ar de novo em algumas horas, é melhor dormir um pouco, se possível.

Tomo um banho. Às vezes, em histórias como essa, é como se o fedor da morte ficasse em sua pele e em seu cabelo. Preciso lavar tudo, com água tão quente que chega a queimar. Não sei quanto tempo fico no banheiro, mas quando saio, as garrafas vazias e as embalagens de chocolate foram colocadas no lixo e os lençóis da cama foram puxados para baixo, prontos para eu me deitar.

É estranho, porque de verdade não me lembro de ter feito isso e esse não é o tipo de hotel que tem serviço de preparação de cama.

Devo estar mais bêbada do que pensava.

Entro debaixo dos lençóis e apago as luzes, desmaiando assim que minha cabeça bate no travesseiro.

Dele

Terça-feira 23:55

A casa está na escuridão total quando entro na garagem e fico aliviado por isso; a última coisa que preciso depois de um dia como o de hoje é ter que enfrentar um interrogatório ao chegar em casa. Abro a porta da frente da maneira mais silenciosa possível, tomando cuidado para não acordar ninguém, mas logo fica evidente que não precisava ter me preocupado. As luzes podem estar apagadas, mas a tv está ligada e, quando entro na sala de estar, encontro Zoe assistindo minha ex-mulher no noticiário. Passei pela floresta a caminho de casa e a mídia já tinha feito as malas e deixado o local para passar a noite, então sei que não é ao vivo. É apenas uma reprise da matéria anterior, mas ainda é estranho ver Anna em minha casa.

"Que porra está acontecendo?", pergunta Zoe, sem levantar os olhos.

Ela mandou mensagens e ligou o dia todo, mas não tive tempo nem disposição para respondê-la.

"Se você tem assistido isso aí, imagino que já saiba", respondo, sem conseguir conter o suspiro.

"Uma das minhas melhores amigas é assassinada e você nem pensa em me contar?"

"Você não era mais amiga de Rachel Hopkins desde que saiu da escola. Devia fazer uns vinte anos que você não falava com ela." O rosto de Zoe se distorce em uma feição bastante feia de fúria e mágoa, mas não estou com disposição para uma de suas birras esta noite. "Nem tudo é sobre você, Zoe. Tive um dia muito longo e você sabe que não posso falar sobre meu trabalho, então, por favor, não pergunte."

Nunca quis poluir o mundo dela com meus problemas.

"Você está errado quanto a isso. Rachel e eu conversamos há pouco tempo", afirma ela, desligando a TV. Em seguida, ela me olha de cima a baixo, como se estivesse fazendo uma avaliação formal e chegando a uma conclusão negativa. "Por que sua ex-mulher está *aqui*, noticiando o assassinato de sua última namorada?"

Estou chocado demais para encontrar uma resposta adequada, porque não tinha ideia de que ela soubesse que eu estava dormindo com a Rachel. Achei que *ninguém* soubesse. Considero a possibilidade de que ela talvez não saiba com certeza.

"Não sei o que você quer dizer..."

"Corta essa, Jack. Sei que você estava comendo ela nos últimos dois meses, mas de todas as pessoas, só Deus sabe por que você! Você estava com ela ontem à noite?"

Não respondo.

"Então, você estava?"

"Você não é minha esposa, Zoe. E você não é minha mãe."

"Não, sou sua irmã e estou perguntando se você esteve com a Rachel ontem à noite."

"Você está me perguntando se eu tive algo a ver com isso?"

Ela balança a cabeça e começa a reorganizar as almofadas de pele falsa no sofá, algo que sempre faz quando está muito chateada. Ela mesma as fabrica — as capas das almofadas — e as vende *on-line*. Bem distante do trabalho de estilista de moda com o qual ela sonhava quando éramos jovens.

Percebo que ela pintou o cabelo de um vermelho vivo de novo, é provável que tenha sido com um daqueles kits de faça-você-mesma que ela tanto gosta. Ela deixou escapar um pouco de cabelo loiro na parte de trás, o tom escolhido no mês passado. Seu pijama rosa pareceria mais apropriado para minha sobrinha de 2 anos no andar de cima do que para sua mãe de 36 anos, mas não emito minhas opiniões.

"Quando disse que você poderia morar com a gente por um tempo depois do divórcio, quis dizer por algumas semanas, não por alguns anos...", diz, sem levantar o olhar.

"E então como você teria pago a hipoteca?"

Me mudei para a casa da minha irmã quando saí do apartamento em Londres que dividia com Anna. Essa era a casa de nossos pais antes de morrerem, e sinto que tenho tanto direito de estar aqui quanto Zoe. Em primeiro lugar, ela não tinha a menor ideia do imposto sobre herança, o que significava hipotecar de novo a casa para mantê-la. Em segundo lugar, nossos pais morreram de forma inesperada. Para minha consternação e surpresa da Zoe, não havia testamento. Embora nossos pais fossem muito organizados na vida, a morte deles não havia sido planejada de forma alguma. Pelo menos não por eles.

A única razão pela qual aceitei que minha irmã tratasse a casa como se fosse dela foi por ela ter uma filha. Elas precisavam de um lar mais do que eu e, além disso, nunca tive nenhum desejo real de voltar para esta cidade. Como minha ex, prefiro deixar o passado onde ele pertence.

Zoe passa por mim e sai correndo da sala. Ela não parece, nem cheira, como se tivesse tomado banho ou se trocado hoje. De novo. Minha irmã não tem um emprego de verdade. Ela diz que não consegue encontrar, talvez porque não tem se preocupado em procurar há dez anos. Ela depende de capas de almofadas, benefícios e da venda dos pertences de nossos falecidos pais no eBay — o que ela acha que ignoro — e insiste que ser mãe é um trabalho de tempo integral, embora aja como uma mãe de meio período.

Eu a sigo até a cozinha. Depois, observo enquanto ela leva mais tempo do que seria necessário para lavar uma única xícara na pia. Percebo que tudo está impecável, limpo — algo que é raro que Zoe faça, esteja ela chateada ou não — e guardado em seu devido lugar, exceto por uma faca do faqueiro de aço inoxidável sobre o balcão. Eu também havia reparado que ela estava faltando hoje de manhã.

"Como você soube de Rachel?", pergunto.

Zoe ainda está de costas para mim, enxaguando sua taça de vinho como se sua vida dependesse disso. Pego uma limpa no armário e me sirvo da garrafa de vinho tinto aberta no balcão. Infelizmente, minha irmã tem o mesmo gosto para vinho que tem por homens; muito ordinário, muito jovem e muita dor de cabeça.

"Como soube que ela estava morta? Ou como soube que você estava dormindo com ela?", ela pergunta, enfim virando-se para me encarar.

Não consigo olhá-la nos olhos, mas aceno de forma positiva com a cabeça enquanto tomo um gole.

"Sou sua irmã. Conheço você. Você dizia que estava trabalhando até tarde, mas Blackdown não é exatamente o centro do crime. Ou, pelo menos, não era. Então, eu a vi no supermercado em um dia da semana passada e ela começou a conversar. Como você disse, ela não me dava um oi há quase vinte anos, então..."

"Então, foi automático, você pensou que ela devia estar trepando com seu irmão?"

Ela levanta uma sobrancelha desenhada com lápis. Zoe sempre usa maquiagem completa, não importa se ela toma banho, se veste ou sai de casa.

"Não de cara, mas ela usava um perfume muito característico e você chegou em casa cheirando a ele naquela noite, depois de 'trabalhar até tarde', então..."

Ela faz aspas com as mãos, algo que faz desde que éramos crianças. Com o passar do tempo, isso só se tornou mais irritante.

"Por que você não disse nada?", pergunto.

"Porque não era da minha conta. Não te falo com quem *estou* dormindo."

Ela não precisa falar; esta casa tem paredes finas.

"*Você está* dormindo com alguém?", pergunto, mas ela me ignora.

A pergunta tinha a intenção de ser irônica. Zoe está sempre dormindo com alguém e tem uma atitude bastante casual em relação ao sexo. Ela nunca me disse quem é o pai de sua filha, suspeito que nem saiba.

"Achei que você mesmo me diria quando estivesse pronto. Além disso, eu não tinha certeza até ontem à noite", diz ela.

"Por que ontem à noite?"

"Porque ela ligou para cá."

A taça de vinho quase escorrega por entre meus dedos.

"O que você disse?"

"Rachel Hopkins ligou para cá ontem à noite."

De repente, o barulho fica muito alto em minha cabeça, ainda mais do que antes. Eu não sabia que a Rachel tinha esse número, mas acho que ele nunca mudou. É o mesmo número que usava para ligar para minha irmã quando elas eram amigas de escola. Estou apavorado com a resposta, mas tenho que fazer a pergunta.

"Você falou com ela?"

"Não. Eu nem escutei o telefone. Ela deixou uma mensagem por volta da meia-noite, só a ouvi hoje de manhã quando vi o aparelho piscando."

Ela vai até o outro lado da cozinha, onde fica a antiga secretária eletrônica que pertencia a nossos pais. Tantas coisas deles ainda estão aqui — as coisas que Zoe ainda não vendeu — que, pra ser honesto, às vezes esqueço que eles morreram. Então me lembro e a tristeza me abate de novo. Me pergunto se isso é normal.

O tempo se tornou um pouco não linear em minha cabeça depois que eles morreram. Coisas ruins continuavam acontecendo. Não apenas a morte de minha filha e o divórcio, mas era como se qualquer futuro que eu tivesse imaginado para mim tivesse decidido se desfazer. Agora isso está acontecendo mais uma vez.

Zoe parece se mover em câmera lenta. Quero dizer a ela para parar, para não dar o play no aparelho. Não sei se quero ouvir a voz de Rachel de novo. Talvez seja melhor lembrar-me dela como ela era em vez de...

Zoe dá o play.

"Jack, sou eu. Desculpa ligar para o telefone fixo, mas você não atende o celular. Você está a caminho? Está ficando tarde e estou muito cansada. Sei que deveria ser capaz de trocar um pneu sozinha. Não sei como isso aconteceu, é quase como se alguém o tivesse cortado. Espera, acho que estou vendo os faróis do seu carro entrando no estacionamento agora. Meu cavaleiro de armadura brilhante!" Rachel ri e desliga.

Fico olhando para o aparelho como se fosse um fantasma.

Minha irmã me olha como se eu fosse um estranho.

"Que arranhão é esse?", pergunta.

Tateio sem pensar em busca da pequena cicatriz vermelha em minha bochecha. Vi Priya olhando para ela várias vezes hoje, mas, ao contrário de minha irmã, ela foi educada demais para mencioná-la.

"Me cortei fazendo a barba."

Zoe franze a testa e me lembro da máscara de barba por fazer que está escondendo meu rosto.

"Foi você?", ela enfim pergunta, em uma voz tão baixa que mal a escuto.

Gostaria de não ter escutado.

Uma montagem inesperada de quando éramos crianças é reproduzida em silêncio na minha cabeça. Desde quando eu era pequeno, empurrando minha irmã caçula no balanço até festas de aniversário com nossos amigos, passando por todos os natais compartilhados em família. Na semana passada, eu estava empurrando a filha dela, minha sobrinha, no mesmo balanço pendurado no salgueiro do quintal. Costumava ter muito amor nesta casa. Não tenho certeza de quando ou para onde ele foi.

"Como você tem coragem de me perguntar uma coisa dessas?"

Eu a encaro, mas os olhos de Zoe se recusam a encontrar os meus. Sinto meu coração palpitar dentro do peito, palpitações irregulares causadas por mágoa, não por raiva. Sempre achei que minha irmã estaria ao meu lado em qualquer situação. A ideia de que eu estava errado sobre isso não é como um tapa na cara, é mais como ser atropelado por um caminhão repetidas vezes.

"Tenho uma criança dormindo no andar de cima, tinha que te perguntar", ela sussurra.

"Não, não tinha."

Ficamos nos olhando por um longo tempo, tendo o tipo de conversa silenciosa que só irmãos próximos podem ter. Sei que preciso dizer algo em voz alta, mas demoro um pouco para organizar as palavras na ordem certa.

"Eu vi a Rachel ontem à noite."

"Na mata?"

"Sim." Zoe faz uma cara que prefiro ignorar. "Mas depois fui embora. Não sabia que havia algo errado até ver as chamadas perdidas no meu celular, quando cheguei em casa. Voltei para ajudar, mas o carro dela tinha sumido, e ela também. Liguei para o celular dela, mas ela não atendeu, então imaginei que tinha conseguido dar um jeito."

"Alguém mais sabe que você estava lá?"

"Não."

"Você não contou aos seus colegas policiais."

Balancei a cabeça. "Não".

Ela me encara por um longo período, antes de fazer sua próxima pergunta.

"Por que não contou a eles?"

"Porque eles iam olhar para mim do jeito que você está olhando agora."

"Desculpe", ela diz, por fim. "Tive de perguntar, mas acredito em você."

"Tudo bem", digo, embora não esteja e eu também não.

"Sei que nunca dizemos isso, mas eu te amo."

"Eu também te amo", respondo.

Quando ela deixa o cômodo, choro pela primeira vez desde que minha filha morreu.

Perder alguém que você ama de verdade sempre é como perder uma parte de si mesmo. Não a Rachel — aquilo era só tesão —, falo da minha irmã. Podemos não ter sido sempre próximos — ela nunca aprovou a esposa que escolhi, e nunca aprovei sua escolha de, bem, qualquer coisa — mas sempre achei que ela seria a única a desligar o ventilador se a merda acontecesse. Acho que estava errado, porque parece que algo se rompeu entre Zoe e mim esta noite. Algo que não pode ser consertado.

Fico sentado sozinho na penumbra por um tempo, terminando o vinho que ela provavelmente deixou aqui de propósito, sabendo que eu ia precisar dele. Quando a garrafa está vazia e a casa está silenciosa de novo, volto para a secretária eletrônica. Em seguida, apago a mensagem.

Às vezes, sinto que não sei mais quem eu sou.

Dela

Quarta-feira 04:30

Acordo coberta de suor, sem saber onde estou, ou que dia é hoje.

A primeira coisa que vem à tona é ela, minha filhinha. É sempre a mesma coisa.

Depois me lembro do hotel e das bebidas — antes e depois do meu encontro embaraçoso com Richard — e aperto meus olhos fechados. Como se, caso eu os mantivesse fechados por tempo suficiente, fosse possível apagar todas as minhas memórias.

Estava tendo um pesadelo antes de acordar.

Eu corria pela mata e estava com medo de algo ou alguém que estava me perseguindo. Caí e, enquanto estava estendida sobre a terra, alguém apareceu e se apoiou em cima do meu corpo, segurando uma faca. Eu gritava por socorro no sonho e agora minha garganta está doendo, como se estivesse gritando na vida real.

É provável que eu esteja apenas desidratada. Daria tudo por uma bebida sem álcool agora mesmo. Acendo as luzes e fico surpresa ao ver uma garrafa de água mineral sem gás ao lado da cama. Não me lembro de tê-la colocado ali, mas agradeço em silêncio ao meu eu do passado por ser tão atencioso. Tiro a tampa e engulo o líquido refrescante, tão gelado que é como se tivesse acabado de sair da geladeira.

Verifico meu celular e vejo que foi uma mensagem de texto do Jack que me acordou. Por alguma razão, sinto-me melhor ao saber que ele também está tendo problemas para dormir. Não é gentil, mas é curta, apenas quatro de suas palavras favoritas dispostas em uma ordem familiar:

A gente precisa conversar.

Não, às quatro da manhã, não precisamos.

Saio da cama e me arrasto até o frigobar, em busca de algo que me ajude a voltar a dormir. Temo que eu o tenha esvaziado por completo antes de desmaiar, mas perco o ar quando vejo que, na verdade, ele está totalmente abastecido. Puxo a lixeira de baixo da escrivaninha, mas ela também está vazia. Tinha certeza de que havia me sentado na cama comendo besteira e bebendo sozinha na noite passada, mas isso também deve ter sido um sonho.

Abro uma garrafa miniatura de uísque e bebo, depois reparo a foto na mesinha, aquela que encontrei no porta-joias na casa da minha mãe ontem. Todas nós estamos nela. Cinco jovens amigas adolescentes na noite anterior ao ocorrido, algumas de nós sem saber o que estava por vir. Passei tantos anos tentando esquecer essas garotas e agora, mais uma vez, elas são tudo em que consigo pensar. Lembro-me de quando nos conhecemos.

A escola técnica foi ideia de minha mãe. Eu costumava ser mais esperta naquela época — antes do monte de álcool afogar meus neurônios —, esperta demais para o meu próprio bem, ela costumava dizer. Sem meu pai, não havia como pagar as mensalidades de uma escola particular. Precisava terminar meus estudos em algum lugar e ela achava que a St. Hilary's seria a melhor opção.

Não foi.

A escola só para meninas ficava a vinte minutos de caminhada da nossa casa, mas mamãe insistiu em me levar de carro até lá no meu primeiro dia — é provável que fosse para ter certeza de que eu entraria — e parou bem em frente aos portões.

Ela havia comprado uma velha perua branca, onde mandou pintar o nome de sua nova empresa na lateral do veículo: *Abelhas Ocupadas — Serviços de limpeza profissional*. Parecia uma lata sobre rodas.

Eu podia ver as pessoas olhando para nós e para a perua, como se fosse uma relíquia antiga que deveria estar em um museu, não na estrada. Não queria sair da perua nem entrar na St. Hilary's, mas também não queria decepcionar minha mãe. Sabia que ela havia conseguido uma vaga na escola no meio do semestre.

Mamãe era a faxineira da diretora — ela fazia faxina para quase a metade do vilarejo naquela época — e acho que convenceu a mulher a ter pena de mim e de nós. Estava ficando acostumada com o fato de ela pedir pequenos favores aqui e ali. Fazer faxina para pessoas influentes e empresas locais tinha seus benefícios, incluindo pão de graça dos padeiros e flores recém-passadas-do-seu-apogeu da floricultura. Ela sempre fazia o que fosse necessário para pagar as contas e manter um teto sobre nossas cabeças. Tentei demonstrar alegria e gratidão enquanto olhava para o imponente prédio de tijolos, mas minha primeira impressão foi de que a escola tinha o aspecto de um hospício vitoriano, com sua placa antiga acima da porta principal e seu nome gravado na pedra: *Escola St. Hilary's para Garotas.*

Quando não saí da perua, minha mãe tentou me encorajar com algumas palavras. "Nunca é fácil ser a garota nova, não importa a idade que você tenha. Seja você mesma."

Na época, isso me pareceu um péssimo conselho, e agora também. Quero que as pessoas gostem de mim, portanto, ser *eu mesma* nunca é uma opção.

Mesmo assim, não abri a porta da perua. Lembro-me de olhar para aquela escola como se fosse uma prisão — uma que eu nunca teria permissão de deixar. Eu não estava tão errada. Há algumas sentenças de prisão perpétua autoinfligidas. Todos nós carregamos prisões de arrependimento dentro das nossas cabeças, incapazes de nos libertar da culpa e da dor que elas nos causam.

Bateram à porta e, em seguida, um rosto sorridente entrou pela janela da perua. Minha mãe se inclinou sobre mim para abaixar o vidro. A garota estava vestida com o mesmo uniforme que eu, só que o dela estava novo. Como o restante das minhas roupas, o meu era de segunda mão. Meus sapatos eram novos, mas também eram um número grande demais. Mamãe sempre os comprava assim, para que eu pudesse crescer com eles, e colocava algodão nas pontas para evitar que os dedos dos pés escorregassem.

A garota que estava do lado de fora do carro era magra e muito bonita. Tínhamos a mesma idade, mas ela aparentava ter bem mais de 15 anos. Ela tinha luzes no cabelo, longas mechas douradas que brilhavam à luz do sol da manhã. Seu sorriso com covinhas fazia você querer ser tão feliz e gentil quanto ela aparentava. Essa foi a primeira coisa que pensei sobre Rachel Hopkins: que ela parecia ser uma boa pessoa.

"Olá, Rachel. Que bom ver você", disse minha mãe.

Estava começando a pensar que não havia mais ninguém no vilarejo que ela não conhecesse.

"Olá, sra. Andrews. Você deve ser a Anna?", disse a bela desconhecida.

Concordei com a cabeça.

"Primeiro dia hoje, certo?"

Confirmei com a cabeça de novo, como se tivesse esquecido como falar.

"Acho que estamos na mesma classe. Quer vir comigo? Posso te mostrar a sala e apresentar todo mundo."

Lembro-me de que queria muito fazer isso. Ela parecia tão simpática que acho que eu a teria seguido para qualquer lugar. Minha mãe se inclinou para me beijar, mas saí da perua antes — nunca me senti confortável com demonstrações públicas de afeto — e ela foi embora antes que qualquer uma de nós tivesse a chance de se despedir direito. Não precisei perguntar como Rachel conhecia minha mãe, já havia adivinhado que mamãe também deveria limpar a casa dela.

Rachel falava. Muito. Principalmente sobre ela mesma, mas não me importei. Só estava grata por não ter que entrar naquele prédio sozinha. Ela me conduziu a uma sala de aula que já estava cheia de adolescentes barulhentas. Quando entramos, houve um silêncio e eu não sabia se era para ela ou para mim, mas a conversa logo recomeçou, e tentei não me sentir tão insegura.

142

Rachel foi em direção a um grupo de garotas, com uma arrogância que só as pessoas mais populares sabem ter. Elas estavam sentadas perto dos aquecedores antigos — aquela escola sempre foi fria em mais de um aspecto —, e ela não hesitou em interromper as colegas para me apresentar.

"Anna, estas são todas as pessoas que você precisa conhecer. Meu nome é Rachel Hopkins e sou sua nova melhor amiga. Esta é Helen Wang, a inteligente, que edita o jornal da escola; e ela é Zoe Harper, a engraçada, que gosta de fazer as próprias roupas e colocar piercings em partes aleatórias do corpo para irritar os pais."

Zoe ajeitou o cabelo loiro avermelhado — que não aparentava ser natural — atrás das orelhas furadas. Em seguida, ela levantou a camiseta o suficiente para exibir um piercing no umbigo, como se essa fosse sua ideia de saudação. Logo descobri o quanto Zoe era habilidosa com a máquina de costura; metade da escola a havia pago para encurtar as barras de suas saias.

Helen, "a inteligente", tinha cabelos pretos no estilo Cleópatra e maçãs do rosto tão definidas que pareciam machucar seu rosto. Ela logo perdeu o interesse em mim e voltou ao que estava fazendo: grampear folhas de papel A4 rosa para transformá-las no que eu descobriria mais tarde ser o jornal da escola. Ela estava usando todo o seu peso para empurrar o grampeador para baixo, e o som do disparo repetido abalava o que restante dos meus nervos. Aquilo me fez pensar em uma arma.

Rachel colocou a mão dentro da bolsa e pegou uma câmera descartável Kodak. Nunca tinha visto uma antes, mas logo descobri que ela requeria filme e paciência. Naquela época, não existiam câmeras digitais, nem mesmo telefones celulares. A câmera inteira tinha que ser enviada para ser revelada, o que podia levar dias, para que fosse possível ver uma única foto tirada com ela.

Sempre me lembro do som que ela fazia quando Rachel tirava uma foto minha.

Clíquete-clique. Clíquete-clique. Clíquete-clique.

Ela precisava enrolar o filme depois, todas as vezes, e a pequena roda de plástico cinza fazia um barulho, além de deixar uma marca na pele de seu polegar.

"Tira uma foto minha com a garota nova em seu primeiro dia", disse Rachel, sorrindo com aquele sorriso bonito antes de entregar a câmera para Helen, que parecia um pouco irritada por ter de interromper o grampeamento.

Rachel posou com o braço em volta de mim. Pisquei quando o *flash* disparou, então foram tiradas duas fotos para o caso de eu ter estragado a primeira.

"Assim, teremos um antes e um depois", comentou Rachel, pegando a câmera de Helen e colocando-a de volta na bolsa. Não pensei em perguntar antes e depois de quê. "O resto delas são todas perdedoras, *ela* em especial", acrescentou Rachel, olhando para o resto da classe. Virei-me para ver uma garota sentada sozinha em sua mesa, lendo um livro.

"Aquela é Catherine Kelly, esquisitíssima, melhor evitar. Fica com a gente e você vai ficar bem, menina."

Fiquei olhando para a garota de aparência solitária, com cabelos e sobrancelhas tão loiros que eram quase brancos. Sua pele também era pálida de um jeito incomum, fazendo-a parecer uma aprendiz de albino. Não pude deixar de notar o aparelho feio em seus dentes, enquanto ela mordia uma barra de chocolate no café da manhã.

Suas roupas estavam amarrotadas e cobertas de manchas. Como a garota que as usava, elas pareciam precisar de limpeza. Assim que terminou de comer uma barra de chocolate, ela abriu a tampa da sua carteira e pegou outra, rasgando a embalagem como se estivesse faminta. Era magrinha, apesar das merendas. Seus olhos grandes me lembravam o Bambi, mastigando a grama fresca, sem saber que os caçadores estavam observando. Decidir ficar longe dela não foi difícil. Decidir *não* fazer isso é que resultaria em um desastre, mas eu não sabia disso naquele momento.

· · ·

Tudo o que eu queria fazer há muito tempo era sair de Blackdown e nunca mais voltar. Olhando agora para o quarto do hotel, não entendo como acabei voltando para cá. Dou uma última olhada na foto de cinco garotas, cujas vidas mudaram para sempre pouco tempo após ela ter sido tirada, depois a viro e a coloco de volta na mesinha. Não quero mais olhar para seus rostos.

Vou ao banheiro, lavo as mãos, como se as lembranças as tivessem sujado, e depois jogo um pouco de água fria no rosto. Quando volto para o quarto, a foto chama minha atenção de novo. Ela está virada para cima, embora eu possa jurar que a virei. E isso não é tudo. Alguém usou uma caneta para marcar uma cruz preta sobre o rosto de Rachel.

Dele

Quarta-feira 05:55

A corrida para dormir é vencida pelo som do meu telefone tocando, em vez do despertador.

É Priya de novo e tenho que dizer a ela para desacelerar. Minha cabeça está doendo por causa do vinho tinto barato e ela está falando rápido demais para que meu cérebro consiga processar o que ela está dizendo. Dormi com minhas roupas, deitado sobre a cama no quarto que era meu quando garoto. Sinto tanto frio que minhas mãos se esforçam para segurar o telefone no ouvido. Não entendo a princípio, mas depois vejo que a janela está aberta, onde fumei um cigarro ontem à noite. Se Zoe descobrir que fumei dentro de casa — com minha sobrinha dormindo no quarto ao lado — ela vai me matar.

Lembro-me de como me senti bem na hora, não apenas com a adrenalina da nicotina, mas com o prazer natural de fazer algo errado e achar que consegui me safar. Lembro também que essa sensação foi embora quando senti que estava sendo observado na rua abaixo. Estava tão escuro lá fora que seria fácil alguém nas sombras estar olhando para mim, eu nunca saberia. Tento esquecer a noite passada, mas quando me sento, minha cabeça dói ainda mais e sei que preciso de café.

Faço Priya repetir suas últimas palavras, só para ter certeza de que as entendi, e ela as diz mais uma vez.

"Um segundo corpo foi encontrado em Blackdown."

Tento formular uma resposta, mas nada me ocorre.

"Você me ouviu, chefe?", ela pergunta e percebo que ainda não disse nada.

"Onde o corpo foi encontrado?"

Minha voz soa estranha quando enfim me lembro de como usá-la.

"St. Hilary's. A escola técnica para garotas", ela responde.

Paro para pensar por um momento. Quero fumar, mas só me resta um cigarro depois da noite passada e sinto que deveria guardá-lo.

"Você disse na escola para meninas?"

"Sim, senhor."

Minha mente tenta alcançar minhas reações. Dois assassinatos em dois dias, *aqui*, sugerem que podemos estar lidando com um assassino em série. Os chefes vão ficar em cima disso quando souberem, como moscas sobrevoando merda fresca.

"Estou indo para lá."

Tomo um banho rápido, sem fazer barulho, e desço as escadas, tentando não acordar ninguém. Não precisava ter me incomodado. Zoe já está de pé, toda arrumada, para variar, e na cozinha. Ela está assistindo ao programa da manhã, o bbc *Breakfast*.

"Quer um pouco?", pergunta, deslizando um bule de café em minha direção, sem desviar o olhar da tela.

"Não, tenho que ir."

"Antes que você vá, uma pergunta aleatória: você viu o cortador de unhas? Parece que ele sumiu do banheiro e estou precisando dele", diz.

A caixa de Tic Tac vem à tona na minha mente e olho fixamente para Zoe por um longo tempo sem responder.

"O quê?", ela pergunta.

"Nada. Não, eu não o vi. Por falar em coisas perdidas, você viu minhas botas da Timberland?"

"Sim. Elas estavam na porta dos fundos ontem, cobertas de lama."

Meu sangue gela em minhas veias.

"Bom, elas não estão lá agora", respondo.

"E eu não sou sua mãe, procura você mesmo. Por que a pressa de sair tão cedo?"

"Coisas do trabalho."

"Porque encontraram outro corpo?"

Encaro Zoe mais uma vez, absorvendo o fato de que ela está completamente vestida, o modo como suas bochechas estão rosadas — como acontece quando ela sai para uma rara corrida — e como as chaves do carro estão sobre a mesa da cozinha, como se ela tivesse acabado de voltar de algum lugar. São seis da manhã e não consigo me lembrar de nenhum lugar em Blackdown que esteja aberto a essa hora do dia.

"Como você sabe que encontraram outro corpo?", pergunto.

"Porque eu sou a assassina."

Ela não sorri e eu também não. Zoe sempre teve um senso de humor deturpado, mas uma pequena parte de mim se pergunta se é só isso mesmo. Nunca soube o verdadeiro motivo pelo qual ela se desentendeu com Rachel Hopkins ou com as outras garotas com quem estudou na escola.

Por fim, um canto de sua boca se volta para cima e ela acena com a cabeça na direção da TV.

"Sua ex-mulher me contou."

Essa resposta não é muito melhor do que a primeira e faz pouco sentido, até que vejo Anna surgir na tela. Ela está do lado de fora da escola, relatando sobre a segunda vítima, antes mesmo de eu conseguir chegar à cena do crime. Ainda não houve nenhuma declaração à imprensa, as únicas pessoas que deveriam saber alguma coisa sobre um segundo assassinato a esta altura podem ser contadas nos dedos de uma mão.

"Tenho que ir", digo de novo, antes de seguir para o corredor e pegar meu casaco no corrimão, onde sempre o deixo. Outra coisa que faço que irrita minha irmãzinha. Pego meu cachecol do Harry Potter, mas depois decido ir sem ele.

"Jack, espera". Zoe me segue. "Tenha cuidado hoje, está bem? Só porque vocês costumavam ser casados, não significa que deva confiar em Anna."

"O que isso quer dizer?"

"Ela é mais jornalista do que jamais foi esposa, portanto, cuidado com o que você diz. E... não... perca a paciência com ninguém."

"Por que eu perderia?"

Ela dá de ombros e eu abro a porta da frente.

"Só mais uma coisa", ela diz e me viro para encará-la, incapaz de esconder minha impaciência.

"O quê?"

"Por favor, não fume dentro de casa."

Entro no meu carro, sentindo-me como uma criança de castigo que foi pega de surpresa em mais de um aspecto. Dirijo até a escola em que estava estacionado do lado de fora ontem à noite e, uma vez mais, parece que toda a força policial de Surrey chegou antes de mim.

Por enquanto, há apenas um caminhão de externa via satélite aqui — o de Anna — mas não há sinal dela ou da equipe da BBC, apenas uma van vazia. Eles devem estar fazendo uma pausa. Procurei o operador de câmera dela no sistema ontem à noite. Não foi nada profissional, mas eu tinha razão em desconfiar. Ele tem um histórico e um passado que espero que ela desconheça.

Priya está esperando por mim na recepção da escola e me entrega um café e um croissant. Seu cabelo está preso em um rabo de cavalo de novo, mas seu rosto está diferente.

"Não estou usando meus óculos", diz ela, como se estivesse lendo meus pensamentos.

"Se você não queria ver outro cadáver tão cedo, era só dizer."

"Enxergo bem, obrigada, senhor. Pensei em experimentar lentes de contato."

Parece um momento curioso para experimentos, mas as mulheres sempre foram um mistério para mim.

"Nada mal", digo e ela sorri. No mesmo instante, me aflige o fato de que não deveria ter dito aquilo — preocupado com o fato de que, talvez, fazer um simples elogio a uma colega de trabalho constitua assédio sexual nos dias de hoje — então retiro o que disse. "Me referia ao café", acrescento e tomo um gole.

O sorriso de Priya some e me sinto um idiota. Tento nos direcionar para um assunto menos pessoal.

"Onde você conseguiu encontrar algo tão bom, a essa hora, por aqui?", pergunto, segurando o copo.

"É da Colômbia."

Minha resposta sai apressada.

"É um longo caminho a percorrer."

Seu sorriso retorna.

"Fiz para o senhor em casa antes de sair hoje de manhã, achei que precisaria de café. Tenho uma garrafa térmica inteira no carro, mas sei como você gosta de café no copo de papel — embora isso seja um pouco estranho e ruim para o meio ambiente —, então encomendei alguns pela internet. Copos de papel, quero dizer. Acabei de servir quando te vi chegando, para que estivesse quente."

Sabia. Ela está apaixonada por mim. Posso estar na meia-idade, mas ainda dou pro gasto. Não que algo possa ou vá acontecer. Vou dar um fora nela com gentileza quando for a hora certa. Dou uma mordida no croissant e ele está bom. Decido não perguntar de onde veio, é provável que ela mesma o tenha assado ou mandado vir da França.

Meu telefone toca, revelando o nome do meu chefe, e eu demoro mais do que deveria para atender.

"Bom dia, senhor."

Lamber botas sempre deixa um gosto desagradável em meus lábios.

Fico ouvindo enquanto o homem me diz tudo o que acha que fiz de errado com a investigação, e mordo minha língua com tanta frequência que fico surpreso por ela não ganhar um buraco. Ele nunca diria isso na minha cara. Em primeiro lugar, duvido que ele conseguisse sair de seu escritório para fazer isso, além disso, é difícil para ele me olhar de cima para baixo pessoalmente, sou bem mais alto. O homem sofre de atraso no crescimento e no intelecto, mas espero até que ele tenha dito tudo o que queria e depois falo o que ele quer ouvir. Acho que essa é a abordagem mais rápida para tirar a direção de cima de mim.

"Sim, senhor. É claro", digo, prometendo mantê-lo informado antes de desligar.

Priya parece desapontada.

"O que foi?", pergunto.

Ela dá de ombros, mas não responde. Seus olhos me julgam, mesmo que suas palavras não o façam. Acho que ela ouviu o que o chefe disse:

"Essa é uma grande falha da Equipe de Crimes Hediondos sob *sua* supervisão."

Eu e toda a unidade da ECG trabalhamos turnos de dezoito horas ontem. Eles mal dormiram, mas algo no que ele disse ainda dói. Por alguma razão, em algum nível, sinto que tudo isso pode ser de fato culpa minha.

"Vamos?", pergunto a Priya.

"Sim, senhor", diz ela, voltando ao seu estado normal, eficiente. Uma versão com a qual me sinto muito mais confortável.

Priya me guia por um labirinto de corredores. Ignoro todos os pôsteres coloridos nas paredes e me concentro em seus sapatos de cadarço que rangem no piso polido. Os brogues pretos — que, estranhamente, me lembram sapatos escolares — estão bem mais limpos do que ontem na floresta lamacenta, tanto que não consigo evitar me perguntar se são um par novo. Seu rabo de cavalo balança de um lado para o outro, como sempre faz, um pêndulo em forma de cabelo, fazendo um movimento decrescente à medida que nos aproximamos da vítima número dois. Não tenho dúvidas de que os assassinatos estão relacionados.

Mantenho-me alguns passos atrás de Priya durante todo o caminho, fingindo segui-la, mas este é um edifício com o qual já estou, para a surpresa de todos, familiarizado. Eu costumava ser arrastado para cá por meus pais o tempo todo, para ver minha irmã se apresentar nas peças da escola. Zoe nunca foi a melhor da turma em termos acadêmicos — há muita concorrência para isso em uma escola como esta —, mas ela era uma excelente atriz. Ainda é. Talvez isso seja de família. Não posso mais fingir para mim mesmo que não estive aqui ontem à noite ou que não vi a luz na janela do escritório para onde estamos indo. Se eu tivesse me comportado de forma diferente, isso não estaria acontecendo agora.

Quando entramos na sala, a visão que nos recebe não deixa de ser chocante. Ainda está escuro como breu lá fora, mas não aqui dentro. As luzes brilhantes da polícia fazem a sala parecer um cenário de filme, com a vítima no centro do palco.

"Podemos cobrir essas janelas, por favor, antes que a imprensa comece a postar fotos na internet?", digo e várias cabeças se viram para olhar em minha direção.

Há alguns policiais uniformizados que conheço, assim como alguns que não conheço e fico feliz em ver que a equipe forense já chegou. É mais ou menos a mesma equipe de resposta ao alvo de ontem e todos têm o semblante um pouco abalados. Observando a cena do crime, não os culpo.

"Achei que seria melhor esperar pelo senhor", Priya diz.

"Está bem, mas agora estou aqui."

O escritório da escola se parece mais com uma biblioteca em miniatura. Estantes de livros se alinham na parede do fundo e há um enorme mapa-múndi emoldurado em outra parede. Vejo um armário de vidro cheio de troféus e uma grande escrivaninha de mogno no meio da sala. A diretora ainda está sentada em sua cadeira atrás dela, mas sua garganta foi cortada e sua boca está esticada como em um grito.

Mesmo da porta de entrada, posso ver o objeto estranho dentro de sua boca. Assim como no caso de Rachel, há uma pulseira da amizade vermelha e branca amarrada ao redor da língua da vítima. Sua cabeça está caída para um lado, com o cabelo preto estilo Cleópatra revelando as presilhas acinzentadas. Seu cabelo esconde metade do rosto, mas ainda sei quem ela é. Espero que todos aqui saibam. A diretora da escola técnica feminina é respeitada e um pouco temida na comunidade local.

Helen Wang frequentou a St. Hilary's como aluna e estava no mesmo ano que Zoe, Anna e Rachel. Ela passou de representante da turma na adolescência a diretora antes dos 30 anos. Uma acadêmica de alto nível, com um QI enorme e pouquíssima paciência para pessoas que não compartilhava sua visão de mundo. Sei que ela e Rachel ainda eram amigas, e é possível que Helen soubesse de nosso caso. Se sabia, pelo menos ela não vai conseguir contar para ninguém agora.

Não preciso de um patologista para me dizer que uma faca foi usada para abrir sua garganta, essa parte é óbvia, mas esses não são os únicos ferimentos visíveis no corpo. A blusa da vítima foi desabotoada até a cintura, e a palavra FALSA foi escrita em seu peito, logo acima do sutiã. As letras parecem ter sido feitas com um grampeador. Deve haver mais de cem pequenas lascas de prata presas em sua carne branca, soletrando a palavra como suturas de metal.

Já me sinto como se não desse pé, mas ninguém nesta equipe sabe nadar melhor que eu. Um assassinato em Blackdown teria sido incomum, mas dois não têm precedentes. Mesmo em Londres, só trabalhei uma vez em um caso de um assassino em série ativo. Olho ao redor da sala e tenho a impressão de que todos nós estamos apenas tentando boiar na água, esperando que alguém nos resgate. Mas ninguém vai. É isso.

Me aproximo um pouco mais e vejo o pó branco na ponta do nariz da vítima.

"Devemos mesmo acreditar que a diretora da escola era viciada em cocaína?", digo.

"A substância está sendo testada", responde Priya.

Quando meu exame inicial da cena está completo, saio, volto pelo corredor e encontro a saída que leva aos campos esportivos da escola. Minhas mãos tremem um pouco enquanto procuro no bolso do casaco meu último cigarro. Acho que o mereço agora.

Eu estava aqui quando tudo aconteceu.

Devia estar.

Sinto-me quase bêbado de cansaço, e tudo o que aconteceu nos últimos dias parece irreal para mim, como se não passasse de um sonho ruim do qual não consigo acordar. Quando termino de fumar, volto para dentro e dou de cara com Priya. É como se ela estivesse ali, atrás da porta de vidro, me observando. Quero saber por que, mas o som do sinal da escola abafa minha pergunta antes que eu possa fazê-la.

"Que barulho é esse?", pergunto quando ele para.

"É um sinal, senhor."

"Sim, estou ciente disso. Por que está tocando?" Ela me encara como se eu fosse perigosamente estúpido e sinto uma dose de bile subir pela minha garganta. "A escola está fechada, não?"

"Acho que sim, senhor. Espero que as pessoas já saibam que não devem vir, tendo visto o noticiário."

"Você *acha* que sim? Está me dizendo que os pais não foram avisados para não trazerem seus filhos aqui hoje? O que eu te disse, ainda ontem, sobre proteger as cenas de crime?"

Ela olha para o chão. Sei o quanto quer me impressionar e o quanto se sente chateada sempre que faz algo errado, mas nem sempre posso deixar as coisas passarem.

"Está tudo bem. Apenas vá até a secretaria da escola agora e certifique-se de que eles digam aos pais e a todos os funcionários para ficarem longe até segunda ordem — nem todo mundo assiste ao noticiário — e coloque uns dois fardados nos portões da frente, por precaução. Além disso, se vir a equipe da bbc, peça a eles que saiam do estacionamento. Eles não deveriam estar na propriedade da escola sem a nossa autorização. Não sei como chegaram aqui tão rápido, mas podem muito bem gravar sua reportagem da rua como todo mundo."

"Senhor, acho que deveria..."

"Você pode, por favor, fazer o que eu pedi?"

Ela assente com a cabeça e se retira corredor a fora. Retorno para fora por um momento, preciso de um pouco mais de ar antes de poder voltar para aquela sala. Todos esperam que eu saiba o que fazer, mas isso é novo até para mim. As coisas podem ficar um pouco soturnas quando os cegos guiam outros cegos.

Fico olhando para os campos esportivos da escola que terminam na encosta da mata abaixo. Em linha reta, devemos estar a menos de um quilômetro do local onde Rachel foi morta. Quando ouço passos se aproximando no caminho atrás de mim, presumo que seja Priya mais uma vez.

"Conseguiu?", pergunto.

"Como assim?"

Viro-me e vejo a Anna. "O que você está fazendo aqui?"

"Sua parceira me mandou te encontrar aqui."

"Priya? Por que ela faria isso? E como você chegou aqui tão rápido? Até onde sei, não demos declarações à imprensa e *eu* saberia, porque seria *eu* a dar."

Anna não responde. Dou uma olhada por cima do ombro para verificar se estamos sozinhos e não podemos ser ouvidos.

"Por que você estava usando aquela pulseira de algodão ontem?", sussurro.

Ela parece prestes a rir.

"Por que você continua me perguntando sobre isso?"

"De onde ela veio?"

"Não é da sua con..."

"Estou te dizendo isso porque ainda..." *te amo*. Era isso que eu estava prestes a dizer. Embora saiba que é verdade, também sei que não posso lhe dizer isso. Às vezes, amar é guardar seus sentimentos para si mesmo. "Ainda me preocupo com você", é o que decido dizer. Ela sorri, mas meus níveis de irritação já ultrapassaram o limite diário recomendado. "Estou falando sério, Anna."

"Você sempre está falando sério. Esse é um de seus muitos defeitos."

"É sério. Se você repetir o que estou prestes a te contar para qualquer outra pessoa, ou se ousar divulgá-lo..."

"Está bem, acalme-se, estou ouvindo."

"Ótimo, espero que esteja. As duas mulheres mortas foram encontradas com pulseiras da amizade, como a que você estava usando, mas dentro da boca. Amarradas ao redor de suas línguas."

É visível como ela fica pálida e fico feliz que a informação tenha causado algum tipo de reação emocional. Eu teria ficado profundamente perturbado se isso não tivesse acontecido. Não gosto de me sentir como se não conhecesse de verdade a mulher com quem fui casado durante todos esses anos.

"Então, por que você tem uma?", pergunto, na esperança de obter uma resposta desta vez.

"Não tenho, eu a perdi." Soa como uma mentira, mas ela parece estar dizendo a verdade. "Você me mandou uma mensagem no meio da noite dizendo que queria conversar, foi por isso..."

Havia esquecido que tinha mandado uma mensagem, bêbado.

"Era de manhã bem cedo — não bem no meio da noite — e acho que este não é o momento ou o lugar certo. Você não respondeu às minhas perguntas. Nenhuma delas..."

"Por que você me escreveu, Jack?"

Ela olha em direção às portas que levam para dentro da escola — ainda colocando a pauta em primeiro lugar, pelo que vejo — e eu a afasto.

"Eu realmente não tenho tempo para isso agora, caso você não tenha percebido. Só queria dizer que, se eu fosse você, não me aproximaria muito do seu colega."

Ela me encara, a boca dela forma um o perfeito.

"Só para eu entender, você está lidando com um duplo assassinato, mas o que realmente o preocupa é que eu esteja dormindo com meu cinegrafista?"

"Não me importo com quem você dorme, mas ele tem antecedentes criminais e achei que você deveria saber..."

"Você não tinha o direito de investigar o Richard. Isso é totalmente antiético. E se eu *estivesse* dormindo com ele, o que não estou, pouco me importaria se ele tivesse uma multa por excesso de velocidade não paga ou qualquer outra bobagem trivial que você tenha conseguido desenterrar..."

"Não foi trivial. Ele foi preso por lesão corporal grave."

"Lesão corporal grave? Richard agrediu alguém?"

"Sim. Agora, tenho trabalho a fazer e você precisa voltar por onde veio e se retirar, assim como sua equipe, da propriedade da escola."

Priya passa pelas portas, vindo em nossa direção, bloqueando minha rota de fuga.

"É oficial, a escola está fechada", diz.

"Ótimo. Você achou que seria uma boa ideia deixar um membro da imprensa voltar aqui por quê?"

O olhar de Priya passa de mim para Anna e depois de volta, com a confusão estampada em seu rosto em uma série de linhas que não deveriam estar ali.

"Bem, achei que você gostaria de vê-la."

"Por que você acha isso?"

"Porque foi a sra. Andrews quem encontrou o corpo."

Como a maioria das coisas na vida, quanto mais você faz algo, mais fácil fica. As mesmas regras se aplicam a matar pessoas. Assim, o segundo assassinato foi muito menos complicado do que o primeiro. Tudo o que eu tinha que fazer era ser paciente, e isso é algo que sei fazer bem. Helen Wang amava mais o poder do que as pessoas, essa foi sua ruína. Ela era uma pessoa inteligente, mas também solitária, muitas vezes trabalhando até tarde na escola quando o restante dos professores já havia ido embora há muito tempo. Entrei em sua sala quando ela saiu, escondi-me atrás das cortinas e esperei. Meus pés estavam aparecendo por baixo, mas ela não percebeu. Algumas pessoas usam um filtro na vida, como os das fotos, o que lhes permite ver apenas o que querem. Quando Helen voltou, sentou-se à sua mesa e olhou para a tela como se estivesse olhando para um amante.

Presumi que ela estivesse trabalhando em assuntos escolares, mas me diverti ao ver por cima de seu ombro que ela estava tentando escrever um romance. Depois de cortar sua garganta, li o capítulo inicial enquanto acariciava seus cabelos — por infelicidade, as palavras eram menos satisfatórias. A escrita de Helen era decepcionante, medíocre, então apaguei tudo e substituí por algumas linhas de minha autoria:

Helen não deveria contar mentiras.

Helen não deveria contar mentiras.

Helen não deveria contar mentiras.

Usei um lenço antibacteriano da mesa dela para limpar o teclado quando terminei. Em seguida, coloquei a droga em seu nariz e em sua gaveta, para ter certeza de que ninguém a perderia de vista. Queria que todos soubessem que a boa diretora era, na verdade, um péssimo modelo para as meninas. Viciada em poder, substâncias ilegais e segredos.

Seu terninho sob medida parecia caro, por isso foi um pouco decepcionante desembrulhá-la e encontrar um sutiã de supermercado barato e esfarrapado escondido sob a blusa. O grampeador não fazia parte do plano, mas eu o vi na mesa e era tentador demais para não experimentar. As letras feitas de grampos em sua pele não ficaram tão simétricas quanto eu gostaria, mas dava para ver que elas soletravam a palavra FALSA.

Amarrei a pulseira da amizade ao redor de sua língua, antes de me afastar para admirar meu próprio trabalho; era bem impressionante. Depois, peguei uma caneta emprestada do pote sobre a mesa para escrever um bilhete nas costas da minha mão. Um lembrete para mim de que eu precisava fazer uma ligação rápida.

Dela
Quarta-feira 06:55

"Coloque o telefone de volta", diz a detetive.

Ela me encara como se eu tivesse acabado de cometer um crime hediondo. Patel, acho que ele ligou para ela, que não está sendo tão simpática comigo quanto foi na primeira vez que nos encontramos. Foi muito fácil conquistá-la na mata ontem. Na verdade, eu não estava nem aí para as capas de sapato que pedi emprestadas, só precisava de uma desculpa para falar com ela. A quantidade de informações que consegui extrair é incrível. Talvez tenha repetido algumas delas e suspeito que seja por isso que ela está irritada.

Juro que ela me viu pegando o telefone fixo na mesa muito antes de dizer alguma coisa. Eu não teria feito isso se ela tivesse me dito para não fazê-lo, mas o coloquei de volta no gancho sem discutir. Nunca fui boa em desobedecer a pessoas com autoridade, mesmo as menores. Nós duas estamos enclausuradas na secretaria da escola, por razões que fazem muito pouco sentido para mim.

"Tenho que entrar no ar em dez minutos. Seu chefe pegou meu celular e preciso fazer uma ligação para que alguém saiba onde estou", digo.

"O detetive Harper pegou seu celular porque você disse que alguém te ligou nele, informando-a sobre o último assassinato. Tenho certeza de que você pode entender as razões pelas quais precisamos verificar essa ligação e quem a fez."

Me arrependo de ter entregado meu telefone a Jack, mas não queria que parecesse que não estava cooperando.

"Tudo bem, mas preciso informar à minha redação onde estou."

"Já cuidamos disso."

"O que *isso* significa?"

"Seu cinegrafista está ciente de que você está atrasada."

"Atrasada ou detida? Estou presa?"

"Não. Como já expliquei, a senhora é livre para ir embora a qualquer momento. Pediram-lhe que ficasse aqui para sua própria proteção e para ajudar em nossa investigação."

Eu a encaro e ela não desvia o olhar. Ela pode ser pequena e jovem, mas sua confiança surpreende. Não é de se admirar que Jack goste dela. Sinto que estou sendo tomada pelo ódio. É muito parecido com se apaixonar, mas tende a acontecer com mais força e rapidez e, muitas vezes, dura muito mais tempo também.

Ela sai da sala, deixando a porta aberta. Posso ouvi-la conversando com alguém mais adiante no corredor, então pego minha bolsa, abro uma miniatura de conhaque e bebo. Encontro minha lata de pastilhas de hortelã e coloco uma na boca. Quando levanto os olhos, a detetive está parada na porta, olhando para mim. Não sei há quanto tempo ela está ali ou o que viu.

"Pastilha?", pergunto, sacudindo a lata em sua direção.

"Não, obrigada."

"Você sabe que sou a ex-mulher do Jack, não sabe?"

O sorriso dela parece enferrujado.

"Sim, sra. Andrews. Eu sei quem a senhora é."

Não tenho certeza do que me deixa mais desconfortável, suas palavras ou a expressão estranha em seu rosto. Contei aos dois o quanto fiquei assustada quando recebi a ligação esta manhã, mas é como se nenhum deles acreditasse em mim. O fato de eu ter entrado em contato com a redação antes de avisar a polícia também não ajudou muito. Sou jornalista, então é claro que segui a pista e dirigi até a escola. Em retrospecto, posso ver como isso pode parecer um pouco burro, até mesmo perigoso, mas algumas pautas são tão viciantes quanto o sucesso. Assassinatos individuais não fazem nem salvam carreiras, mas uma história sobre um assassino em série pode me manter no ar por semanas.

No entanto, nunca vou esquecer a visão do corpo sem vida de Helen pela primeira vez. A garota com quem eu estudava na escola havia se transformado em uma mulher que eu mal reconhecia, mas é claro que sabia quem ela era. O mesmo cabelo, as mesmas maçãs do rosto e, até onde eu sabia, era provável que fosse o mesmo grampeador que ela usava no jornal da escola, em cima de sua mesa. É o tipo de imagem mental que nunca será apagada, e ver todo aquele sangue logo pela manhã faria qualquer um querer uma bebida.

A jovem detetive continua a me encarar, como se seus grandes olhos castanhos tivessem esquecido de como piscar. Desvio o olhar primeiro e finjo interesse nos quadros nas paredes do escritório. Olhar para eles me traz a lembrança de ter sido chamada para esta sala quando era adolescente. Nunca me meti em problemas na minha primeira escola, mas quando me mudei para a St. Hilary's tudo mudou. Não que a culpa fosse minha. Era quase sempre culpa de Rachel Hopkins ou de Helen Wang, ambas mortas agora.

Rachel me colocou debaixo de sua asa quando cheguei à escola e fiquei muito grata. Ela era a garota mais popular da nossa classe, o que fazia sentido, pois era bonita, esperta e gentil. Ou era o que eu achava. Ela estava sempre fazendo coisas para caridade, já naquela época — corridas patrocinadas, vendas de bolos, arrecadações para as crianças carentes da Children in Need. A princípio, não pensei nisso, mas depois de algumas semanas, logo comecei a me questionar se ela me via como mais um de seus pequenos projetos.

Ela me convidava para ir à sua casa, me emprestava algumas de suas roupas e me ensinava a fazer minha maquiagem. Nunca havia me preocupado em usar maquiagem antes. Ela gostava de pintar minhas unhas quando saíamos juntas, uma cor diferente a cada vez que nos encontrávamos. Às vezes, ela desenhava letras com esmalte, uma em cada unha, para soletrar uma palavra em meus dedos: FOFA OU DOCE OU BOA eram suas preferidas. Ela sempre me chamava de *boazinha*. Essa ainda é a palavra que as pessoas usam com mais frequência para me descrever agora. Passei a detestá-la. O som que essas três letras produzem se transforma de um elogio em um insulto em meus ouvidos. Como se ser *boa* fosse uma fraqueza. Talvez seja. Talvez eu seja.

Rachel também me comprava pequenos presentes o tempo todo — brilho labial, elásticos para o cabelo, às vezes blusas e saias que eram um tanto apertadas, para me incentivar a perder peso — e até me levou ao cabeleireiro em um fim de semana, para que fizessem luzes no meu cabelo igual ao dela. Ela sabia que eu não tinha dinheiro para isso e insistia em pagar por tudo. Eu ficava pensando de onde vinha o dinheiro, mas nunca perguntei. Rachel me deixava sentar ao lado dela e de suas amigas na hora do almoço e eu ficava feliz com isso. Algumas pessoas se sentavam sozinhas e eu não queria ser como elas.

Catherine Kelly me parecia bastante simpática. Ela estava sempre comendo chocolate ou batatas chips e tinha uma aparência um pouco estranha, com seu cabelo loiro platinado, aparelho nos dentes e uniforme desalinhado — mas não fazia nem dizia nada que incomodasse ninguém. Ela não falava muito, na verdade, apenas ficava sentada em silêncio lendo seus livros. A maioria era de terror, pelo que notei. Ouvi dizer que a família dela morava em um lugar estranho na floresta, nos limites da cidade. Algumas pessoas diziam que era uma casa mal-assombrada, mas eu não acreditava em fantasmas. Achava uma pena que ela não parecesse ter nenhuma amiga e sentia pena dela.

"Será que devíamos convidar Catherine para se sentar com a gente?", perguntei um dia, enquanto comia com lentidão a interpretação das cozinheiras para lasanha e batatas fritas.

As outras meninas me encararam como se eu tivesse dito algo ofensivo.

"Não", disse Rachel, que estava sentada bem em minha frente.

"Você vai mesmo comer tudo isso?", disse Helen, olhando para o meu prato. Eu havia notado que ela sempre pulava o almoço. "Você sabe quantas calorias tem nessa porcaria processada?", continuou ela quando não respondi.

Não sabia, não era o tipo de coisa em que eu pensava muito.

"Eu gosto de lasanha", respondi.

Ela desaprovou com a cabeça e colocou um pequeno frasco de comprimidos sobre a mesa.

"Aqui, toma isso. Considere um presente de aniversário antecipado."

"O que é isso?", perguntei, olhando para o "presente" inesperado.

"Pílulas para emagrecer. Todas nós as tomamos. Para você ser magra sem sentir fome. Guarde-as na sua bolsa, não queremos que a escola inteira fique sabendo de todos os nossos segredinhos."

"Por que você quer convidar a *Catherine Catarrenta* para se juntar ao nosso grupo?", perguntou Rachel, mudando de assunto.

As outras riram.

"É que sei como me sinto feliz em almoçar com todos vocês e achei que ela parece solitária..."

"E você queria ser *boazinha*, certo?" Rachel interrompeu. Dei de ombros. "Sabe, ser *boa* demais é um sinal de fraqueza."

Rachel se levantou de forma abrupta, sua cadeira raspando o chão. Então, pegou sua lata de Coca-Cola e saiu da cantina. Ninguém disse nada e, quando tentei fazer contato visual, todas olhavam para as saladas que não haviam sido comidas em seus pratos.

Rachel voltou alguns minutos depois, seu sorriso de volta ao rosto. Apoiou a lata na mesa e pegou os talheres para continuar comendo. As outras meninas fizeram o mesmo. Elas sempre seguiam o exemplo dela.

"Bem, então vamos lá", ela disse, entre uma garfada e outra. "Convide-a para vir aqui."

Hesitei por um momento, mas depois descartei a sensação desconfortável em meu estômago, optando por acreditar que Rachel estava sendo tão gentil quanto eu sabia que ela podia ser. Olhando para trás, parece ingênuo, mas às vezes acreditamos no que queremos sobre as pessoas que mais gostamos.

Abri caminho por uma pista de obstáculos feita de cadeiras, mesas e alunas, até chegar ao cantinho triste da cantina onde Catherine Kelly sempre comia sozinha. Seus longos cabelos loiros pareciam não ver uma escova há um bom tempo. Ela o colocava atrás de suas orelhas de abano e ficava vermelha quando as outras crianças a chamavam de Dumbo.

Apesar de todos os lanches de que tanto gostava — batatas chips, barras de chocolate, refrigerantes sem fim —, ela era uma garota magrinha. Sua camisa estava meio solta no pescoço, onde faltava um botão e havia manchas em sua gravata. Notei que seu blazer azul-marinho estava coberto de giz, como se ela tivesse encostado em um quadro negro. De perto, também pude ver que suas sobrancelhas estavam quase totalmente sem pelos, pois ela sempre os arrancava com a ponta dos dedos. Eu tinha visto ela fazer isso na sala de aula, fazendo pequenas pilhas de si mesma sobre a carteira, antes de soprá-las como se fossem desejos.

Ela fez uma cara como se achasse que eu estava brincando quando a convidei para se juntar a nós. Olhou para as garotas da minha mesa — que estavam todas rindo de algo que Rachel havia sussurrado para elas depois que eu saí —, mas quando a viram olhando, sorriram, acenaram e a chamaram. Me senti muito satisfeita comigo mesma quando ela levou sua bandeja até a nossa mesa e se sentou ao lado de todas nós.

Até que li o pedaço de papel que estava escondido embaixo do meu prato.

Rachel fez um pequeno discurso antes que eu pudesse dizer ou fazer qualquer coisa a respeito.

"Eu só queria pedir desculpas se alguma vez feri seus sentimentos, Catherine. Amigas?", disse, estendendo a mão para apertar a mão dela.

A garota quieta concordou, estendendo a sua. Pude ver como suas unhas estavam muito roídas, a pele ao redor delas estava vermelha e em carne viva. Percebi que um pedaço de lasanha havia ficado preso entre os aparelhos de seus dentes.

As bochechas de Catherine ficaram vermelhas quando ela apertou a mão de Rachel e sua lata de Coca-Cola acabou sendo derrubada. Helen — sempre a esperta, a prática — de imediato pegou alguns guardanapos para absorver a bagunça, como se soubesse que aquilo ia acontecer.

"Sinto muito", disse Rachel. "Sou tão desastrada. Aqui, pega a minha Coca. Ainda está cheia e não toquei nela."

"Tudo bem, nem estou com muita sede", respondeu Catherine, ainda mais vermelha do que antes, de modo que seu rosto e a lata combinavam.

"Não, de verdade, eu insisto."

Rachel deslizou a bebida para o outro lado da mesa e a conversa pareceu se mover junto a ela.

Fiquei olhando para o pedaço de papel, lendo as palavras e me perguntando o que era a coisa certa a fazer:

Fiz xixi na lata de Coca. Se você contar a ela antes que ela beba, vai ser você quem vai sentar sozinha no almoço amanhã.

É claro que já sabia a coisa certa a fazer, mas não a fiz. Fiquei ali sentada, olhando para o prato de comida que não queria mais comer.

Cinco excruciantes minutos depois de ter se sentado com todas nós, Catherine pegou a bebida. Rachel conseguiu manter a expressão séria, mas Helen estava extasiada e Zoe já dava risadinhas. Queria poder dizer que ela tomou apenas um gole, mas a garota inclinou a cabeça para trás e tomou vários goles antes de perceber que havia algo de errado.

"Você acabou de beber meu mijo!", disse Rachel, com um sorriso enorme no rosto mais uma vez.

Todas riram e a notícia do que havia acontecido logo se espalhou da nossa mesa para a outra, até que toda a escola parecia estar apontando e rindo da Catherine Kelly.

Ela não disse uma palavra.

Apenas me encarou.

Depois se levantou e saiu da cantina, sem limpar sua bandeja nem olhar para trás.

Dele

Quarta-feira 07:45

"Preciso que você venha comigo."

Anna e Priya se viram para olhar em minha direção, mas é com minha ex-mulher que estou falando.

"Por favor, diga que ela não tocou em nada aqui?", pergunto a Priya, que, estranhamente, parece envergonhada.

"Só no telefone."

Fecho meus olhos. Acho que sabia que ela ia dizer essas palavras antes de dizê-las. A ideia de pedir a Anna para esperar na secretaria foi minha, portanto, não posso culpar mais ninguém. Me viro para encará-la, ansioso para ver sua reação.

A ligação para o seu celular — a suposta pista sobre o último assassinato — foi feita do telefone fixo *desta* sala.

Anna olha para o antigo telefone.

"Bem, você ainda pode procurar impressões digitais nele, não pode? Ou seja lá o que for que você faz?"

"Acho que as únicas impressões digitais que vamos encontrar agora são as suas e não há como saber se elas estavam lá antes desta manhã."

"É claro que minhas impressões digitais não estavam no telefone antes disso, como poderiam estar?"

Priya dá um passo à frente.

"Senhor, sinto muito. Eu..."

"Você está sugerindo que liguei para *mim mesma* para dar a pista?", Anna interrompe.

"Não estou sugerindo nada ainda. Ainda estou reunindo provas. Você pode vir comigo, por favor? Priya, quero que fique aqui e espere pela equipe. Certifique-se de que eles verifiquem todos os cantos deste escritório. Quem quer que tenha matado Helen Wang esteve aqui."

Seguro a porta para a Anna — cavalheiro que sou — e ela me lança um de seus olhares nada impressionados ao passar. Fiquei bastante acostumado com esses olhares nos últimos meses de nosso casamento. No início, andamos pelos corredores da escola em silêncio, mas ela não precisa dizer nada para que eu saiba que está irritada. Maridos e esposas desenvolvem uma linguagem silenciosa e particular. Eles não se esquecem de como falá-la — mesmo que se separem — continuam fluentes nas expressões, gestos e palavras não ditas um do outro.

"Para onde estamos indo agora?", ela enfim pergunta.

"Estou te escoltando para fora do local."

"Ainda vou cobrir essa pauta."

"Aí é com você."

"Você acha que eu não deveria?"

"Desde quando você se importa com o que eu acho?"

Ela para e eu não quero mais continuar com isso. Estou tão cansado de brigar por tudo, menos pelo que nos separou, pelo que deveríamos ter brigado, mas sobre o que nunca conversamos direito.

"Você acredita em mim, né?", ela pergunta.

A mulher de 36 anos que está diante de mim se transforma na adolescente tímida e assustada que conheci há vinte anos. A garota quieta com quem minha irmã e Rachel Hopkins fizeram amizade, por motivos que nunca soube ou compreendi. Ela não era nada parecida com elas.

As garotas eram um mistério ainda maior para mim naquela época do que as mulheres agora.

"Você disse que recebeu a ligação às cinco da manhã em ponto."

"Sim."

"Que você não reconheceu a voz e que não conseguiu saber se quem estava ligando era um homem ou uma mulher?"

"Isso mesmo. Acho que usaram um modificador de voz."

Não consigo evitar levantar uma sobrancelha.

"Interessante. Então, por que *você* acha que alguém a teria avisado sobre esse assassinato?" Pergunto, e ela dá de ombros.

"Porque me viram cobrindo o primeiro no jornal?"

"Você não está preocupada que possa ser mais pessoal do que isso?"

Ela parece querer me dizer algo, mas depois reconsidera. Não tenho tempo para joguinhos, então sigo em frente.

Chegamos ao estacionamento e vejo que o caminhão da TV foi embora. O lugar está bem deserto na verdade, não muito diferente da noite passada, quando estive aqui. Não mencionei esse fato a ninguém, porque, assim como na cena do crime na floresta na noite de segunda-feira, sei que soa suspeito. Os veículos da polícia e o restante da imprensa estão estacionados na frente da escola, que é para onde pretendo levar Anna agora.

"Cadê a sua equipe?", pergunto.

"Eles não sabiam quanto tempo eu ficaria *detida*, então acho que foram tomar café da manhã."

"Então vou te acompanhar até o seu carro", digo, vendo o mini vermelho que não suporto ao longe.

"Puxa, você quer *mesmo* que eu vá embora."

Ela espera por uma resposta, mas não a dou. Seguimos em frente, cada passo um pouco pesado, sobrecarregados com nosso silêncio constrangedor feito sob medida. Ela parece não ver o vidro quebrado até que eu o aponte.

Alguém quebrou a janela do seu carro.

"Bem, isso é perfeito", diz, aproximando-se, tentando espiar o interior.

"Não toque em nada."

Ligo para Priya e peço que mande alguém aqui para fora, sem tirar o olho da Anna o tempo todo.

"Tem alguma coisa faltando?", indago, assim que desligo o telefone.

"Sim, minha bolsa de viagem. Estava no banco de trás."

"Você ainda acha que isso não tem nada a ver com você? Alguém — eu apostaria no assassino — ligou para avisá-la sobre a segunda vítima. Agora o vidro do *seu* carro foi quebrado e *sua* bolsa foi roubada. Você conhecia ambas as vítimas. Você acha que isso pode ser algum tipo de aviso?"

"Você acha?", questiona ela, olhando para mim.

Seu rosto está visivelmente mais pálido do que antes e ela parece assustada de verdade. Não sei se devo abraçá-la ou odiá-la. Há algo que não está me contando, tenho certeza disso.

"Eu menti", diz ela.

Meu coração começa a bater tão forte dentro do peito que me preocupo que ela possa ouvi-lo.

"Como assim? Sobre o quê?"

"*Estou* preocupada que isso possa ter algo a ver comigo, mas juro que não estou envolvida de jeito nenhum. Você precisa saber disso."

"Está certo", respondo.

Vou lhe dizer tudo o que ela precisa ouvir, para que ela me diga o que eu quero saber. É um truque com o qual ambos estamos familiarizados.

"Ontem à noite, senti como se alguém estivesse me observando", diz e resisto ao impulso de dizer a ela que tenho sentido o mesmo. "E sei que isso pode parecer bobagem, mas acho que alguém pode ter entrado no meu quarto no hotel, mudando as coisas de lugar. Achei que estava sendo paranoica porque estava cansada e..."

Não preciso que ela me diga que bebeu. Suponho que sim. Acho que consigo sentir o cheiro de alguma coisa em seu hálito, mesmo agora.

"O seu câmera estava hospedado no mesmo hotel?"

"Não foi o Richard."

"Como você sabe?"

"Porque, qual seria o objetivo dele em fazer isso ? Tudo isso parece estar ligado a Blackdown, alguém que me conhecia de antes, talvez?"

"Por que diz isso?"

"Você conhecia a Rachel bem?", ela pergunta. "Você a viu desde que você voltou para cá?"

Várias vezes, em todos os tipos de lugares e posições.

"Acho que todo mundo a via. Ela era o tipo de mulher para quem as pessoas olhavam."

Anna faz outra cara quando lhe digo isso, uma que não combina mesmo com ela. Ainda acho que lidei com a pergunta da melhor forma que podia sem mentir. Ela sempre sabia quando eu estava mentindo.

"Mas o quanto *você* a conhecia?", indaga ela mais uma vez. Imagino uma fina camada de suor se formando em minha testa, mas então minha ex continua a falar sem esperar por uma resposta, algo em que ela sempre foi muito habilidosa. "Todo mundo sempre achou que ela era muito gentil quando éramos jovens... mas Rachel tinha um lado obscuro. Ela o escondia bem, mas ele estava lá e talvez ainda estivesse."

"Desculpe, você me confundiu. O que isso tem a ver com você?", pergunto.

"Ela estava me chantageando."

"O quê?"

"Por algo que aconteceu quando estávamos na escola. Ela voltou a entrar em contato recentemente, me pediu para fazer algo e quando eu neguei... e se ela estivesse tentando chantagear outras pessoas também?"

"O que aconteceu quando vocês estavam na escola?"

"Não importa."

"É claro que você acha que pode ser importante, senão não teria mencionado isso."

"Ser casado com uma pessoa não significa que você sabe tudo sobre ela, Jack."

Ela desvia o olhar. Meu rosto tenta formar uma reação apropriada para o que ela acabou de dizer, mas não tenho certeza se existe uma.

"Ah meu Deus!", ela sussurra, olhando para dentro do carro.

"O quê?"

"Você fica perguntando sobre a pulseira da amizade que eu estava usando ontem. De verdade, pensei que a tinha perdido ou que alguém poderia tê-la tirado do meu quarto ontem à noite. Juro que nunca vi *aquilo* dentro do meu carro antes."

Abaixo-me para olhar pela janela quebrada e vejo um sachê aromatizante de ar com uma cara sorridente feita de papelão amarelo reluzente. Ele está pendurado no espelho retrovisor, girando com a brisa, e foi amarrado ali com uma pulseira da amizade vermelha e branca.

Dela

Quarta-feira 08:00

Vejo uma equipe de estranhos começar a examinar meu carro e me sinto fisicamente mal. Vai demorar uma eternidade para limpá-lo quando eles terminarem. Jack caminha em minha direção e há algo dentro do saco plástico transparente que ele está segurando que não consigo ver.

"Você tem um bafômetro pessoal no porta-luvas?"

Ele diz isso alto o suficiente para que toda a equipe ouça e todos se viram para me encarar.

"Não é crime, é?", respondo e ele sorri.

"Não, é apenas... engraçado."

"Bem, que legal que acha divertido. Pode me devolver meu celular agora, por favor?"

Jack me encara por um longo tempo antes de colocar a mão no bolso.

"Claro, mas se você receber mais ligações ou mensagens de texto, quero que me avise na hora. E não a droga da redação, ok?"

O que mais me desagrada é quando ele fala comigo como se eu fosse uma criança. Ele fazia isso com frequência durante nosso relacionamento, sempre agindo como se soubesse o que era melhor para mim. Naquela época, não sabia e não sabe agora. Jack nunca aprendeu a distinguir entre quando eu estava dizendo a verdade e quando eu estava dizendo coisas que ele queria ouvir.

O que quero agora é uma bebida, mas, em vez disso, fico nos limites do estacionamento, observando e esperando. Além disso, todas as bebidas que eu tinha estavam na minha bolsa de viagem, tudo o que tenho comigo agora é uma coleção de garrafas em miniatura vazias.

Não consigo parar de pensar no rosto de Jack quando ele descreveu como as pulseiras da amizade foram amarradas em volta da língua de cada uma das vítimas. Parecia uma espécie de vivência extracorpórea. Sua expressão foi bastante diferente quando ele falou de Rachel. Ele acha que não sei de sua queda por ela, o que foi um erro estúpido. As esposas sempre sabem.

Não falei com Rachel, Helen ou Zoe por vários dias após o incidente com a lata de Coca. Me sentava sozinha na sala de aula e no almoço, ignorando o som de suas risadas, que preenchiam todos os cantos da escola. Sentia muita falta da Rachel, mas não conseguia perdoá-la pelo que ela fez com Catherine Kelly. A pobre garota estava mais quieta do que nunca, com os olhos permanentemente vermelhos. Isso, combinado com seu cabelo branco selvagem, fazia ela parecer um animal que havia sido submetido a experimentos. As pessoas até começaram a brincar que ela deveria estar em uma jaula.

Minha mãe percebeu meu mau humor. Ela logo notou que eu estava voltando direto da escola para casa, em vez de sair com minhas novas amigas, e me pedia para convidar Rachel para ir à nossa casa. Não podia contar a ela o que havia acontecido — temia que ela se decepcionasse comigo se soubesse —, então continuei inventando desculpas.

Imagine minha surpresa uma semana depois, quando mamãe voltou para casa após limpar a casa de Rachel em uma tarde, com Rachel sentada ao seu lado na perua. Fiquei parada na porta aberta, sem saber o que pensar ou dizer enquanto esperava que elas saíssem.

"Pensei em fazermos uma festa do pijama, nossas mães disseram que não havia problema!", disse Rachel, correndo pelo caminho do jardim, segurando uma bolsa de viagem.

Ela sorriu e me abraçou com força, como se o incidente na cantina da escola nunca tivesse acontecido.

Como se fôssemos amigas de novo.

Não sabia como me sentir; estava confusa e feliz ao mesmo tempo. Era como o alívio que você sente quando encontra algo que achava que tinha perdido. Algo precioso e insubstituível.

Era muito estranho *ela* estar em *nossa* pequena casa. Ela nunca tinha vindo nos visitar antes, era sempre eu quem ia à casa dela. Minha mãe não deixava uma alma pisar ali desde que meu pai nos deixou e era como se Rachel não pertencesse àquele lugar. Para mim, ela parecia alguém que só deveria estar cercada de coisas bonitas e perfeitas. Nossa casa de campo era aconchegante, mas era uma mistura de diferentes móveis de segunda mão, cortinas e almofadas feitas em casa. Nossas estantes de livros estavam abarrotadas de histórias preciosas resgatadas de brechós da caridade e, embora todas as coisas estivessem com uma limpeza impecável, também estavam velhas e desgastadas. Rachel, por outro lado, sempre tinha um ar brilhante de novidade e era tão animada e cheia de vida quanto humanamente possível. O tipo de garota que sempre tinha um sorriso no rosto.

Nossa conversa não foi nem um pouco empolada; ela era uma atriz boa demais para isso. Mesmo quando eu tinha dificuldades com minhas próprias falas, ela mantinha a performance com uma facilidade despreocupada. Minha mãe — que parecia não ter ideia de que tinha havido um desentendimento — fez uma torta de legumes, usando apenas ingredientes cultivados em nosso próprio quintal. Isso era algo de que ela se orgulhava bastante. "*Fast food* vai ser o fim da humanidade" era um de seus lemas favoritos, mas nunca compartilhei de seu medo de conservantes. Comer comida de *delivery* era sempre uma delícia depois de tantos anos de privação.

Achava um pouco constrangedor o fato de não comermos comida do supermercado, como pessoas normais, mas Rachel elogiou minha mãe, assim como o jantar, como se fosse a melhor refeição que ela já tivesse comido. Mais uma vez, fiquei maravilhada com sua capacidade de encantar as pessoas e fazê-las gostar dela. Parecia quase impossível não gostar, mesmo sabendo o que ela havia feito.

"Querem um sorvete de chocolate de sobremesa, como agrado especial? Tenho um pouco daquela calda mágica em algum lugar, aquela que fica dura quando você a coloca por cima", mamãe perguntou a nós duas enquanto limpava a mesa.

Sempre comemos sobremesa em minha casa.

"Não, obrigada, sra. Andrews. Estou cheia", nossa convidada respondeu.

"Está bem, querida. Você vai comer um pouco, não vai, Anna?"

Rachel olhou para mim. Eu também disse que não e ela sorriu quando minha mãe saiu. Ela havia passado semanas tentando me convencer a mudar meus hábitos alimentares, insistindo que eu precisava comer menos e me movimentar mais para perder peso. Comecei a tomar os comprimidos que Helen me deu e, de acordo com a balança do banheiro, eles estavam funcionando. Não que eu estivesse enorme para começar. Lembro-me de como me sentia bem quando Rachel demonstrava estar satisfeita comigo. Deixar de tomar sorvete e engolir alguns comprimidos era um sacrifício razoável para sentir a satisfação de sua aprovação.

Não havia quartos vazios em nossa casa. Todo o espaço disponível estava ocupado, então Rachel dormiu comigo. No meu quarto. Na minha cama. Escovamos os dentes juntas no banheiro, cuspindo a pasta de dente ao mesmo tempo e nos revezando para usar o vaso.

Minha mãe ficou no andar de baixo assistindo ao jornal da noite na TV, como sempre. A essa altura, ela já tinha ganhado o suficiente com a faxina para comprar uma nova. Certa vez, ela me disse que havia me dado meu nome por causa de Anna Ford, a apresentadora do noticiário, e acho que não estava brincando.

"Está calor hoje, né?", disse Rachel, começando a se despir.

Observei enquanto ela desabotoava a camisa, deixando-a cair no chão, antes de passar as mãos pelas costas para tirar o sutiã. Ela sempre usava roupas íntimas adultas, de renda. Não era como eu. Eu não achava que estava calor de jeito nenhum. Nossa casa sempre parecia gelada. Mas minha mãe havia acendido a lareira no meu quarto para nós,de modo que ela crepitava e sibilava ao fundo.

Nunca me senti muito confortável com meu corpo, mesmo naquela época em que — embora eu não soubesse disso — não tinha com o que me preocupar. Talvez tenham sido as pílulas dietéticas que deram início à minha paranoia. Vesti meu pijama o mais rápido possível, para que Rachel não me visse nua. Estava apenas com a metade da roupa quando ela pediu para tirar uma foto minha. Ela estava de pé no meio do quarto, só de calcinha, já segurando a câmera descartável.

"Por que você quer uma foto?", perguntei. Achava que era uma pergunta apropriada.

"Porque você está muito bonita. Quero ter algo para me lembrar de você assim." Parecia estranho eu reclamar por ter as pernas nuas quando ela estava quase completamente nua, então deixei que ela tirasse a foto. Ela tirou várias e depois guardou a câmera. Rachel não compartilhava de minha ansiedade com relação à imagem corporal, ela tirou o resto da roupa íntima e depois andou pelo meu quarto sem usar nada. Ela se demorou olhando os pôsteres nas minhas paredes e os livros na minha estante, enquanto a luz da lareira lançava um padrão dançante de sombras por todo o seu corpo. Deitei-me na cama, incapaz de tirar os olhos dela. Até que ela se deitou ao meu lado, ainda nua, e apagou a luz.

Ficamos deitadas ali, lado a lado, no silêncio e na escuridão por algum tempo. Parecia que eu não conseguia parar de respirar com uma rapidez incomum, me preocupava que ela pudesse me ouvir e me achar estranha. Quanto mais eu tentava controlar a respiração, mais ela piorava, até o ponto em que temi estar de fato tendo um ataque de asma. Então, Rachel deslizou sua mão para dentro da calça do meu pijama e quase me esqueci de como respirar.

"Shh", disse, antes de me dar um beijo na bochecha.

Não me mexi e não disse nada. Apenas fiquei deitada e deixei que ela me tocasse em um lugar onde eu nunca havia sido tocada antes. Quando terminou, ela deslizou os dedos molhados pela minha barriga e passou o braço em volta da minha cintura. Ela me apertou com força, como se eu fosse uma boneca favorita, e depois sussurrou algo em meu ouvido antes de adormecer. O som de seu ronco suave gerou uma curiosa canção de ninar.

Eu não dormi nada.

Fiquei pensando no que havia acontecido e por quê, ouvindo suas palavras se repetindo com constância em minha cabeça:

"Foi *bom*, não foi?"

Dele
Quarta-feira 08:00

Não é agradável ver Anna tão consternada, mas faço o possível para tranquilizá-la.

Um telefone vibra no bolso interno do meu casaco. Sei que não é o meu, porque o estou segurando na minha mão. Afasto-me da equipe que se reuniu em torno do carro de Anna e pego o celular de Rachel. Acho que eu estava em negação do fato de tê-lo encontrado no porta-malas do meu veículo, mas quando leio a mensagem de texto na tela, fica um pouco mais difícil de ignorar:

Sentiu minha falta, amor?

Rachel está, definitivamente, morta, e não acredito em fantasmas, portanto, só posso chegar a uma conclusão: alguém, em algum lugar, sabe de algo que não deveria.

Coloco o celular de lado e olho em volta. Se a pessoa que me enviou a mensagem estiver observando, esperando minha reação, estou determinado a não entregá-la. Examino o estacionamento e vejo Anna no canto mais distante. Ela está a uma pequena distância de todos os outros agora, olhando para o próprio celular. É como se ela sentisse que a encaro e, de repente, olha direto para mim, que a observo.

"Achei que ia precisar disso, senhor."

Priya surge do nada, o que me faz dar um pulo. Estava prestes a surtar com ela, quando vi um maço novinho dos meus cigarros favoritos em sua mão.

"Por que você está com isso?", pergunto, mas ela apenas dá de ombros.

A maneira como minha colega juvenil está olhando para mim me deixa ainda mais desconfortável do que o telefone no meu bolso recebendo mensagens de texto de uma mulher morta. Por mais improvável que isso possa parecer.

"Bem, obrigado", digo, pegando o maço.

Abro-o na mesma hora, coloco um cigarro na boca, acendo-o e dou uma longa tragada.

A satisfação é imediata, atrapalhada apenas pela presença de Priya.

"Olha, é muito gentil da sua parte, mas você não precisa ficar comprando coisas para mim e sendo tão... atenciosa. O que importa é o trabalho, certo? Resolver casos. Não precisa ser tão *boazinha* o tempo todo. Basta fazer seu trabalho e nos daremos bem."

"De nada", ela responde, como se não tivesse ouvido meu discurso improvisado. "E acho que tenho uma novidade que pode animá-lo."

"Pode falar."

"O celular da Rachel Hopkins nunca foi encontrado, então eu disse à equipe técnica para rastreá-lo."

Inspiro com muito mais força do que pretendia e começo a tossir.

"Não me lembro de ter pedido para você fazer isso."

Continuo fumando com uma das mãos, enquanto enfio a outra mão no bolso, tentando desligar o celular da Rachel.

"Não pediu, senhor. Mas o senhor me disse para começar a mostrar mais iniciativa. O celular recebeu uma mensagem de texto há alguns minutos e alguém a leu. Alguém está com o celular da Rachel, em algum lugar perto daqui. Os caras estão tentando triangular o sinal agora. Desde que o telefone permaneça ligado, acho que eles vão conseguir uma localização bastante precisa."

Ela encara Anna.

"Você acha que a *Anna* está com o celular da Rachel? Acha que ela pode estar envolvida?", pergunto.

Priya dá de ombros. "Você não acha?" Ela interpreta meu silêncio como um convite para continuar falando. Faço o possível para esconder qualquer sinal de pânico que esteja sentindo, ao mesmo tempo em que tento mais uma vez desligar o celular que está no bolso do meu casaco. "Sabemos que alguém ligou para o celular da Anna do telefone fixo na secretaria da escola às cinco da manhã, mas não temos como saber onde o telefone *dela* estava naquele momento. Ela poderia estar ao lado dele e ter ligado para si mesma."

Meus dedos finalmente encontram o que estão procurando e desligo o celular de Rachel. Dou uma risada que soa tão falsa quanto parece.

"Por um segundo, você quase me convenceu! Ótimo trabalho no rastreamento telefônico e boa piada sobre minha ex-mulher ser a assassina", digo, ciente de que ela não estava brincando.

Priya me olha com estranheza e depois volta para se juntar ao resto da equipe, perto do carro, com o rabo de cavalo em pleno balanço. Alguém enviou aquela mensagem de texto agora mesmo, de propósito, e tenho certeza de que estou sendo observado. Quando olho ao redor para tentar localizar Anna, não a vejo em lugar algum.

Foi uma pena ter que fazer isso, mas tive que quebrar a janela do mini. Não é como se não pudesse ser consertado e o carro fosse ficar como novo depois disso. Ao contrário de mim. Mas as pessoas tendem a ser mais difíceis de consertar do que as coisas. Decidi que o sucesso do meu plano depende muito de despistar, portanto, danificar o carro foi um ato de vandalismo necessário. Não que alguém suspeitasse que fosse eu a executá-lo. Esse tipo de comportamento vai contra a ideia que os outros têm de mim, mas não sou quem eles pensam que sou. Como a maioria das pessoas, sou mais do que o meu trabalho.

Observar o desenrolar das coisas e depois as pessoas as desvendando foi delicioso. Melhor do que qualquer coisa que eu tenha lido ou visto na TV, porque era real. E a autoria de tudo aquilo era minha. Aproveitei essa oportunidade, vendo os frutos do meu trabalho com meus próprios olhos, apreciando as reações do elenco que escolhi a dedo. Isso deixou um misto de sensações.

Acho que sempre fui uma pessoa muito engenhosa, talvez porque eu tinha de ser. Uma pessoa boa em encontrar um uso para as coisas. Veja, por exemplo, o modificador de voz, deixado para juntar poeira em uma caixa de itens confiscados na secretaria da escola. Uma surpresa que fosse tão simples e divertido de usar, tanto que fiquei com ele. O lixo de um homem é o tesouro de outro, como minha mãe costumava dizer.

Também peguei o troféu de teatro da escola na sala da diretora e o usei para quebrar o vidro do carro. De alguma forma, parecia apropriado. Ninguém me viu, o estacionamento estava vazio e não levou muito tempo. Depois disso, quando senti a adrenalina pura que sempre acompanha a sensação *de ter se safado de alguma coisa, me senti invencível e invisível ao mesmo tempo. Também fiquei com o troféu. Minhas habilidades de atuação merecem algum tipo de prêmio.*

Passei uma vida inteira experimentando novas peles como se fossem roupas novas, observando qual versão de mim me servia melhor e me desfazendo das que não serviam. Nem todo mundo parece saber que as personalidades podem ser alteradas, até que uma pessoa encontre o ajuste perfeito. Eu não sabia quem era durante a juventude ou, se sabia, fingia não saber. As pessoas geralmente veem o que querem e não o que realmente existe.

Só levei a bolsa por causa das aparências.

Todos nós tentamos barganhar um pouco mais de tempo, mas ele não tem preço. Recebemos o que nos é dado, não o que podemos pagar. O tempo é um alçapão pelo qual todos nós caímos em algum momento de nossas vidas, muitas vezes sem saber a profundidade da queda. Cativados por uma plateia com nossos piores medos, que exigem um bis sempre que ousamos parar de sentir medo.

A muralha emocional que construímos existe para manter o nosso verdadeiro eu dentro de nós, bem como para manter os outros fora. Estou fortalecendo a minha, um tijolo de vingança de cada vez.

Todos nós nos escondemos atrás da versão de nós mesmos que deixamos que o resto do mundo veja.

Dela
Quarta-feira 08:15

Consigo entender, mesmo que ele não consiga.

É claro que a jovem bela detetive tem algum tipo de queda por Jack e, embora não estejamos mais casados, ainda é muito estranho ter que assistir isso. Desconfortável e um pouco angustiante, para ser sincera. Não sou ingênua. Tenho plena consciência de que ele deve ter seguido em frente com sua vida em mais de um sentido desde que deixamos de viver juntos, mas ver outra mulher olhando para ele dessa forma ainda me faz querer arrancar os olhos dela. Enquanto ninguém está olhando, me esgueiro para a floresta. Vou em direção ao exato local onde Rachel e eu às vezes íamos para matar aulas.

Tinha consciência de que as outras meninas do nosso grupo — Helen Wang e Zoe Harper — estavam ficando cada vez mais enciumadas com o tempo que Rachel e eu passávamos juntas. Elas não faziam um bom trabalho para esconder isso, não que eu me importasse. Nunca havia sido beijada por um garoto, muito menos por uma garota, e, pela primeira vez na vida, me sentia bonita.

Após alguns meses, eu já estava ficando para trás nos estudos. Passávamos muitas noites na casa uma da outra ou íamos às compras — de roupas que só a Rachel podia comprar — ou nos escondíamos juntas na mata nos fundos da escola, quando deveríamos estar em aula. Estava disposta a fazer o que fosse possível para que ela gostasse de mim, sempre com medo de que ela parasse. Então minha mãe descobriu que eu havia tirado uma nota zero em inglês por não ter entregado uma redação no prazo.

Antes disso, sempre havia sido uma aluna nota 10. Minha mãe ficou chateada de um jeito que eu jamais havia visto e me deixou de castigo por duas semanas. Ela havia prometido que eu poderia dar uma festa no meu aniversário de 16 anos — apenas algumas garotas em nossa casa — e isso significava que eu teria de cancelá-la. Não aceitei bem a notícia.

Rachel insistiu que poderia dar um jeito nas coisas e que Helen ajudaria. Ela foi direto até ela na manhã seguinte, antes da matrícula.

"Precisamos que você escreva nossas redações de inglês para segunda-feira, além da sua própria redação. Você sempre tira 10 e nós duas precisamos de um, senão a Anna não vai poder fazer a festa de aniversário dela no próximo fim de semana."

Ao dizer isso, ela colocou uma mecha do cabelo preto brilhante de Helen atrás da orelha dela, e senti ciúmes estranhos.

"Não posso. Estou ocupada", Helen respondeu, olhando para o livro de matemática, estudando para a nossa última prova.

Rachel cruzou os braços e inclinou a cabeça para um lado, como sempre fazia nas raras ocasiões em que não conseguia o que queria. Em seguida, fechou o livro de Helen para ela.

"Então, mude seus planos."

"Eu disse não."

Helen andava cada vez mais irritadiça desde que comecei a estudar na St. Hilary's. Ela passava mais tempo do que nunca estudando ou escrevendo para o jornal da escola e havia perdido muito peso. Imaginei que os remédios para emagrecer funcionavam de verdade, além disso, quase nunca a via comer.

"Por que você não tira um tempo para pensar?", disse Rachel, usando um de seus melhores sorrisos.

Para minha surpresa, na segunda-feira de manhã, Helen nos entregou duas redações que, com certeza, eram melhores do que qualquer coisa que poderíamos ter inventado. Elas estavam escritas em dois tipos diferentes de caligrafia, cada uma delas muito parecida com a nossa.

"Tem certeza de que está tudo certo?", perguntei a Helen.

"Tenho certeza de que você terá a nota que merece", ela disse e então foi embora, sumindo pelo corredor sem dizer mais nenhuma palavra.

Eu sempre fazia minha própria lição de casa e isso tudo era novo para mim.

"Devemos conferi-las?", perguntei a Rachel, mas ela apenas sorriu.

"Por que se preocupar? A Helen é tão boa em saber o que os professores querem que imagino que ela mesma se torne uma quando for mais velha. 'Senhorita Wang.' Já posso imaginá-la sentada na cadeira da diretora durante a reunião escolar! Você não?"

Era verdade. Helen sempre teve uma inteligência excepcional, mas também era uma falsa.

Entregamos nossas redações ao sr. Richardson no final da aula de inglês. Ele era um homem-vara de óculos, com pouco cabelo e paciência. A escola inteira sabia que ele tinha aspirações de se tornar um escritor de literatura um dia, em vez de professor. Ele era conhecido por colecionar primeiras edições de livros, caspa e inimigos adolescentes. Todas as garotas o odiavam e com frequência passavam a tinta das canetas-tinteiro na parte de trás de sua camisa enquanto ele escrevia na lousa. A maneira como ele olhou para Rachel quando ela lhe entregou a redação me fez sentir estranha. Era como ver um cachorro idoso e manco babando por causa de uma perna de cordeiro na vitrine de um açougue.

O sinal do almoço tocou, mas enquanto todas se dirigiam para o refeitório, Rachel me arrastou na direção oposta.

"Vamos, tenho um presentinho para você, mas você tem que abri-lo a sós."

Ela me pegou pela mão e seus dedos se entrelaçaram com os meus. Era algo que muitas meninas faziam na escola, mas quando Rachel segurava a minha, sempre parecia especial, como se eu tivesse sido escolhida.

Ela me levou até os banheiros, onde nos deparamos com Catherine Kelly. Seus longos cabelos loiros e brancos eram uma bagunça turbulenta de nós emaranhados. Sua pele estava ainda mais pálida do que o normal, com um aglomerado de espinhas vermelhas de aparência irritada no queixo. Suas sobrancelhas irregulares estavam quase completamente carecas — ela estava literalmente arrancando pequenos pedaços de si mesma e jogando-os fora. Dava para ver por que alguém como a Rachel não gostava muito dela, elas eram completamente opostas.

"Fica na porta, piranha, e certifique-se de que ninguém mais entre aqui. Se não fizer isso, vou fazer algo muito pior do que obrigá-la a beber xixi de uma lata de Coca."

Esse era o único lado do caráter de Rachel que eu não gostava — o modo como ela implicava com Catherine — mas havia chegado à conclusão de que devia haver uma razão muito boa para isso, mesmo que eu não soubesse qual era.

Rachel me arrastou para um cubículo e fechou a porta.

"Tira sua camisa", ela disse.

"O quê?"

Eu tinha plena consciência de que Catherine podia ouvir cada palavra.

"Não se preocupe, Dumbo e suas grandes orelhas não vão ouvir se eu disser para ela não fazer isso", Rachel respondeu. "Tira".

"Por quê?"

"Porque eu mandei você tirar."

Já tínhamos dado uns amassos em nossos quartos e na mata, mas sempre no escuro. Embora eu já tivesse visto Rachel nua mais vezes do que dava para contar, ainda me sentia tímida por *ela* ver *meu* corpo. Quando não me mexi nem respondi, ela sorriu e começou a desabotoar os botões da minha camisa por mim. Deixei que ela fizesse isso, assim como eu a deixava fazer todas as coisas que ela queria. Mesmo quando elas me machucavam.

Assim que minha camisa foi tirada, ela colocou as mãos atrás das minhas costas e abriu meu sutiã. Tentei cobrir meus seios, mas ela afastou meus dedos, antes de pegar sua bolsa e me entregar um sutiã preto, de renda, para que eu usasse. Eu nunca havia usado nada parecido — minha mãe ainda comprava todas as minhas roupas íntimas e era inevitável que fossem brancas, de algodão e compradas na Marks & Spencer —, mas isso era algo que uma *mulher* usaria.

"É um Wonderbra! Nunca uso outra coisa, você vai adorar", disse Rachel, colocando-o em mim como uma criança vestindo sua boneca favorita.

Para meu horror, ela tirou uma foto com sua câmera descartável dos meus seios em sua nova roupa, depois abriu a porta e me empurrou para fora do cubículo. Catherine Kelly encarou o chão, então olhei para o meu reflexo no espelho. Era como se estivesse olhando para outra pessoa.

"Veja como estão maiores agora!", Rachel disse e então franziu a testa para o meu rosto.

"O quê?", perguntei.

"Seus lábios estão rachados. Isso não é bom."

Ela tirou uma pequena lata de protetor labial com sabor de morango da bolsa e, devagar, aplicou um pouco em meus lábios com a ponta do dedo.

"Você se sente melhor?", ela perguntou e eu assenti. "Deixa eu ver", disse e me beijou.

Ela estava de costas para Catherine, mas eu não. E fiquei mais do que um pouco perturbada pela maneira como a garota nos encarou durante todo o tempo em que os lábios de Rachel estavam nos meus. Fiquei imóvel como uma estátua enquanto ela passava a língua em minha boca, ciente de que alguém estava observando.

"Não se preocupe com ela", Rachel disse, olhando por cima do ombro. "Ela não vai contar para ninguém, não é, piranha?"

Catherine balançou a cabeça e, quando Rachel me beijou de novo, fechei os olhos e a beijei de volta.

Dele
Quarta-feira 08:45

"Você precisa voltar", digo, assim que encontro Anna na mata.

Não foi difícil. Há um lugar bem na bacia do vale, não muito longe da escola, para onde todas as meninas malvadas costumavam ir depois das aulas e, às vezes, durante elas. O local era usado para fumar, beber e outras coisas. A cada ano, a nova turma de garotas "descoladas" pensava nele como seu próprio esconderijo secreto ao ar livre, mas sua existência era de conhecimento geral — até mesmo meninos como eu sabiam — e sua localização era passada de uma geração adolescente para outra. A pequena clareira é definida por três grandes troncos de árvores caídos, arrastados para formar uma área de assentos triangular. Há evidências de uma fogueira recente no meio, cercada por pedras.

Anna olha para mim como se tivesse visto um fantasma.

"Como sabia onde eu estava?", pergunta.

"Lembro de você ter me falado sobre este lugar."

"Te falei?"

Não.

"De que outra forma eu saberia?", digo.

Ela fica confusa. Sua cara aparenta ter uma expressão de segunda mão herdada da mãe. Quase me sinto mal por não confessar que foi Rachel quem me contou que elas costumavam vir aqui juntas, não Anna.

"Você se parece um pouco com ela, sabe", digo a ela.

"Quem?"

"Sua mãe."

"Valeu."

Posso vê-la se comparando à velha esquecida que mora na casa no alto da colina, mas não foi isso que quis dizer. Todos no vilarejo se lembram de como a mãe de Anna *costumava* ser bonita há vinte anos. Sempre a vi como uma Audrey Hepburn suburbana. Talvez eu tenha tido uma quedinha pela minha futura sogra naquela época, quando era adolescente. O cabelo grisalho e selvagem era longo, escuro e brilhante e ela era a faxineira mais bem vestida que já vi. Acho que a vida difícil roubou sua aparência. É engraçado como a idade pode ser gentil com alguns e cruel com outros quando se trata de beleza.

"Quis dizer, quando ela era mais jovem. Era para ser um elogio", digo, mas Anna não responde. "Você está bem?", pergunto, sabendo que é uma pergunta estúpida.

Ela balança a cabeça. "Não sei mais."

Tocar no assunto da mãe da Anna é sempre delicado, eu já devia saber disso.

"Sinto muito por achar que fui invasivo com sua mãe. Você tem razão, eu deveria ter lhe dito que ela estava piorando muito. Tentei mesmo, só queria ajudar."

"Eu sei. É que ela nunca quis sair daquela casa e sinto que a deixei na mão..."

Dou um passo em sua direção.

"Você não deixou ninguém na mão. Entendo por que você se manteve afastada e o que estar aqui faz com você. Talvez você devesse voltar para Londres."

Em um instante, sua linguagem corporal se transforma em algo completamente diferente.

"Você ia gostar disso, não é, Jack?"

"Como assim?"

"Quantos anos tem a detetive Patel? Vinte e sete? Vinte e oito?

Nunca vi Anna ficar com ciúmes antes.

"Na verdade, ela está na casa dos trinta — eu mesmo verifiquei seu cadastro no RH há pouco tempo —, é boa no trabalho e não faz meu tipo."

"Qual é o seu tipo agora que não sou mais eu?"

Não sei se devo rir ou beijá-la. Ambas as opções parecem inapropriadas.

"Você sempre será meu tipo", confesso, e o rosto dela se esforça para disfarçar um sorriso.

"Vou tentar me lembrar disso se algum dia precisar de um doador de sangue."

Eu ri. Acho que tinha esquecido que minha mulher pode ser engraçada. Ex-mulher. Não devo me esquecer disso.

Uma gralha preta plana pelo caminho atrás de nós e Anna não consegue se conter e saúda em sua direção. Alguma bobagem supersticiosa que sua mãe lhe ensinou.

"Vamos, vai ficar tudo bem", digo, estendendo minha mão.

Fico surpreso quando ela a pega. Sempre gostei da maneira como seus dedos pareciam se encaixar perfeitamente nos meus. Acabo puxando-a para mais perto sem querer e ela deixa. O abraço é enferrujado, do tipo que se dá em alguém que não tem muita prática. Anna começa a chorar e, de repente, estou de volta à casa da mãe dela, naquela noite de dois anos atrás. Abraçando minha esposa logo após descobrirmos que nossa filha estava morta. Tenho certeza de que a lembrança volta para assombrá-la também, porque ela se afasta.

Pego um lenço limpo do meu bolso e ela o usa para limpar as lágrimas e as manchas de rímel sob os olhos.

"As pessoas vão se perguntar onde nós dois estamos", digo.

"Desculpe, eu só precisava de um momento sozinha."

"Eu sei. Eu também. Tudo bem."

Começamos a caminhar de volta para o estacionamento e meus olhos são atraídos para a gralha que pousou no chão da floresta logo à nossa frente há alguns momentos. Ela não voa para longe, e não parece nem um pouco distraída de sua tarefa e só quando nos aproximamos é que consigo ver o que ela está fazendo. A ave está bicando a carne de uma gralha morta. Apesar da minha linha de trabalho, a visão ainda me revira um pouco o estômago. Anna também a vê e não posso deixar de me perguntar se, considerando suas crenças supersticiosas, essa visão ainda conta como melhor uma na mão do que duas voando.

Ela
Quarta-feira 09:00

Não consigo tirar a imagem da minha mente. A visão de uma gralha comendo a outra. Fico pensando em Jack dizendo que sou parecida com a minha mãe. Não consigo ver isso, mas mesmo que eu me *pareça* com ela, não somos iguais. Pode ser verdade que o fruto não cai longe do pé, mas às vezes ele pode rolar colina abaixo, muito, muito longe de onde caiu.

Estar nesse canto da floresta sempre me faz pensar em Rachel.
    Achava, depois que ela me beijou no banheiro da escola, que nada poderia estragar a sensação de felicidade dentro do meu peito. Ela era o champanhe dos amigos, e eu tinha certeza de que nenhuma outra amizade seria tão boa. Passamos o dia todo sorrindo, até que o sr. Richardson — nosso asqueroso professor de inglês — pediu que Rachel e eu o víssemos em sua sala. Fomos arrancadas da aula de educação física e obrigadas a ir até lá vestindo apenas nosso uniforme de hóquei.
    Fui a primeira a ser chamada. Sentei-me na ponta da cadeira em frente à sua mesa e, quando ele me disse que eu havia sido pega colando e que ele teria de escrever para minha mãe sobre isso, comecei a chorar. Receio que minhas lágrimas tenham revelado minha culpa muito antes de minhas palavras terem a chance de me defender.

Ele disse que Rachel e eu havíamos entregado exatamente a mesma redação. Era óbvio que nós havíamos copiado uma da outra e, a menos que ele pudesse determinar quem estava errada, não teria escolha a não ser punir as duas. Sua mão direita estava escondida embaixo da mesa, como se estivesse coçando alguma coisa, e podia ver pelo sorriso pervertido em seu rosto que ele estava gostando de me ver chorar. Ainda assim, não consegui parar — a ideia de minha mãe descobrir o que eu tinha feito estava me matando.

Por fim, ele disse que eu poderia ir e pediu que mandasse Rachel entrar. Ela sabia, pelo meu rosto manchado de lágrimas, que a coisa devia estar feia. Eu queria avisá-la — para que pelo menos ela soubesse o que esperar — e sussurrei em seu ouvido quando passamos uma pela outra.

"A Helen nos enganou. Ela escreveu a mesma redação duas vezes."

Para minha surpresa, Rachel ainda era o reflexo da calma.

"Tente não se preocupar", ela sussurrou de volta. "Prometo que vai ficar tudo bem. Vá me esperar em nosso lugar secreto, vou te encontrar."

Era escuro e frio na floresta, em especial, quando não se usava nada além de uma camiseta e uma saia de hóquei. As meias longas não ajudavam tanto a manter-me aquecida. Era uma coisa ridícula de se dizer — Rachel dizendo para não me preocupar, quando parecia que o mundo inteiro estava prestes a acabar — mas lembrei a mim mesma que ela, *de fato*, tinha o hábito de sempre conseguir o que queria, independentemente das probabilidades. Dez minutos depois, ela surgiu na clareira com um grande sorriso no rosto.

"Por acaso você não tem uma pastilha de hortelã ou um chiclete?", ela perguntou. Neguei com a cabeça.

"Não se preocupe, vou comprar mais tarde. Preciso escovar meus dentes também."

"Por quê?"

"Deixa para lá", disse, depois me abraçou. "Está tudo bem de novo, não precisa se preocupar. Nós duas vamos tirar nota 10 nas redações que acabamos de entregar, mesmo sem ter escrito, e nossos pais não vão ficar sabendo de nada. Tendo em conta que você acabou de tirar um 10, imagino que sua mãe deixe você fazer a festa de aniversário no próximo fim de semana."

Tentei me afastar para ver seu rosto, mas ela me segurou com mais força.

"Não estou entendendo. Como você conseguiu que o sr. Richardson mudasse de ideia?"

"Não importa", sussurrou, então, deslizou a mão livre por baixo da minha saia de hóquei. Seus dedos empurraram minha calcinha para um lado, enquanto seu outro braço continuava a me segurar. Quando meus joelhos começaram a tremer, ela me deixou deitar no chão da floresta e, como sempre, deixei que ela fizesse o que quisesse.

"Está se sentindo melhor?", ela perguntou depois.

Ela se levantou sem esperar por uma resposta, tirou a sujeira das mãos e dos joelhos e me levantou da cama de folhas secas onde eu estava deitada. "Preciso conversar com a Helen antes de ela ir para casa, então precisamos voltar para os vestiários", disse Rachel. "Você tem algum chiclete na bolsa para quando chegarmos lá?"

"Quer um?", diz Jack, oferecendo-me um cigarro.

Sou arrancada com rudeza da lembrança do dia em que Helen Wang irritou Rachel Hopkins e viveu para se arrepender. Lembrar das coisas que costumávamos fazer me deixa corada.

"Vou passar, obrigada. Fumar não é meu vício preferido, como você sabe."

Meu hábito de beber é algo sobre o qual nunca conversamos. Jack entendeu por que comecei e por que não consigo parar; as muletas vêm em todas as formas e tamanhos. A nova expressão em seu rosto parece muito com pena. Não a quero, então a devolvo.

"Sinto muito que todo esse horror esteja acontecendo na porta da sua casa. Tenho certeza de que não era isso que você esperava quando fugiu para o interior."

"Não fugi, fui empurrado."

Esse é um caminho que nenhum de nós quer pegar de novo, então tomo uma rota alternativa.

"Suponho que não poderei usar meu carro tão cedo", indago.

"Receio que não. Precisa de uma carona para algum lugar?"

"Não, tudo bem. Já mandei mensagem para o Richard."

Ele balança a cabeça. "Depois de tudo o que eu te disse sobre ele?"

"O que quer que ele tenha feito no passado, tenho certeza de que teve seus motivos."

"Me chame de antiquado, mas uma condenação por lesão corporal grave é motivo de preocupação para mim. Você disse que achava que alguém poderia ter entrado em seu quarto na última noite. Ele não estava hospedado no The White Hart também?"

"Você sabe que sim. Não é como se houvesse outro hotel por aqui, mas não era ele."

"O que a fez pensar que havia alguém lá?"

Hesitei, ainda um pouco insegura sobre o que deveria dizer.

"Você vai achar que sou maluca se eu te disser..."

"Já sei que você é maluca. Fomos casados por dez anos, lembra?"

Nós dois sorrimos e decido tentar confiar nele, como costumava.

"Estava com uma foto antiga minha e de algumas meninas da escola. Eu a encontrei na casa da mamãe e estava olhando para ela no meu quarto de hotel ontem à noite, por causa do que aconteceu com a Rachel."

Ele me encara por um longo tempo, como se estivesse esperando que eu contasse mais.

"E?"

Sacudo minha cabeça, ainda um pouco preocupada com a forma como isso vai soar.

"Era uma foto do nosso grupo."

"Certo..."

"Saí do quarto, só por alguns minutos, e quando voltei havia um xis preto riscado sobre o rosto de Rachel."

Ele tensiona a fronte e não diz nada por um tempo.

"Posso vê-la?"

"Não. Ela estava na minha bolsa, a que foi roubada do carro."

"Quem mais estava na foto?"

Ainda me sinto desconfortável em lhe contar essa parte. Será que ele vai pensar que eu estava bêbada, fiz isso sozinha e depois perdi a foto? Essa explicação com certeza passou pela minha cabeça. Ele chega um pouco mais perto. Perto demais.

192

"Anna, se outras mulheres podem estar correndo perigo, preciso saber."

"É apenas uma foto de vinte anos atrás. Pode não significar nada. Mas nela tem eu, Rachel Hopkins, Helen Wang, uma garota que você não deve se lembrar e..."

"Quem?"

"Sua irmã."

Dele

Quarta-feira 09:30
-

Ligo para Zoe assim que Anna vai embora.

Observei minha ex-mulher ser levada pelo cinegrafista com uma sensação de desconforto que não consigo explicar. Ela parecia mais vulnerável agora do que esteve em muito tempo. Às vezes, me esqueço de quem ela é de verdade, por baixo de seu exterior durão. A versão de si que ela apresenta ao resto do mundo não é a mesma da mulher que já foi minha esposa.

Zoe parece se divertir com a preocupação repentina de seu irmão mais velho com sua segurança e bem-estar. Não explico por que estou preocupado, nem menciono a foto. Em vez disso, apenas ouço o som familiar de sua voz, enquanto ela insiste pela terceira vez que está segura *e* que a casa está completamente protegida. Peço a ela que ligue o antigo alarme de nossos pais contra roubo — tenho quase certeza de que somos as duas únicas pessoas que sabem o código — e faço o possível para voltar ao meu trabalho. Sempre me preocupei um pouco com o fato de que o passado de Zoe poderia alcançá-la um dia. Minha irmã se envolveu com as pessoas erradas por um tempo quando éramos jovens. Eu sei, porque também me envolvi.

Acabou sendo outra manhã longa e entediante, que consistiu na minha segunda ida ao patologista, novos relatórios para escrever, longas reuniões com uma equipe inexperiente, mais perguntas sem resposta e perguntas a serem respondidas. Além da pior parte do meu trabalho: dizer a um pai que seu filho está morto. A idade nunca é um fator na dor que essa notícia específica inflige. Todo mundo é filho de alguém, não importa a idade.

"Quem fez isso?", perguntou a mãe idosa de Helen Wang, como se achasse que eu soubesse a resposta.

Sentei-me na sala da frente, sem beber o chá Earl Grey que ela insistiu em fazer, nem tocar na lata de biscoitos amanteigados aberta sobre a mesa. Seus cabelos grisalhos eram cortados no mesmo estilo Cleópatra da filha e suas roupas imaculadas pareciam algo que uma mulher muito mais jovem usaria. Não havia mais um sr. Wang e ela morava sozinha em uma casa organizada, mas que não chamava a atenção. Ela começou a chorar assim que chegamos, acredito que já sabia que havia algo errado.

Eu a poupei da maioria dos detalhes sobre como Helen foi encontrada na escola, mas não conseguirei impedi-la de lê-los na imprensa. Em breve, ela também saberá sobre as drogas que encontramos na casa da filha. Já posso imaginar as manchetes: *A diretora com um vício*.

Em geral, deixo que os detetives novatos informem os parentes mais próximos, como eu tinha de fazer quando estava começando na carreira. Mas deixei de ficar sabendo sobre o marido de Rachel e seu telefone celular quando enviei Priya da última vez. Não pretendo cometer o mesmo erro duas vezes.

Fui instruído por pessoas com salários mais altos do que o meu a dar outra declaração de imprensa roteirizada. A preparação para a apresentação consome toda a minha tarde. Desta vez, opto por fazer a declaração do lado de fora do departamento da polícia de Surrey, em uma tentativa de manter os jornalistas longe da escola e, embora eu veja a Anna entre os outros repórteres, ela não faz uma única pergunta. Quando volto para dentro, alguém ligou a TV no escritório — é provável que fosse para assistir à coletiva de imprensa na BBC *News* — e vejo minha ex-mulher na tela. É como se ela estivesse me encarando.

A princípio, não sei o que dizer quando Priya me convida para tomar um drinque depois do trabalho.

"Obrigado, mas como Blackdown é o lugar que é, não há nenhum lugar para onde possamos ir sem que os habitantes locais ou a mídia tentem escutar cada palavra da nossa conversa."

"De fato, pensei nisso, senhor. Talvez um drinque na minha casa, onde seria mais reservado?"

Não sei que cara faço, mas, pela reação dela, acho que não deve ser boa. Ela começa a falar de novo antes que eu possa formar uma resposta, e temo pensar no que ela poderá dizer em seguida.

"Na verdade, não o convidei por sua causa — embora você pareça estar precisando de uma bebida —, foi mais por mim mesma. Isso tudo é um pouco... novo para mim, e não conheço ninguém aqui. Estou morando sozinha no momento, então não há ninguém com quem eu possa conversar quando chego em casa. Acho que só não imaginei entrar em casa sozinha, depois de ver duas mulheres serem assassinadas de forma brutal. É só isso."

Ela me encara e depois examina suas unhas curtas, como se fosse imperativo que elas estivessem tão limpas e arrumadas quanto o restante dela. As mulheres me intrigam dia após dia. Dito isso, sinto uma pontada de culpa. Priya está sozinha em uma cidade onde os habitantes locais nem sempre são amigáveis com caras novas. Também não é como se eu tivesse alguém para quem correr para voltar para casa.

Avalio minhas opções e concluo que minha colega precisa mais de mim do que minha irmã. Embora uma voz irritante em minha cabeça me diga que devo ir para casa para ver como Zoe está, uma voz mais alta me diz para não ir. Ela sempre foi capaz de cuidar de si mesma. Além disso, tudo o que fazemos quando estamos juntos é discutir sobre dinheiro ou sobre o que assistir na Netflix. Não é muito diferente de quando brigávamos por brinquedos ou pelo controle remoto quando éramos crianças. Tenho certeza de que Zoe preferiria ter a casa só para ela essa noite. Aceitar o convite de Priya significaria apenas tomar um drinque amigável com uma colega, uma coisa perfeitamente normal e inocente a se fazer. A coisa *certa* a fazer.

Uma hora e duas cervejas depois, Priya está preparando hambúrgueres caseiros e batatas fritas de batata doce. Sua casa fica nos limites da cidade. É uma construção nova — uma daquelas propriedades em que as casas ficam uma em cima da outra e parecem todas iguais, com paredes de tijolos vermelhos e janelas de PVC —, mas é agradável. Alugada, é claro, mas decorada com móveis estilosos e pintada em uma série de cores neutras inofensivas.

Tudo é impecável e limpo, com iluminação baixa e nenhuma tralha. Noto a falta de fotos de família ou qualquer coisa remotamente pessoal. Se eu tivesse pensado na casa de Priya até agora — o que não havia feito —, acho que poderia ter previsto Ikea ou estampa floral do tipo chintz, mas estaria errado. Tudo o que eu achava que sabia sobre ela é um engano. A única coisa que parecia fora do lugar era meu paletó desmazelado, quando ela o pendurou no elegante cabide de casacos, e meus sapatos, que tirei no corredor. Fiquei um pouco paranoico com a possibilidade de ela perceber que eles eram tamanho 42.

"Vou sair rapidinho para comprar algo que esqueci", disse ela, entregando-me outra cerveja. "Sinta-se em casa que vou num pé e volto no outro."

A expressão soa muito velha para sua voz jovem e é estranho me deixar sozinho em sua casa. Ela liga a pequena TV na cozinha para me entreter e bebo outra cerveja enquanto assisto a minha ex no canal BBC News. Não consigo distinguir se Anna está ao vivo desta vez ou se é apenas uma repetição do que ela disse antes.

Então, faço algo estúpido. Não sei se é por causa da cerveja ou do cansaço ou, sendo franco, se estou apenas perdendo a cabeça, mas ligo o telefone da Rachel. Cancelei o rastreamento do celular hoje à tarde — estar no comando tem alguns benefícios — e preciso saber como o celular dela entrou no meu carro. A sensação de que alguém está me observando e tentando me incriminar está começando a cobrar seu preço.

A senha dela é sua data de nascimento — as pessoas podem ser muito previsíveis — e, assim que o celular é desbloqueado, me arrependo. Há um número atordoante de *selfies*, infinitas mensagens de texto sugestivas para números e nomes que não reconheço e sua troca de e-mails mais recente com Helen Wang. O assunto parece ser eu. Continuo lendo a última mensagem que Rachel escreveu antes de nos encontrarmos naquela noite.

Sei que Jack é um fracassado, mas um amigo na polícia poderia ter sido útil. Mas você está certa, vou terminar hoje à noite. Talvez uma trepada de despedida para amenizar o golpe?

Então, Rachel planejou me largar e Helen sabia.

A porta da frente bate. Coloco o telefone de volta no bolso, pouco antes de Priya ressurgir na cozinha. Ir num pé e voltar no outro não é de forma alguma um período de tempo específico, mas ela deve ter saído há mais de meia hora. Mais tempo do que eu esperava, pelo menos. Ela também não parece ter comprado nada. Uma vida inteira vivendo com minha mãe, minha irmã e Anna me ensinou a perceber quando uma mulher não quer que lhe façam perguntas. Está tarde e nós dois estamos exaustos. Portanto, apesar de sentir uma mistura de curiosidade e suspeita, não pergunto nada.

"A aparência e o cheiro estão ótimos, obrigado", digo, enquanto Priya coloca um prato de comida na minha frente. Não estou mentindo, parece gostoso de verdade, e não me lembro da última vez que comi uma refeição caseira. "Não estava esperando isso", acrescento.

"O senhor estava esperando que eu preparasse um curry?"

"Meu Deus, não, eu só quis dizer que..."

"O quê? Achou que eu não soubesse cozinhar?"

Posso ver pelo seu rosto que Priya está me provocando. Sarcasmo é uma linguagem na qual sou fluente, mas que pelo visto ela nem sempre entende. A cerveja deve ter soltado sua língua e nos deixou mais relaxados na companhia um do outro. Ela se senta ao meu lado, talvez um pouco perto demais.

"Não é nada de especial, apenas Nigella", diz.

"Acho que Nigella é bem especial", respondo com um sorriso largo e ela retribui com um de seus sorrisos educados, como se eu a tivesse ofendido de alguma forma.

Sempre achei que as mulheres são muito mais complicadas do que os homens e me pergunto o que fiz de errado agora. Ela não pode estar chateada por causa do meu comentário sobre a Nigella — metade da nação tem uma queda por essa mulher.

É esquisito, mesmo. Sempre pensei em Priya como uma menina até hoje, mas ela parece muito mais adulta em seu próprio ambiente doméstico. À vontade consigo mesma, ao contrário da maneira como ela se comporta quando estamos trabalhando. Talvez seja por isso que me sinto tão confortável na companhia dela esta noite. Mais relaxado. É possível que relaxado demais.

"Onde você foi mais cedo?", pergunto, sem conseguir me conter.

Seus olhos se arregalam e parece que acabei de acusá-la de algo terrível.

"Sinto muito...", diz.

"Por quê?"

"Eu me esqueci, depois me lembrei, depois me esqueci de novo."

Ela se levanta da mesa, abandona a comida pela metade e sai da sala sem dizer mais nada. Admito que estou me sentindo um pouco desconfortável, mas então ela ressurge na porta segurando uma garrafa de ketchup.

"Sei o quanto você gosta dessa coisa com suas batatas fritas, senhor. *Sempre* praticamente as afoga com ele, mas eu não tinha nenhum aqui. Saí para comprar — queria que o senhor aproveitasse a comida — mas esqueci e..."

Ela parece que vai chorar e concluo que as mulheres são de fato uma espécie diferente.

"Priya, a comida está deliciosa. Você realmente não precisava ter tido todo esse trabalho."

"Queria que tudo fosse perfeito."

Sorrio para ela.

"Já está sendo."

Relaxo um pouco mais agora que sei onde ela foi — foi muito gentil da parte dela, na verdade. Ela parece estar se descontraindo também. Ela limpa nossos pratos e pega outra cerveja da geladeira para nós dois, sem perguntar se quero uma. Não consigo decidir se ela está apenas sendo uma boa anfitriã — minha garrafa *estava* vazia — ou se tenho razão em me preocupar com o rumo que as coisas estão tomando. Seu cabelo está solto de novo. Noto que ela desabotoou a parte de cima da camisa e juro que ela passou perfume em si mesma na última vez que saiu do quarto. Tomo um grande gole da minha cerveja e decido encarar isso, como o homem que suspeito que ela pensa que sou.

"Priya, olhe, tudo isso foi adorável, mas não quero que você fique com a impressão errada."

Ela parece chocada.

"Fiz algo errado, senhor?"

"Não e, mais uma vez, não há necessidade de me chamar de senhor, especialmente quando estou em sua casa, comendo sua comida e bebendo sua cerveja. Nossa, eu deveria ter trazido alguma coisa. Isso é tão rude da minha part..."

"Tudo bem. Mesmo. Jack."

O fato de ela usar meu nome também parece errado. Percebo que é provável que eu tenha bebido mais do que deveria, em especial, porque estava planejando voltar para casa dirigindo. Tudo isso foi um grande erro e preciso esclarecer as coisas antes de vê-la de novo amanhã.

"Olha, Priya. Eu... gosto de trabalhar com você."

Ela sorri e isso torna tudo ainda mais difícil. Lembro a mim mesmo que sou bem mais velho do que ela e que preciso tomar as rédeas da situação antes que as coisas saiam do controle. "Mas..." Seu rosto esmorece e concluo que seria muito mais fácil fazer esse discurso se eu ficasse olhando para o piso de madeira laminada. "Nós trabalhamos juntos. Sou muito mais velho do que você e, embora a ache maravilhosa e uma jovem muito atraente..."

Porra, acho que essa última frase poderia ser interpretada como assédio sexual.

"... não penso em você, nem a vejo *dessa* forma."

Na mosca. Em cheio.

"Você me acha feia?"

"Meu Deus, não. Merda, foi isso que eu disse?"

Ela sorri e não consigo entender a situação atual. Me pergunto se talvez a rejeição a fez perder a cabeça.

"Tudo bem, senhor. Estou sendo honesta. Me desculpe se *te* dei a impressão errada", diz ela. "Estava fazendo comida para o senhor o tempo todo no trabalho porque, bom, gosto de cozinhar para outras pessoas e, no momento, não tenho ninguém para quem fazer isso. Comprei cigarros para você porque achei que poderia precisar deles. E se às vezes fico pendurada em cada palavra sua, é porque acho que você é ótimo no seu trabalho e quero aprender com você. Mas é só isso."

Estou confuso, mas as mulheres tendem a ter esse efeito sobre mim. Não consigo interpretar a expressão em seu rosto, mas temo que seja de pena. De repente, me sinto tolo, velho e delirante, e talvez seja mesmo: por que uma pessoa tão jovem, inteligente e atraente estaria interessada em um homem como *eu*?

Priya se levanta e, pela primeira vez, percebo como ela tem pés bonitos, com a pele morena de aparência macia e unhas pintadas de vermelho. Ela atravessa a sala, pega dois copos e uma garrafa de uísque — do tipo que eu costumava beber com Anna — e se senta de volta ao meu lado. Um pouco mais perto do que antes.

"Gostaria de propor um brinde", anuncia, servindo duas doses bem grandes. "Um brinde a um longo e feliz relacionamento *estritamente profissional e platônico*. Saúde."

"Saúde", respondo, batendo meu copo no dela.

Ela vira a sua bebida — um desperdício, na verdade, pois é coisa de boa qualidade —, mas também seco o meu copo.

E então a beijo.

Dela

Quarta-feira 21:00

Nossa, preciso de uma bebida. Não me lembro da última vez que fiquei tanto tempo sem beber.

Depois de um dia ininterrupto de transmissões — que pareciam intermináveis entrevistas do lado de fora da escola, depois no departamento da polícia, além de imagens e conteúdo para vários meios de comunicação — estou com saudade da minha cama. Ligo para saber a que horas os primeiros jornais nos querem no ar amanhã e rascunho os pedidos com uma caneta preta de ponta de feltro que encontrei em minha bolsa. Não me lembro de onde a peguei, mas ela foi útil mais de uma vez hoje.

Estou com frio e meus pés estão me matando de ficar tanto tempo em pé. Acho que me acostumei demais a apresentar o jornal da hora do almoço, sentada atrás de uma mesa em um estúdio aquecido e agradável. Não entendo muito bem para onde o dia foi — uma hora passando para a outra, como uma série de minirreprises costuradas. A vida às vezes parece uma roda de hamster da qual só podemos sair se soubermos parar de correr.

O tempo também mudou e se transformou em algo que não consigo mais distinguir. Isso começou na noite em que minha filha morreu. Assim que deixei Charlotte — dormindo em seu berço portátil na casa da minha mãe — senti como se tivesse ficado separada dela por horas, não por minutos. Não queria deixá-la lá de jeito nenhum, mas

Jack insistiu que deveríamos sair para comemorar meu aniversário. Ele não entendia que, depois do que aconteceu no meu aniversário de 16 anos, celebrar aniversário era algo que eu nunca mais queria fazer.

Ele continuou insistindo que eu precisava sair de casa, algo que eu não fazia com muita frequência desde o nascimento de Charlotte. A maternidade não vem com um manual e foi um choque quando trouxemos nossa filha do hospital para casa. Eu havia lido todos os livros que dizem para você ler, ido a todas as aulas, mas a realidade de ser responsável por outro ser humano era um fardo pesado e algo para o qual eu não estava preparada. A pessoa que achava que era desapareceu da noite para o dia e se tornou essa nova mulher que eu não reconhecia. Uma mulher que raras vezes dormia, nunca se olhava no espelho e que se preocupava constantemente com a filha. Minha vida passou a ser apenas a dela. Tinha pavor de que algo ruim acontecesse se a deixasse sozinha, mesmo que por um minuto. Eu estava certa.

Desde que ela morreu, o tempo se estende e se contrai de maneiras que não consigo compreender. De alguma forma, parece que tenho menos tempo, como se o mundo estivesse girando rápido demais, os dias se sucedendo em um borrão exaustivo. Eu não era uma mãe nata, mas tentei ser a melhor que pude. Tentei *mesmo*. Minha própria mãe dizia que os primeiros meses eram sempre os mais difíceis com um bebê, mas eles foram tudo o que tive.

As pessoas usam a expressão "coração partido" com tanta frequência que ela perdeu o significado. Para mim, foi como se meu coração tivesse se partido em mil pedaços quando perdi minha filha e, desde então, não consigo sentir ou me importar de verdade com mais nada. Isso não apenas partiu meu coração, mas também me partiu e não sou mais a mesma pessoa. Agora sou outra. Não sei mais como sentir nada, nem como retribuir afeto. É muito mais fácil pegar amor emprestado do que devolvê-lo.

Richard teve que me levar a todos os lugares hoje, porque a polícia ficou com o meu carro. Embora seja completamente normal que uma correspondente e um cinegrafista passem tanto tempo juntos, não gosto disso. Algo parece estranho entre nós. Um pouco. Não sei se é porque Jack me contou sobre sua ficha criminal ou se é outra coisa.

Tive algum tempo livre à tarde, quando os técnicos insistiram em fazer mais um intervalo devido para as refeições — falou-se em sindicato assim que levantei uma sobrancelha —, mas a verdade é que não me importava em pular uma entrada. Não houve nenhum novo desdobramento na pauta desde o início daquela manhã. Eu sabia que o News Channel poderia facilmente reprisar minha transmissão da hora anterior, o que me daria quase duas horas para mim mesma.

Fiquei secretamente contente quando o resto da equipe saiu em busca de comida. Estávamos fazendo *lives* na floresta há horas e eu precisava de um tempo sozinha. Disse a eles que queria dar uma volta. Richard se ofereceu para ir comigo, mas não queria ficar sozinha com ele em um canto isolado da floresta ou em qualquer outro lugar. Por fim, a ficha dele caiu e ele foi com eles.

Assim que eles se foram, peguei uma trilha familiar entre as árvores em direção à rua principal. Todas as outras ruas e trilhas de Blackdown se espalham pela floresta a partir dali, como as veias de uma folha retorcida, tendo a rua principal como caule. A cidade inteira parece existir sob um dossel de folhas e mentiras não ditas, como se os carvalhos e os pinheiros que compõem a floresta agarrassem, escalassem ou rastejassem para fora de seus limites à noite, perseguindo as pessoas que vivem aqui e criando raízes do lado de fora de cada casa para vigiá-las.

Me vi atrás da casa onde Jack agora mora com Zoe. Nunca me dei bem com minha cunhada e meu marido nunca soube as verdadeiras razões disso. Ele não a conhece como eu. As famílias geralmente pintam seus próprios retratos sob uma luz diferente, usando cores que o resto de nós não consegue ver. Zoe era sombria e perigosa quando adolescente e é provável que ainda seja. Ela nasceu sem trava de segurança.

Quando Jack e eu nos encontramos como adultos em Londres, eu era uma repórter júnior, tentando ir ao ar com uma pauta sobre um assassinato que ele estava investigando. Não me lembrava dele no início, mas ele me reconheceu de imediato e ameaçou fazer uma reclamação formal à bbc sobre minha conduta se eu não tomasse um drinque em sua companhia. No início, eu não sabia se deveria me sentir insultada ou lisonjeada por seu flerte em forma de chantagem. Eu o achava atraente

— assim como todas as outras repórteres —, mas os homens vinham em segundo lugar em relação à minha carreira e eu tinha pouco interesse em relacionamentos.

No final, concordei com um encontro, pensando que poderia obter informações privilegiadas, mas, em vez disso, acordei com uma enorme ressaca e um detetive na minha cama. Saber quem era a irmã dele e do que ela era capaz quase me fez desistir de vê-lo de novo. Mas o que achei que poderia ser apenas uma noite levou a outro encontro, que levou a um fim de semana em Paris. Às vezes me esqueço que Jack costumava ser espontâneo e romântico. Estar com ele me fazia feliz, e amá-lo me fazia não desgostar tanto de mim mesma.

Zoe fazia um péssimo trabalho em esconder seus sentimentos sobre nosso relacionamento. Ela evitava contato visual comigo em todas as reuniões de família e foi a última a nos dar os parabéns quando ficamos noivos. Ela também não foi ao nosso casamento. Limitou-se a enviar uma mensagem ao Jack dizendo que estava com norovírus na véspera e, no dia seguinte, postou fotos de si mesma em Ibiza. Quando nossa filha nasceu, Zoe nos enviou lírios, um conhecido símbolo de morte. Jack disse que foi um erro inocente, mas não há nada de inocente em sua irmã.

Fiquei olhando para a casa de Jack e Zoe, tomada por aversão e repulsa pela mulher que estava lá dentro. Então, notei que a porta da cozinha estava ligeiramente entreaberta.

Um pouco mais tarde, de volta a trilha, mas tendo perdido algum tempo, passo por todas as lojas conhecidas e pelas construções antigas e peculiares que tornam Blackdown tão singular. Passo apressada por aquela que é com frequência descrita como uma das ruas mais bonitas do Reino Unido, sabendo que estou correndo contra o tempo para comprar o que preciso. Faço uma rápida parada na loja de roupas baratas-e-alegres que está aqui desde antes de eu nascer. Graças à falta da minha mala para a pernoite, preciso de algo para vestir amanhã. Pego uma camisa branca inofensiva e uma calcinha muito fora de moda e pago sem experimentar nada. Roupas limpas não são a única coisa que me falta e preciso de uma bebida agora mais do que nunca depois da minha visita à casa de Zoe.

As portas do supermercado deslizam e se abrem — como se o lugar estivesse me esperando, apenas aguardando para me engolir — e os corredores climatizados não são a única coisa que me faz tremer. Parece que estou andando por velhas ruas conhecidas e a seção de bebidas alcoólicas está igualzinha ao que sempre foi. Infelizmente, não há miniaturas, mas eles vendem minigarrafas de vinho e uísque, que eu seguro contra a minha bolsa, tentando decidir quantas cabem dentro dela, ainda conseguindo fechar o zíper.

Adiciono uma pequena caixa de pastilhas à minha cesta no caixa e, quando olho para cima, para meu leve horror, fica claro que a operadora do caixa me reconhece. Seu rosto expressa um julgamento que não posso suportar.

As pessoas se preocupam com a ficção da verdade.

Hoje em dia, a vida que levamos precisa ser banhada a ouro, uma série de verdades polidas em prol de nossa aparência externa. Os estranhos que nos veem através de uma tela — seja na TV ou nas redes sociais — acham que sabem quem somos. Ninguém mais está interessado na realidade, é algo que eles não querem "curtir", "compartilhar" ou "seguir". Consigo entender isso, mas viver uma vida de faz de conta pode ser perigoso. O que não vemos pode nos prejudicar. No futuro, espero que as pessoas desejem quinze minutos de privacidade, em vez de quinze minutos de fama.

"Um pequeno presente para meu cinegrafista e meus técnicos depois de trabalharem tanto hoje", digo para a caixa, antes de colocar minhas compras direto na minha bolsa assim que ela as escaneia.

Ela é um pouco mais velha do que eu. Uma mulher em forma de batata, com a pele desgastada e olhos questionadores, do tipo que, com apenas um olhar, faz você perceber o quanto ela não gosta de você. Seu rosto manchado tenta sorrir e vejo que entre seus dentes frontais há um espaço grande o bastante para colocar uma moeda de uma libra.

"Tem visto sua mãe nos últimos tempos?", ela pergunta e tento reprimir um suspiro. Todo mundo sabe tudo sobre todo mundo nesta cidade. Ou acham que sabem. Essa é uma das muitas coisas que não suporto neste lugar. A mulher não espera por uma resposta. "Ela já foi encontrada vagando pelas ruas tarde da noite algumas vezes agora, sua mãe. Perdida no escuro, chorando, sem saber onde está ou quem é, vestindo apenas uma camisola. Sua sorte é que seu marido apareceu. Ela precisa de *alguém* para cuidar dela. Se me perguntasse, eu te diria que ela devia estar em um asilo."

"Obrigada, mas não perguntei", respondo, entregando-lhe meu cartão de crédito.

Sempre fui mais sensível às minhas falhas como filha do que à minha fraqueza por uma bebida. Olho por cima do ombro para ver se mais alguém na loja ouviu o que ela disse e fico aliviada ao ver que todos parecem satisfeitos em cuidar de suas próprias vidas. Se ao menos isso fosse verdade para todos. Ainda me lembro da primeira vez que comprei bebida alcoólica neste supermercado, há muitos anos.

Rachel disse que eu não poderia fazer uma festa de aniversário sem bebidas. Fiquei surpresa com o fato de ela ainda achar que eu deveria convidar a Helen — considerando os problemas em que nossa inteligente amiga quase nos meteu —, mas isso também me deixou feliz. Achei que a decisão da Rachel de perdoá-la foi outro exemplo de sua bondade. Acho que foi isso que me fez convidar outra pessoa, afinal, era para ser *minha* festa e eu também queria ser gentil. Também foi por isso que fiz pulseiras da amizade para todas que viriam.

Rachel riu quando as viu.

"Foi você quem fez?" Concordei com a cabeça e ela riu de novo.

"Bem, isso é muito *gentil*, mas temos *16 anos*, não 10." Ela colocou a mão em meu ombro e enfiou as pulseiras no bolso como se fossem lixo. Levei séculos para fazer as lembrancinhas que não tinha dinheiro para comprar. Era impossível esconder o quanto suas palavras machucavam, e ela percebeu. "Me desculpe. Gosto delas, de verdade, todas nós vamos usá-las mais tarde, mas primeiro precisamos comprar birita, e para isso vamos precisar de dinheiro. Você não pode roubar um pouco da sua mãe, pode?", perguntou.

Rachel percebeu que eu estava chocada com a sugestão e pareceu pensar melhor sobre o assunto. Paramos na casa dela no caminho para a minha e observei enquanto ela escancarava as portas do enorme guarda-roupa, antes de remexer em seu interior. Ela se virou, triunfante, sacudindo o balde amarelo da Children in Need em minha direção. Era o que ela usava para arrecadar doações na escola. Ela o virou de cabeça para baixo em sua cama, antes de contar as moedas que caíram.

"Tem 42 libras e 88 centavos", disse.

"Mas esse é o dinheiro da caridade."

"E você é um caso de caridade, então qual é o problema? Como achou que eu estava pagando por todos aqueles presentinhos que te dei?"

Não respondi. Estava muito chocada por ela admitir que estava roubando dinheiro de crianças que precisavam muito mais do que nós.

"Vamos", ela disse, pegando minha mão.

Lembro-me que foi a primeira vez que não gostei de segurá-la.

"Deixa de mau humor, você fica menos bonita quando está carrancuda", ela sussurrou, depois me deu um beijo na bochecha. "Vamos passar no supermercado para comprar bebida a caminho de sua casa, umas três doses vão te animar".

Caminhamos até lá em silêncio.

Observei enquanto Rachel colocava garrafas de Diet 7Up, tequila e vinho branco barato em sua cesta de compras e me perguntei como iríamos comprar tudo isso quando estava claro que éramos menores de idade. Sentia uma dor na barriga enquanto nos aproximávamos dos caixas, só de pensar que minha mãe descobriria já me deixava fisicamente mal. Eu sentia que estava sempre decepcionando-a.

Mas então vi Helen Wang. Ela já havia completado 16 anos e trabalhava no supermercado aos sábados. Ela passou o álcool no sensor sem chamar um gerente, e Rachel o escondeu direto na bolsa. Sem requisição de documento. Eu estava muito contente por ainda sermos todas amigas, apesar do incidente com as redações.

"O que aconteceu com seu rosto?", perguntei a Helen, notando o que parecia ser um olho roxo mal disfarçado com maquiagem.

Ela olhou para Rachel antes de se voltar para mim.

"Escorreguei."

Já havia visto hematomas da minha mãe o suficiente quando meu pai ainda estava por perto para saber que Helen estava mentindo. Mas também sabia que não deveria insistir. Assim como quando mamãe jurava que tinha dado de cara com uma porta, sabia que Helen não me contaria a verdade. Achei que ela poderia ter um namorado secreto. Um dos maus.

"Te vemos mais tarde. Venha direto para a casa da Anna depois do trabalho", disse Rachel a Helen, arrastando-me em direção à saída.

Com relutância, minha mãe havia concordado em sair à noite, mas ainda estava lá quando chegamos. Não precisei dizer nada para que ela soubesse que eu estava furiosa.

"Estou indo, estou indo", ela disse enquanto colocávamos nossas bolsas na cozinha, com o álcool escondido lá dentro. "Comprei uma pequena surpresa de aniversário e queria te mostrar antes de sair."

"O que é?", perguntei, temendo a resposta, esperando que não fosse algo infantil que pudesse me envergonhar na frente da Rachel.

"Está na varanda, vá dar uma olhada", disse mamãe.

Fui até os fundos da casa, preocupada com o que poderia encontrar lá, e então vi uma pequena bola de pelo cinza sentada na cadeira favorita de minha mãe.

"É um gatinho!", gritou Rachel, correndo em sua direção, muito mais animada do que eu.

"Uma das senhoras para quem eu trabalho como faxineira tem um gato lindo — é um Azul Russo — e, quando vi a última ninhada, não pude resistir a trazer essa pequena para casa", disse mamãe. "Vai em frente, pega, ela é sua."

Eu queria um gato há muito tempo, mas ela dizia que não tínhamos dinheiro para isso. Além disso, os gatos sempre sumiam em Blackdown. Toda semana um novo pôster de "Desaparecido" surgia nas vitrines das lojas e nos postes de luz da cidade. Havia inúmeras fotos em preto e branco de animais de estimação perdidos, junto com suas descrições e, às vezes, recompensas. Era o tipo de sofrimento que minha mãe achava que eu não conseguiria suportar, mas ainda desejava ter um animal meu. Peguei a gatinha com cuidado, com medo de quebrá-la.

"Você vai ter que escolher um nome", disse minha mãe.

"Kit Kat", sussurrei.

Eu já havia imaginado como chamaria minha gata se algum dia tivesse uma.

Rachel deu uma risadinha. "Como o chocolate?"

"Acho que é perfeito", mamãe disse. "Brinque um pouco com ela hoje à noite, se quiser, mas depois coloque-a de volta na caixa de transporte para gatos no canto. O veterinário disse que isso poderia ajudá-la a se acalmar nas primeiras noites. Vou deixá-las se divertir agora, mas sei que vocês vão beber álcool..."

"Mãe!"

Senti minhas bochechas ficarem muito vermelhas.

"... então deixei alguns lanches na geladeira. Há batatinhas no armário também, então sirvam-se e forrem seus estômagos. Divirtam-se, cuidem umas das outras e da Kit Kat. Está bem?"

"Nós vamos, não se preocupe", afirmou Rachel. "A senhora é muito legal, sra. Andrews. Gostaria que minha mãe fosse como a senhora."

Ela sorriu para minha mãe, daquele jeito inteligente que parecia fazer todos os adultos a adorarem. Minha mãe sorriu de volta, antes de me dar um beijo de despedida.

"Vamos começar a festa!", disse Rachel assim que ela saiu.

A essa altura, ela já havia ficado em minha casa tantas vezes que sabia onde encontrar tudo o que queria. De imediato, ela atacou a antiga coleção de vinis da minha mãe — Rachel era obcecada por música dos anos 70 —, tirando com cuidado um disco dos Carpenters da capa e colocando-o para tocar. "Rainy Days and Mondays" era sua música favorita. Ela cantava junto enquanto voltava para a cozinha e pegava dois copos no armário. Me agarrei à gatinha e nós duas observamos Rachel com fascinação enquanto ela encontrava o sal, pegava um limão da fruteira e tirava uma faca afiada do faqueiro sobre o balcão.

Nunca havia visto ou ouvido falar de *tequila slammer* antes, mas gostei. Quando as outras chegaram, eu já estava muito bêbada.

"Você trouxe os petiscos da festa?", Rachel perguntou a Helen assim que ela entrou pela porta.

"Quais são?", eu quis saber.

A Rachel sorriu. "Uma boa surpresa."

Zoe foi a próxima a chegar. Ela parecia infeliz quando abri a porta e revirou os olhos na direção do garoto mais velho que estava ao lado dela na minha porta.

"O que é isso?", ela perguntou, olhando para o gatinho em minhas mãos.

"Ela se chama Kit Kat, é um presente de aniversário da minha mãe."

"Odeio gatos", Zoe disse, fazendo uma careta.

"A propósito, eu sou o Jack", disse o garoto. Ele parecia estar se divertindo com alguma coisa. "Minha mãe queria que eu trouxesse a Zoe e verificasse se estava tudo bem, depois do que aconteceu da última vez."

Eu não sabia o que isso significava. Fazia apenas alguns meses que eu tinha entrado na escola e conhecido todas elas.

Jack era apenas alguns anos mais velho do que nós, mas, nessa idade, alguns anos podem deixar alguém infinitamente mais velho. Ele esgueirou sua cabeça pela porta, com as chaves do carro na mão. Eu não tinha ideia do que ele estava procurando e não sei se era o cabelo solto ou o sorriso atrevido, mas gostei dele na hora. Não fui a única.

"Oi, Jack! Por que você não entra para tomar um drinque?", disse Rachel, surgindo ao meu lado.

"Não, obrigado, estou dirigindo."

"Só unzinho?", ela insistiu.

Eu me lembro de odiar a maneira como eles olhavam um para o outro.

"Talvez apenas uma Coca-Cola ou algo assim", disse ele, cedendo ao charme dela.

Era estranho ver todas aquelas pessoas amontoadas em nossa pequenina cozinha. Era raro que minha mãe deixasse alguém entrar aqui depois que meu pai foi embora e a casa parecia cheia demais com todos eles ali. Todos ficaram um pouco surpresos quando a campainha tocou mais uma vez, inclusive eu. Já havia bebido o suficiente para esquecer a outra pessoa que eu havia decidido convidar.

Todos foram comigo até a porta e ficaram horrorizados quando viram Catherine Kelly parada atrás dela.

"Feliz aniversário, Anna", disse ela, sem sorrir.

Todos ficaram apenas olhando.

Então, Rachel deu um passo à frente e colocou seu copo na mão de Catherine. "Que bom vê-la, Catherine. Tome um drinque. Prometo que não há nada de desagradável nessa bebida e você precisa nos alcançar", brincou ela, puxando a garota para dentro.

Fiquei muito feliz por ela estar sendo gentil. Catherine Kelly era um tanto estranha, mas quis convidá-la para minha festa de qualquer jeito. Algo terrível havia acontecido com Catherine na semana anterior. Foram encontrados ratos bebês dentro de sua carteira escolar. Todos atribuíram a culpa a todas as batatas chips e chocolates que ela guardava ali, mas eu ainda não conseguia entender como eles entraram ali. Fiquei com pena dela, eu sabia como era ser a estranha na minha antiga escola e não queria que ninguém mais se sentisse assim. Achei que poderia ajudá-la a ficar feliz.

"Bem, por mais divertido que isso pareça, vou cair fora", disse Jack. "A mãe disse para chegar em casa por volta da meia-noite, Zoe. A menos que você queira ficar de castigo de novo."

Zoe revirou os olhos. Ela fazia isso com tanta frequência que eu me preocupava com a possibilidade de eles ficarem assim para sempre.

"Espera!" Rachel correu para sua bolsa e tirou uma nova câmera Kodak descartável. A câmera ainda estava na caixa e ela rasgou a embalagem de papelão para abri-la. "Você pode tirar uma foto de todas nós juntas antes de ir embora?"

"Claro", disse Jack, estendendo a mão.

Vi que os dedos deles se tocaram quando ela lhe entregou a câmera e senti uma pontada de ciúme irracional.

"E eu quase esqueci...", Rachel disse.

Ela colocou a mão no bolso, antes de nos organizar em uma fila contra o papel de parede floral da sala de estar da minha mãe.

"... a querida Anna fez pulseiras da amizade para todas nós e acho que deveríamos usá-las."

Então, nós as colocamos, porque as pessoas sempre faziam o que Rachel dizia para fazer.

Posamos encostadas na parede com os braços em volta umas das outras, usando nossas pulseiras de algodão vermelho e branco como melhores amigas. Até mesmo Catherine Kelly, que Rachel posicionou bem no meio, estava sorrindo na foto, com seu aparelho feio, cabelo branco encaracolado e roupas horríveis à mostra para o mundo inteiro ver.

Era a mesma foto que encontrei ontem com o rosto de Rachel riscado.

Dele

Quarta-feira 23:00

Atravesso a rua e percebo que peguei o caminho errado. Estou bêbado. Bêbado demais para dirigir da casa de Priya para minha casa, então decido ir a pé. Sei que não deveria tê-la beijado, mas foi só isso, um beijo de bêbado. Não há necessidade de transformar isso em um drama ou exagerar. Estava pensando na Anna quando a beijei, talvez por causa do gosto de uísque na boca de Priya e na minha. Não me arrependo. Vou me arrepender pela manhã, mas, por enquanto, vou aproveitar o que essa noite me fez sentir: saber que uma jovem bonita e inteligente me acha atraente.

Escolho não ficar pensando no porquê.

Passar tempo com alguém mais jovem fez com que eu me sentisse menos velho esta noite. Ouvir Priya falar sobre seu futuro me fez perceber que o meu pode não estar definido. A juventude nos engana, fazendo-nos pensar que na vida há infinitos caminhos; a maturidade nos prega uma peça, fazendo-nos pensar que há apenas um. Priya se abriu sobre seu passado e sua honestidade foi contagiante. Contou que sua mãe morreu de câncer no ano passado e que ela ainda está sofrendo. A mulher a criou sozinha, em uma comunidade que desaprovava esse tipo de coisa, e Priya foi bastante aberta sobre o quanto sentiu falta de ter uma figura paterna enquanto crescia.

Espero que tenha sido isso que me fez pensar em minha filha. A verdade é que penso nela o tempo todo. Se não falo sobre Charlotte, é apenas porque sinto que não consigo. A ideia de levar Anna para comer fora em seu aniversário, só nós dois, foi minha, então talvez seja por isso que ainda ache que o que aconteceu foi culpa minha.

Anna mal havia saído de casa durante meses. Ela estava em repouso absoluto na cama antes do parto e, depois, quando trouxemos Charlotte para casa, ela se transformou em alguém que eu não reconhecia. Isso não estava certo e ela também não estava. De repente, toda a sua vida passou a girar em torno de nossa filha e ninguém conseguia fazê-la ver que aquilo era demais, que ela precisava dar um passo para trás. Se eu falasse em conseguir ajuda, isso só piorava as coisas.

Havia pedido à mãe dela que ficasse de babá por uma noite, apenas *uma* noite, pelo amor de Deus, era para ser uma gentileza. Para ambas. Mas quando fomos buscar Charlotte na manhã seguinte, soube que havia algo errado assim que a mãe de Anna abriu a porta. Ela havia prometido que não beberia enquanto estivesse cuidando da bebê, mas nós dois podíamos sentir o cheiro de álcool em seu hálito. Ela não disse uma palavra, mas parecia que havia chorado. Anna empurrou a mãe para o lado e correu para dentro da casa. Eu estava apenas alguns passos atrás. O berço portátil estava exatamente onde o havíamos deixado, Charlotte ainda estava lá dentro e me lembro do alívio que senti quando a vi. Foi somente quando Anna a levantou que percebi que nossa garotinha estava morta.

Não há nada como o amor incondicional. Eu realmente não culpava a mãe de Anna. Ela só havia começado a beber depois de descobrir que Charlotte havia parado de respirar no meio da noite. Ela entrou em pânico. Por alguma razão, ela não chamou uma ambulância, acho que talvez porque já soubesse que a criança estava morta. O médico legista confirmou que foi uma morte súbita e que poderia ter acontecido a qualquer hora e em qualquer lugar. Mas eu me culpei. A Anna também. Repetidas vezes, gritando as palavras silenciosas para mim em meio a suas lágrimas sem fim.

Eu amava nossa filhinha tanto quanto ela, mas era como se apenas Anna tivesse permissão para sofrer. Agora, dois anos depois, estou sempre no limite, uma peça de dominó prestes a cair e a levar comigo as mais próximas. Por muito tempo, depois do que aconteceu, nada em minha vida parecia real ou tinha qualquer significado. Essa é a razão pela qual deixei Londres e voltei para cá. Para formar algum tipo de família com o que me restava: uma irmã e uma sobrinha. E para dar à Anna o espaço que ela alegava precisar.

Enterramos Charlotte em Blackdown — Anna não estava em condições de tomar uma decisão na época, então eu a tomei — e acho que isso é outra coisa pela qual ela ainda me odeia.

É uma caminhada de meia hora por trilhas escuras como breu e estradas rurais desertas da ponta da cidade onde Priya mora até a minha casa, mas caminhar é a única opção. Não há táxis no interior. Não há sinais de vida em Blackdown a essa hora da noite. Um gato preto corre na minha frente, cruzando meu caminho e contradizendo meu último pensamento. É o tipo de coisa que teria preocupado minha ex-mulher, mas eu não acredito em toda essa bobagem supersticiosa. Além disso, já tive mais do que meu quinhão de azar.

Faz um frio implacável, do tipo que corta se você ousar ficar parado por muito tempo. Por isso, enfio as mãos mais fundo nos bolsos e as mantenho lá em vez de fumar. É estranho que eu nem sequer sinta a necessidade de um cigarro agora, depois de passar uma noite conversando com outro ser humano em vez de ficar olhando para uma tela.

Rachel e eu não conversávamos de verdade, apenas trocávamos palavras de cortesia acompanhadas de sexo descortês. Não parecia que tínhamos muito a dizer um ao outro, pelo menos não coisas que qualquer um de nós gostaria de ouvir. Fico pensando nas palavras que estavam pintadas em suas unhas: DUAS CARAS. Anna e eu costumávamos conversar antes da chegada de Charlotte, mas era como se tivéssemos esquecido de como fazer isso. Esta noite, com Priya, me senti como uma pessoa de verdade de novo.

Decido enviar-lhe uma mensagem de texto e procuro meu celular no bolso. Em vez disso, encontro o celular da Rachel e há uma mensagem não lida:

Você deveria ter ido direto para casa hoje, Jack.

Paro de andar e fico olhando para as palavras por alguns segundos. Em seguida, dou uma volta completa de 360 graus, perscrutando a escuridão, tentando ver se alguém está me seguindo. É claro que *alguém* esteve me seguindo. Eu não estava imaginando isso. Enfio o celular de volta no bolso e ando um pouco mais rápido.

Posso ver que minha casa está completamente escura quando viro a rua. Não há nada de anormal nisso, já é tarde e não espero que minha irmãzinha fique esperando que eu volte para casa. Nunca fomos do tipo de irmãos que ficam perguntando um sobre o outro. Presumo que Zoe tenha tomado duas taças de vinho barato e ido para a cama, como faz na maioria das noites.

Começo a procurar minhas chaves assim que passo pelo portão, lutando para encontrá-las na penumbra. A luz da varanda se acende quando estou na metade do caminho do jardim, mas, apesar de ela iluminar o bolso do meu paletó, onde deveriam estar as chaves, vejo que elas não estão lá.

Detesto a ideia de ter que acordar a casa inteira para que Zoe me deixe entrar — pode ser difícil fazer minha sobrinha voltar a dormir —, mas quando chego à porta da frente, vejo que isso não será necessário. Ela já está aberta.

Há sempre um momento da duração de um batimento cardíaco, quando você sabe que algo muito ruim está prestes a acontecer e você chega tarde demais para fazer algo. Dura menos de um segundo e mais de uma vida inteira, enquanto você está congelado no espaço e no tempo, relutante em olhar para frente, mas sabendo que é tarde demais para olhar para trás. Esse é um desses momentos. Tive poucas experiências como essa em minha vida.

Fico sóbrio rápido.

A parte policial do meu cérebro me diz para ligar para alguém, mas não ligo. O que restou de minha família está dentro desta casa e não posso esperar por reforços. Entro com pressa pela porta da frente, acendo as luzes de todos os cômodos do andar de baixo, encontrando cada um deles tão vazio quanto o anterior. As demais portas e janelas pelo visto estão fechadas e trancadas. Verifico o sistema de alarme, mas alguém o desligou. A única maneira de fazer isso é sabendo o código.

Não há sinal de entrada forçada, nenhum sinal de luta, na verdade, todo o lugar está muito mais limpo e arrumado do que quando saí esta manhã. Crianças pequenas são especialistas em criar bagunça, mas toda a desordem e o caos com os quais eu estava acostumado foram arrumados e colocados de volta em seus lugares. Tudo parece errado e, ao longo dos anos, aprendi a confiar em meu instinto em relação a coisas como essa.

Então eu vejo.

Uma das facas menores está faltando no faqueiro sobre o balcão. Lembro que ela também não estava lá hoje de manhã, nem na noite anterior. As minhas chaves também estão aqui, embora eu tenha certeza de que estavam em meu bolso no início da noite, antes de ir para a casa de Priya. Talvez eu as tenha deixado aqui — os últimos dias têm sido um borrão de privação de sono. Então eu vejo a foto. É igual àquela que Anna disse ter sido roubada de seu carro e é uma foto que *eu* me lembro de ter tirado há vinte anos.

As cinco meninas estão alinhadas e sorrindo para a câmera: Rachel Hopkins, Helen Wang, Anna, Zoe e uma garota de aparência estranha que reconheço vagamente, mas não consigo lembrar o nome. Elas estão com sorrisos que combinam em seus rostos e pulseiras da amizade que combinam em seus pulsos. Mas isso não é tudo. Três das cinco garotas na foto têm uma cruz preta desenhada sobre o rosto agora: Rachel, Helen... e Zoe.

Deixo cair a foto — percebendo tarde demais que nunca deveria tê-la tocado — e subo as escadas correndo, dois degraus de cada vez. Chego primeiro ao quarto da minha sobrinha e, ao passar pela porta, vejo que Olivia está sã e salva, dormindo na cama. O travesseiro dela, assim como todo o resto do quarto, está coberto com uma estampa de unicórnios. Ela parece tão tranquila que, por um momento, penso que talvez esteja tudo bem. Mas então me dou conta de que o barulho que acabei de fazer normalmente a teria acordado. Olivia está respirando, mas está completamente fora de si.

Corro pelo patamar da escada até o quarto da minha irmã, mas ela não está lá. Todas as portas dos quartos estão entreabertas e logo descubro que todos estão vazios. A porta do banheiro está fechada. Quando tento girar a maçaneta, ela não abre.

Não trancamos essa porta há anos devido a um incidente quando éramos crianças e não sei onde a chave pode estar. Não me lembro de ter visto uma. A regra em nossa casa sempre foi que, se a porta estiver fechada, você não entra. Bato com gentileza e sussurro o nome dela.

"Zoe?"

O silêncio é tão grande que tudo o que eu digo e faço soa barulhento.

Tento espiar pelo buraco da fechadura, mas não vejo nada além de escuridão.

"Zoe?"

Digo o nome dela um pouco mais alto dessa vez, antes de bater com o punho nos painéis de madeira. Quando ainda não há nada além de silêncio, dou um passo para trás e chuto a porta. Ela se abre, suas dobradiças gritam como se estivessem sentindo dor. Então eu a vejo.

Minha irmã está deitada na banheira.

Um de seus olhos está aberto e parece estar olhando para algo escrito na parede; o outro foi costurado, com uma agulha e uma linha preta grossa ainda pendurada na pálpebra.

A água está vermelha, seus pulsos cortados são visíveis logo abaixo da superfície.

Sinto-me enojado pelo fato de já saber o que isso significa: fingir que não vê.

Tenho certeza de que a reação normal seria correr para o lado da banheira e puxá-la para fora, mas não consigo me mexer. A cabeça da minha irmã está inclinada para um lado em um ângulo perturbador, seu cabelo tem a mesma cor da água perfeitamente parada e ensanguentada e não preciso verificar o pulso para saber que ela está morta. A boca de Zoe está aberta e, da porta, posso ver a pulseira da amizade amarrada em volta da sua língua.

Fico no corredor, como se meus pés não pudessem cruzar a soleira. Sinto a bile subir em minha garganta, mas a engulo. Eu deveria chamar a polícia, mas não faço isso. Tento pensar em um amigo que eu poderia chamar para me ajudar — é disso que preciso agora —, mas então me lembro de que não tenho mais nenhum. Ninguém quer ser amigo do casal cujo bebê morreu.

Surpreendo-me, então, ao ligar para Priya.

Em meu estado de embriaguez e choque, minha colega é o mais próximo que tenho de alguém que se importa. Não sei o que digo quando ela atende, mas deve ter feito algum sentido, porque ela me diz que está a caminho. Parece que minha irmã escreveu um nome na parede de azulejos, usando seu dedo como caneta e seu próprio sangue como tinta, antes de morrer. Eu não mencionei essa parte para Priya. Não consegui dizer isso em voz alta.

Deslizo para o chão do patamar. De uma forma dolorosa, o tempo fica parado enquanto espero, pontuado apenas pelo som da torneira pingando. Ela vem fazendo isso há anos, mas nunca me incomodou até agora. Observo as pequenas ondulações que se espalham pela superfície da água vermelha e é inevitável que meus olhos se voltem para os de Zoe. Quando não consigo mais olhar para seu rosto desfigurado, fico olhando para o nome que minha irmã escreveu com sangue acima da banheira:

ANDREWS.

Dela
Quarta-feira 23:30

"Anna Andrews, BBC News, Blackdown."

Filmamos a última parte para a câmera da noite e aguardamos a liberação da redação. Quando recebemos a autorização, os técnicos já tinham feito as malas e estavam prontos para ir. Eles não perderam tempo e voltaram para Londres quando notificados, deixando Richard e eu sozinhos na floresta. Hoje o dia está sendo implacável e estou muito feliz por ter tido algumas horas para mim mais cedo, mesmo que eu tenha acabado por caminhar até a casa de Zoe e Jack. Ver aquele lugar de novo e saber que ela estava lá dentro, me fez perder a cabeça por um tempo. Alguns erros nunca podem ser corrigidos e foi um dia muito longo.

Não quero mesmo entrar em um carro com Richard de novo — é difícil explicar, ele tem agido de forma estranha a noite toda — mas não tenho muita escolha sem o miniconversível. Parece que não consigo parar de tremer e, quando ele percebe, culpo o frio. Há algo diferente nele, mas são menos de cinco minutos até o hotel, então tento me livrar dessa sensação.

Dirigimos em silêncio. Acho que nenhum de nós vai querer conversar ou tomar uma bebida esta noite. Tento, mas não consigo pensar em nada que tenha dito ou feito hoje que o tenha ofendido, por isso considero que a tensão inegável se deve ao fato de nós dois estarmos exaustos. Estou ansiosa para tomar um banho quente e me familiarizar de novo com o frigobar.

"Como assim, você não tem uma reserva?", pergunto quando a recepcionista do hotel me encara do outro lado da mesa.

Ela é tão alta que é inevitável nos olhar de cima para baixo. Seus longos cabelos castanhos foram presos em uma trança embutida bem arrumada, cuja ponta repousa sobre seus ombros jovens e magros como uma cauda. Ela parece ter comido metade de uma caixa de chocolates sozinha até agora em seu turno da noite e me pergunto se alguém os deu a ela ou se ela mesma os comprou. Ela está um pouco curvada, como se quisesse ser mais baixa, como uma flor que está inclinada para o sol há muito tempo.

Estou certa de que a redação reservou dois quartos de hotel para nós esta tarde. Tenho certeza de que recebi um e-mail de confirmação, então peço a ela que verifique mais uma vez. Sua linguagem corporal não inspira confiança e ela nos faz esperar por um tempo doloroso. Acho que nunca fui tão magra assim, mesmo quando tinha a idade dela, apesar dos remédios para emagrecer que Helen me obrigou a tomar. Essa garota está tão fina quanto minha paciência neste momento.

"Sinto muito, mas definitivamente não há nenhuma reserva corporativa da BBC no sistema para esta noite", ela responde, olhando para a tela como se esperasse que ela a apoiasse verbalmente.

Pego minha bolsa e saco meu cartão de crédito.

"Tudo bem, pagarei por dois quartos e pedirei reembolso depois."

Ela olha para o computador de novo, então balança a cabeça trançada.

"Receio que estejamos completamente lotados. Houve um assassinato. Dois, na verdade. Muita imprensa na cidade e somos o único hotel."

"Não me diga. Já é muito tarde e estamos muito cansados. Tenho certeza de que alguém nos reservou dois quartos para esta noite, pode verificar de novo?"

Richard não diz nada.

A recepcionista parece cansada, como se o fato de ser solicitada a fazer seu trabalho a exaurisse.

"Você tem um código de reserva?", ela diz.

Sinto uma onda de esperança. Então, encontro meu telefone e me desespero, minha bateria está perigosamente baixa — só resta 5% — e me lembro que meu carregador estava na bolsa que foi roubada do carro mais cedo.

"Meu celular está prestes a desligar, você pode verificar o seu?", peço ao Richard.

Ele suspira e enfia a mão no bolso. De repente, sua expressão muda e ele começa a se dar tapas e a procurar dentro de sua bolsa.

"Merda, não estou com ele..."

"Talvez você tenha deixado no carro", respondo e me concentro em encontrar o e-mail antes que meu telefone fique totalmente sem bateria.

Quando consigo, mostro a tela à recepcionista com uma sensação de triunfo. Ela leva um tempo extraordinário para digitar o número do código em seu computador, usando apenas um dedo.

"Foi feita uma reserva para você esta tarde, dois quartos..."

"Graças a Deus", digo, e começo a sorrir cedo demais.

"... mas foi cancelada esta noite."

O sorriso meio formado se derrete no meu rosto.

"O quê? Não. Quando? Por quem?"

"Aqui não diz quem fez a ligação, apenas que os quartos foram cancelados às 18h30."

Richard pega meu cartão de crédito e o entrega a mim.

"Vamos, se ela diz que o lugar está cheio, não faz sentido ficar aqui discutindo sobre isso. Já é muito tarde e amanhã temos que começar cedo de novo. Sei de um lugar onde podemos ficar."

Dele

Quarta-feira 23:55

Mesmo quando ouço o som familiar das sirenes da polícia, permaneço onde estou, do lado de fora do banheiro, esperando enquanto eles param lá fora antes de entrarem pela porta da frente aberta no andar de baixo. Priya se encarrega de tudo e é notável o quanto parece sóbria também, considerando a quantidade de garrafas de cerveja que achei que tivéssemos bebido juntos antes. Observo todos eles indo e vindo, colegas policiais andando pela cena do crime que costumava ser minha casa, enquanto pareço incapaz de ficar de pé ou pensar.

Só consigo sair desse torpor quando ouço minha sobrinha começar a chorar em seu quarto, acordada por estranhos que trabalham no assassinato de sua mãe. Não que ela saiba disso ou vá entender tão cedo. Os médicos estão examinando-a agora; eles acham que ela foi dopada. Tento me levantar usando a parede como apoio, evitando olhar para dentro do banheiro. Eles ainda não moveram Zoe. Ela ainda está deitada em uma poça de água vermelha, olhando para o nome na parede.

"Pega leve", diz Priya, correndo para me ajudar a ficar de pé. "Eu cuido disso. Você não deveria estar aqui, há algum outro lugar para onde possa ir?"

Não há.

Olivia está gritando agora. Não sei como explicar o que aconteceu a uma criança de 2 anos, eu mesmo não entendo. Priya continua falando, mas tudo o que consigo ouvir é uma garotinha chorando por uma mãe que nunca mais verá de novo.

"Imagino que você prefira evitar o envolvimento do serviço social, então encontrei uma vizinha que diz que pode cuidar da sua sobrinha, parece que já cuidou dela antes. Você vai precisar assinar algo, mas um oficial de ligação com a família vai cuidar de tudo, tudo bem?"

Acho que concordo com a cabeça, mas não sei se *está* tudo bem. Talvez eu deva ficar com ela.

"Ótimo. Você não pode ficar aqui", diz Priya, como se estivesse lendo meus pensamentos.

"Preciso descobrir quem fez isso", insisto, minha voz soando estranha em meus ouvidos.

"Eu sei que você precisa. Mas talvez amanhã, senhor. Acho que seria melhor se eu conseguisse alguém para levá-lo a outro lugar para passar a noite..."

"Para onde você acha que vou? E por que você ainda não fez a pergunta mais óbvia?"

Priya faz uma cara que ela reserva para quando se sente mais desconfortável. "Não sei o que você..."

"Não me trate como um idiota, Priya. Você sabe exatamente o que quero dizer. O que seus instintos te dizem? Acha que foi *ela* quem fez isso?"

"*Quem*?"

"Anna! Elas nunca gostaram uma da outra. Por qual outro motivo o nome da minha ex-mulher estaria escrito na parede com sangue? Ela foi a primeira a chegar em todas as cenas de crime. Sei que você suspeitava dela antes. Talvez eu pudesse ter impedido que isso acontecesse se ao menos..."

Priya me encara com um olhar que está em algum lugar entre a pena e a desconfiança, e isso redefine suas feições.

"Vá em frente, diga o que está pensando", digo quando ela não fala.

"Bem, você mesmo disse que a porta do banheiro estava trancada por dentro quando você chegou..."

Não tenho paciência para uma de suas pausas.

"Sim!", exclamo.

"E a chave da porta foi encontrada na lateral da banheira..."

"Você está sugerindo que foi suicídio?", a interrompo. Ela me encara, o silêncio constrangedor responde à pergunta. "Se minha irmã cometeu suicídio, então o que ela usou para cortar os pulsos? Você vê uma faca ou uma lâmina?"

Priya olha para trás, por cima do ombro, para a cena. Acompanhar seu olhar é insuportável para mim, então continuo tentando explicar as coisas da maneira como as vejo.

"Há uma pulseira da amizade amarrada em volta da língua dela, assim como nas outras duas vítimas. Não compartilhamos essa informação com a imprensa ou com o público. Quem quer que seja que matou as outras, matou Zoe, ou você está sugerindo que ela costurou o próprio olho?"

"Não estou sugerindo nada, senhor. Mas ela podia estar trabalhando com outra pessoa e as coisas deram errado. Estou apenas reunindo as evidências, como me ensinou a fazer."

Seu telefone toca e acho que ela fica grata pela interrupção até ver quem está ligando.

"É o delegado-chefe da polícia", diz.

"Bem, atenda."

Ela atende e fico observando enquanto ele fala e ela ouve. Parece uma espera eterna pelo fim da ligação, mas, na verdade, dura apenas alguns minutos.

"Ele quer que você saia do caso. Sinto muito, senhor, mas dadas as circunstâncias, acho que é a decisão correta."

O discurso curto é impactante e foi bem proferido. Ou o álcool que bebemos antes lhe deu mais confiança ou ela estava ensaiando para o momento em que poderia justificar o roubo do meu emprego.

Estou distraído quando alguém começa a tirar fotos da cena do crime atrás de nós. O flash desperta algo em minha mente cansada e transtornada, e me lembro da foto. Passo por Priya e desço correndo as escadas. Ela me segue até a cozinha e, a princípio, acho que a foto sumiu, que talvez eu a tenha imaginado. Mas então vejo alguém se afastando com um saco de evidências.

"Pare", digo, arrancando-o da pessoa.

"Eu vi a foto, se é isso que você está procurando", comenta Priya. "Pedi a eles que a empacotassem." O olhar que ela me dá é um que eu nunca tinha visto antes. Fico olhando para a foto, para os rostos riscados com uma caneta preta, e começo a ver as coisas da mesma forma que ela. Dou um passo para trás involuntário. O barulho ficou ainda mais alto do que antes em minha cabeça.

"Você *sabe* que não tive nada a ver com isso, né?", eu lhe pergunto. O respeito que ela havia demonstrado por mim apenas algumas horas antes parece ter evanescido. "Passei o dia todo *e* a noite toda com *você*."

"Tecnicamente, não a noite toda. Eu saí, senhor. O senhor se lembra? E o senhor saiu da minha casa bem mais de uma hora antes de me ligar. Não sei por que demorou tanto para pedir ajuda."

O quarto começa a girar um pouco, pegando-me desprevenido, de modo que sinto que vou cair. Eu tinha certeza de que havia ligado para ela de imediato, mas devo ter demorado mais do que pensava. É provável, pelo choque do que vi.

"Fala sério, Priya. Você me conhece."

"Não, senhor. Não conheço, na verdade. Somos apenas colegas, como você disse antes. A equipe vasculhou as lixeiras do lado de fora, procurando uma arma descartada e, em vez disso, encontrou um par de botas Timberland tamanho 42 sujas de lama. Igualzinha a pegada encontrada ao lado do corpo de Rachel Hopkins na floresta. Elas são suas?"

Sinto-me como se tivesse caído em uma toca de coelho e aterrissado em um universo paralelo. Não entendo por que a Priya está se comportando dessa maneira. Ela vem me tratando como um herói há meses, nos beijamos no início da noite e agora ela está me olhando como se eu fosse suspeito do assassinato da minha própria irmã.

"Sabe onde está a faca, senhor? A que parece estar faltando no faqueiro?"

"Por favor, pare de me chamar de 'senhor'. Olha, acho que alguém pode estar tentando me incriminar. A foto das meninas estava aqui quando cheguei em casa", insisto. "Alguém a colocou aqui, a mesma pessoa que matou Zoe. Essas são Rachel Hopkins, Helen Wang, Anna...", minha voz vacila, "... e minha irmã."

"Quem é a quinta garota?", pergunta Priya.

"Não me lembro do nome dela."

É óbvio que ela não acredita em mim — eu estou começando a duvidar de mim mesmo —, mas preciso tentar fazer Priya ficar do meu lado. Entro em pânico quando ela começa a se afastar.

"Espera. Por favor. Acho que a outra garota não era muito popular e, para ser honesto, estou surpreso com a amizade delas. Três das cinco pessoas nessa foto estão mortas e minha irmã escreveu o nome da Anna na parede com *sangue*. Você não acha que deveríamos pelo menos tentar encontrá-la?"

"Acho, mas talvez não pelos mesmos motivos que você, Jack."

No fim das contas, acho que preferiria "senhor".

"O que isso quer dizer?"

"Como você disse, três das cinco garotas da foto estão mortas. Só sabemos a identidade de uma das outras. Acho que talvez Zoe estivesse tentando escrever um *aviso* quando escreveu o nome de Anna, e que sua ex-mulher poderia estar em perigo."

"O que você está dizendo?" Faço a pergunta já sabendo a resposta.

"Acho que Anna pode ser a próxima."

Sempre tive um carinho pelo número três e esperava que esse fosse minha melhor obra. Esperei até que Zoe subisse as escadas para colocar a criança na cama e, em seguida, despejei os comprimidos para dormir esmagados na taça de vinho que ela havia deixado. Meu clínico geral os havia receitado por meses, então eu tinha muitos de sobra. No último Natal, pensei em engolir todos. A dor de passar o Natal sem ela quase me matou, mas mudei de ideia.

Muitas pessoas envelhecem, mas nem todas amadurecem. Zoe era uma criança presa em um corpo de mulher, apesar de ter uma filha pequena. Ela precisava de seus pais muito mais do que eu jamais precisei, sempre, para tudo, e quando eles se foram, ela se perdeu. Sem emprego, sem parceiro, sem ambição, sem esperança. Apenas uma casa herdada que ela não podia pagar e uma filha que ela não sabia como amar. Acho que, a longo prazo, será melhor para a criança.

Tomei um gole da bebida de Zoe antes de adicionar os medicamentos. O vinho era tão barato e desagradável quanto a mulher que o havia servido, então duvidei que ela notasse qualquer mudança no sabor. Tinha razão. Eu a observei levar a taça e o resto da garrafa para o andar de cima. Então, ela tirou a roupa, entrou na banheira, terminou a bebida e fechou os olhos.

Era estranho vê-la nua de novo. O formato de seus seios, as vértebras de sua coluna, suas clavículas expostas. Eu a tinha visto sem roupas quando éramos muito mais jovens, é claro, mas era estranho e fascinante ver a pele que ela usava agora, a mulher que ela havia se tornado. Quando somos jovens, achamos que sabemos mais do que sabemos. Quando somos velhos, achamos que sabemos menos. Costumo me lembrar das pessoas como elas eram em minha memória mais antiga. Sempre pensarei em Zoe como uma garotinha. Uma garotinha mimada, egoísta e maldosa.

O fato de ela ter decidido tomar um banho foi um verdadeiro golpe de sorte, muito menos bagunça. Observei e esperei até que ela ficasse imóvel por tanto tempo que tive certeza de que estava morta. Mas quando usei a faca para cortar seu pulso esquerdo — da maneira adequada, não como fazem nos filmes — Zoe abriu os olhos. Ela pareceu surpresa ao ver que era eu.

Ela lutou um pouco, se debateu, derramando um pouco de água na lateral da banheira. Foi constrangedor e desnecessário. As drogas devem tê-la exaurido, pelo menos, porque logo ela ficou quieta de novo. Não houve repetição da performance quando cortei seu pulso direito, mas virei as costas cedo demais para lavar as mãos no lavatório em seguida. Quando olhei para meu reflexo no espelho, a vi escrevendo na parede. Ela parou de respirar na metade do s, de modo que um rastro feio de sangue correu dos azulejos até a banheira. Algumas pessoas fazem uma bagunça tanto na morte quanto na vida.

Havia duas chaves para aquela porta devido a um incidente em que Zoe se trancou no banheiro sem querer quando era criança. Ela era uma menina muito criativa — sempre atuando, desenhando ou fazendo coisas. Talvez por isso eu também tenha decidido por um pouco de criatividade.

Seus olhos ainda estavam abertos e eu não gosto que as pessoas fiquem olhando para mim.

Encontrei a cesta de costura de Zoe ao lado de uma pilha de capas de almofadas feias que ela vendia on-line e, em seguida, escolhi uma agulha e uma linha preta bem grossa. Sua pálpebra sangrou um pouco enquanto eu a costurava, de modo que parecia que ela estava chorando sangue. Mas isso não era pior do que as coisas que ela havia feito com vítimas inocentes. Coisas que ninguém mais sabia, exceto eu.

Deixei uma chave no banheiro, antes de trancar a porta com a outra. Então, me arrastei escada abaixo. Coloquei a foto das meninas na cozinha e marquei uma cruz preta sobre o rosto de Zoe, antes de deixar a casa. Eu havia desligado o sistema de segurança antes, então isso não era um problema. Planejei pegar um atalho pela mata para chegar aonde eu estava indo, mas o velho galpão no final do jardim me distraiu. A porta estava ligeiramente *aberta, batendo com a brisa. Quando olhei para dentro, vi que os arranhões ainda estavam lá na madeira. Vinte anos depois de feitos. Nunca me esquecerei de como Zoe as trancou naquele galpão.*

Ela as deixou na escuridão fria e úmida, ignorando seus gritos de socorro.
Devem ter sentido muito medo.
Ela merecia morrer muito mais cedo pelo que fez.
Tranquei a porta do galpão e tentei esquecer o que aconteceu lá.

Dela

Quinta-feira 00:15

Richard tranca as portas do carro enquanto dirigimos na escuridão.

"Por que você fez isso?", pergunto, tentando não soar tão assustada quanto estou me sinto.

"Não sei. Instinto? Dirigir por essas florestas tarde da noite costuma me dar arrepios. Você não sente o mesmo?"

A princípio, não respondo.

"Você disse que sabia de um lugar onde poderíamos ficar..."

"Sim, acho que tentar encontrar outro hotel tão tarde vai ser impossível. Os pais da minha esposa costumavam ter uma casa não muito longe daqui, dez minutos, no máximo. Eles morreram há alguns anos e é o tipo de lugar que um agente imobiliário diria que "precisa ser modernizado", mas há camas e lençóis limpos e tenho uma chave reserva. Quer arriscar?"

Parece que não tenho muitas opções. Não quero levá-lo para a casa da minha mãe e acho um pouco egoísta insistir que dirijamos até Londres agora, quando chegarmos lá, já estará quase na hora de voltar.

"Está bem", digo, cansada demais para elaborar uma resposta melhor.

Ele liga os aquecedores de assento, liga o rádio e, por mais que eu tente impedi-los, meus olhos se fecham um pouco.

Eu deveria ter aprendido a tomar mais cuidado com onde e quando caio no sono.

• • • •

Uma das últimas coisas de que me lembro com clareza sobre minha festa de aniversário de 16 anos foi Jack tirando uma foto de nós cinco. O resto da noite foi sempre um borrão, na melhor das hipóteses.

Bebemos muito mais depois que ele foi embora, disso me lembro. Então, todas nós fizemos o cabelo e a maquiagem umas das outras. Zoe trouxe algumas de suas últimas criações de moda feitas em sua máquina de costura para que as provássemos: vestidos provocativos, tops decotados e saias tão curtas que mais pareciam cintos.

Rachel começou a trabalhar no rosto de Catherine Kelly, como se fosse um projeto da aula de arte. Ela aplicou uma camada grossa de maquiagem, preencheu as sobrancelhas carecas de Catherine com um lápis, depois colou cílios postiços pretos nos cílios loiros ao redor dos olhos. Zoe lhe emprestou um vestido e Helen arrumou seu cabelo — esguichando-o com a garrafa de água que minha mãe usava para passar roupa, antes de secar seus cachos loiros esbranquiçados com o secador. Ela disse que não havia tempo para desembaraçar todos os nós, então os cortou. Lembro-me de tufos aleatórios de cabelo jogados no carpete.

A transformação era notável e Catherine estava quase irreconhecível quando terminaram. Vidas são como lâmpadas, não são tão difíceis de trocar quanto as pessoas pensam. Catherine estava linda e ela também sabia disso, radiante ao ver seu próprio reflexo quando as meninas a deixaram se olhar no espelho.

"Tente sorrir com a boca fechada, ninguém quer ver esse aparelho feio", disse Rachel. Catherine obedeceu. "Olhe para essa boquinha linda agora. Os meninos vão adorar você", acrescentou, dando-lhe um tapinha na cabeça como se ela fosse um animal de estimação.

Seu novo sorriso parecia desconfortável. Eu não sabia de que garotos a Rachel estava falando — nunca saíamos com nenhum —, mas acho que devo ter feito uma cara de ciúme, porque ela se ofereceu para pintar minhas unhas para mim. Ela segurou minhas mãos e escreveu letras em minhas unhas com esmalte vermelho, soletrando a palavra BOA em uma mão e MOÇA na outra.

Eu já havia bebido muito mais álcool do que estava acostumada — a sala começou a girar —, mas Rachel, Helen e Zoe disseram que iriam à cozinha buscar mais, deixando Catherine e eu sozinhas na sala de estar.

"Você está feliz por ter vindo?", perguntei a ela.

Ela piscou para mim, com seus novos cílios postiços exagerando a ação e, mais uma vez, fiquei surpresa com a diferença em sua aparência. Em seguida, ela me contou algo que nunca soube sobre ela, não sei se alguém sabia. Talvez porque nunca tenham perguntado. É claro que ela também havia bebido demais e suas frases eram intercaladas com soluços.

"Eu tinha uma irmã mais velha, fazíamos maquiagens assim juntas, mas ela morreu. Meu pai tinha um pequeno barco e às vezes saíamos com ele nos fins de semana. Foi quando tudo aconteceu. Mas antes disso, velejar era divertido e ele nos ensinou a fazer muitos nós. Olha, vou te mostrar." Ela puxou os cadarços do tênis com um súbito e estranho entusiasmo. "Este é um nó quadrado... este é um nó em oito..." Seus dedos eram tão rápidos, amarrando, torcendo e enrolando os cadarços juntos antes de erguê-los a cada vez. Eu a observava com uma sensação de fascínio desconcertante. "Este é um nó corrediço — igualzinho ao que você usou nas pulseiras da amizade — e este é um nó de bolina, o que eu gosto mais porque você pode controlar o quanto o laço se contrai... está vendo?

Fiquei olhando para o último nó.

"Como ela morreu? Sua irmã?"

Duvido que teria feito a pergunta de forma tão direta se não estivesse tão bêbada. Catherine desamarrou os cadarços e começou a enfiá-los de volta nos sapatos.

"As pessoas sempre presumem que ela se afogou porque aconteceu enquanto estávamos velejando, mas um ataque de asma matou minha irmã. Ela esqueceu a bombinha. Meu pai se culpou e meus pais ficaram muito tristes desde que ela morreu, tristes *mesmo*. Ele perdeu o emprego, vendeu o barco e nossa casa não é um lugar muito agradável agora. Acho que talvez seja por isso que ninguém mais fala comigo ou me convida para nada. Até você me convidar. Obrigada."

"Não tem de quê", sussurrei.

"Posso segurá-la?", ela perguntou.

Olhei para a gatinha cinza dormindo no meu colo. Kit Kat. Eu estava tão bêbada que havia esquecido que ela estava lá.

"É claro", eu disse, levantando-a e entregando-a a Catherine.

Ela segurou a gata nos braços e a embalou, como se fosse um bebê.

"Vamos, está na hora de ir embora", disse Rachel, surgindo na porta com seu casaco.

Era um casaco que eu nunca tinha visto antes, feito de pele, que imaginei ser falsa. Olhei para o relógio e vi que eram quase onze horas.

"Ir aonde?", perguntei.

Ela apontou para mim, sorriu e começou a cantar.

"Se *você* for à floresta esta noite, uma grande surpresa terá."

"Não quero ir para a floresta. É tarde, está frio e..."

Rachel me ignorou e apontou para Catherine enquanto cantava o próximo verso.

"Se *você* for à floresta esta noite, é melhor se disfarçar!"

Zoe e Helen surgiram atrás dela e as três começaram a rir.

A floresta nunca me assustou durante o dia, mas à noite ela parecia se transformar em algo diferente quando eu era criança. Um lugar escuro e perigoso, onde coisas ruins poderiam acontecer. Era para ser minha festa de aniversário, mas estava claro que o que eu queria ou não fazer era irrelevante. Rachel tirou a lanterna de minha mãe do gancho ao lado da porta da cozinha e mostrou o caminho. Havia uma trilha do meu quintal que levava direto à floresta e ela a conhecia tão bem quanto eu.

Lembro-me do som de todas nós caminhando sobre um tapete de folhas secas.

Lembro-me do frio.

E lembro-me de ver quatro homens sentados em troncos improvisados como bancos, no que eu pensava ser nosso lugar secreto, privado. Eles haviam acendido uma pequena fogueira no centro, cercada por pedras brancas. Ela tremulava, sibilava e cuspia faíscas.

Todos sorriram quando nos viram.

Não reconheci os homens. Mesmo depois do que aconteceu, nunca consegui descrever seus rostos. Em minha memória fragmentada daquela noite, todos pareciam iguais: magrelos, com cabelos castanhos, quatro pares de pequenos olhos negros com sombras escuras sob eles. Eram muito mais velhos do que nós, talvez com vinte e poucos ou trinta e poucos anos, e estavam bebendo cerveja. Em grande quantidade. Havia uma série de latas amassadas ao redor de seus pés.

No início, fiquei assustada, mas era perceptível que Rachel os conhecia, assim como Helen e Zoe. Elas foram direto para lá e se sentaram no colo dos homens.

"Esta é a Anna. Ela é nova *e*, enfim, tem 16 anos. Vocês não vão desejar um feliz aniversário a ela?", disse Rachel.

"Feliz aniversário, Anna", responderam os homens com sorrisos esquisitos em seus rostos.

Eles pareciam estar se divertindo com alguma coisa.

Rachel colocou um braço em volta do meu ombro e reparei em seu casaco de pele de novo. Talvez porque eu estivesse com muito frio com o vestido provocativo que ela havia me obrigado a usar.

"Gostou do meu casaco novo?", ela perguntou. "Zoe fez para mim".

Zoe estava sempre fazendo coisas para suas amigas: estojos, capas de almofada, vestidos minúsculos. Ela comprava o material mais interessante que encontrava nos mercados e pegava emprestada a máquina de costura de sua mãe para fazer suas criações, mas eu nunca tinha visto nada tão elaborado como um casaco. Parecia tão real. Eu não conseguia parar de olhar para a pele.

"Eu te empresto, se você vier cumprimentar nossos novos amigos", disse Rachel. "Eles estavam ansiosos para conhecê-la".

Ela me pegou pela mão e me levou até o homem mais próximo. Depois, pediu que eu me sentasse no tronco caído da árvore ao lado dele. Eu não queria, mas também não queria ser indelicada. Então me sentei ao lado do estranho, que cheirava a suor e cerveja. Quando comecei a tremer, ele esfregou minha perna exposta com sua mão grande e feia, dizendo que isso me ajudaria a me aquecer.

Catherine Kelly se sentou ao meu lado e aparentava estar tão assustada quanto eu.

Uma garrafa de vodca foi passada, junto com cigarros com um cheiro estranho. Mais toras de madeira foram colocadas na fogueira e uma música dançante foi tocada. O que me pareceu esquisito, já que ninguém estava dançando. Achei que os homens deviam algum dinheiro a Rachel, pois todos pegaram suas carteiras e lhe deram um punhado de notas. Pensei que poderia ter sido pelos comprimidos que ela tirou da bolsa, mas não era só isso que os homens estavam pagando.

"Toma uma", disse ela, aproximando-se de Catherine e de mim. Havia duas pequenas formas brancas em sua mão. Pareciam pastilhas de hortelã, mas eu sabia o suficiente para perceber que não eram.

"Não, obrigada", disse Catherine e eu também neguei com a cabeça.

"Você *quer* fazer parte do nosso grupo, não quer, Catherine?", perguntou Rachel.

A garota ficou olhando para ela. Depois tomou a pílula, engolindo-a com vodca direto da garrafa.

"E você *não* quer ser a nova estranha, quer?", Rachel perguntou, olhando para mim.

Eu também tomei uma. Ela sorriu e depois me beijou na frente de todos os outros. Ela enfiou a língua bem fundo em minha boca e depois fiquei pensando se era só para ter certeza de que eu havia engolido a pílula. Os homens bateram palmas e aplaudiram enquanto assistiam.

Então, Rachel tirou meus tênis.

Eu estava bêbada, com frio e burra demais para perguntar o que ela estava fazendo.

Ela amarrou os cadarços um no outro e depois os arremessou em uma árvore. Meus tênis ficaram pendurados em um galho alto demais para serem alcançados e todos riram de novo. Eu não gostava da maneira como eles estavam me olhando.

"Agora você não pode mais fugir de nós", Rachel sussurrou em meu ouvido.

Ela queria dançar, então dançamos, até que me senti tão tonta que caí no chão. Mesmo quando eu estava deitada imóvel no chão da floresta, a mata ainda parecia girar ao meu redor. Deitei na terra e nas folhas secas e me esforcei para manter meus olhos abertos. Fiquei muito cansada de repente. Ela puxou a parte de cima do meu vestido para baixo e empurrou a parte de baixo para cima, então me lembro do som de sua câmera descartável.

Cliquete-clique. Cliquete-clique. Cliquete-clique.

A próxima coisa de que me lembro é que ela estava me beijando e me acariciando, com todos nos observando. Todos estavam sorrindo para nós, até mesmo Catherine Kelly, e, de repente, também me senti, de um jeito estranho, feliz. Tanto que não me importei. Quando abri os olhos novamente, vi Helen de joelhos na frente de um dos homens. Ele segurava um punhado de seu cabelo preto brilhante. Outro homem estava com a mão por baixo da saia de Zoe e notei que ela estava nua da cintura para cima. Catherine parecia ter desmaiado no chão da floresta e um dos homens estava tirando suas roupas.

Rachel colocou a mão em minha bochecha, virando minha cabeça para encará-la. Ela me beijou mais uma vez, deslizando seus dedos entre minhas pernas. A sensação foi muito agradável, mas então outras mãos começaram a me tocar, mãos ásperas, substituindo as dela. Quando abri os olhos de novo, o homem que estava sentado ao meu lado estava apertando meu peito com uma mão, enquanto se masturbava com a outra. Ouvi alguém chorar. Pensei que fosse eu, mas então vi Catherine, completamente nua e de bruços na terra. Um homem estava em cima dela e outro esperava.

"Vamos lá, não me deixe de pau duro à toa, pelo menos chupa, faz alguma coisa", disse o homem que estava me tocando. "Todos nós pagamos um bom dinheiro para comemorar seu aniversário com você. Seja uma boa moça, como está escrito em suas unhas".

Olhei para meus dedos, onde Rachel havia pintado as palavras.

"Sai de cima de mim", sussurrei.

"Você queria fazer parte do nosso grupo, bom, é isso que nosso grupo faz", Rachel disse, tentando me segurar. "Como você acha que paguei suas roupas novas e as luzes do seu cabelo? Cresça, Anna. É só sexo. Vai doer na primeira vez, mas depois você vai ficar bem, prometo. Tenta relaxar."

Eu não queria relaxar. O medo inundou todo o meu corpo enquanto ele tentava afastar minhas pernas. Depois, raiva. Dei um tapa nele, empurrei-a e me levantei com dificuldade.

"Me larga, porra!", gritei com os dois.

"Quero meu dinheiro de volta", disse ele a Rachel.

"Usa a outra, vou te dar um desconto", ela respondeu, olhando para Catherine. Observei enquanto ele caminhava para se juntar aos outros homens. Eles não estavam mais formando uma fila ordenada.

Sei que deveria ter tentado tirá-los de lá.

Sei que deveria tê-la ajudado a fugir. A culpa foi minha por ela estar ali — eu a convidei — mas estava tão assustada com o que estava acontecendo.

Não sei quantos deles tiveram sua vez. Fiquei observando horrorizada por um tempo, tentando encontrar minhas roupas, enquanto Rachel tirava fotos delas transando.

Tenho vergonha de dizer que não fiz nada.

Assim que encontrei algo para cobrir meu corpo nu, corri descalça para casa sem olhar para trás.

"Chegamos", diz Richard.

Estou tão cansada que não sei se estava dormindo ou apenas descansando os olhos. Ele já desligou o carro e, enquanto olho para fora pelas janelas na escuridão, vejo que estamos cercados de árvores por todos os lados. Está frio no carro, como se estivéssemos estacionados aqui há algum tempo, e percebo que não tenho ideia de quão tarde é.

"Onde estamos?", pergunto, tirando o celular da bolsa para tentar ver a hora.

Porém, a bateria descarregou por completo, e o fato de saber que estou no meio do nada, sem ter como entrar em contato com ninguém, me deixa em pânico.

Ele deve ter visto a minha expressão em meu rosto.

"A casa dos pais da minha esposa, lembra? Prometo que não a levei para a floresta para matá-la."

Ele ri de sua própria piada, mas eu não. Considerando as histórias que estivemos cobrindo nos últimos dias, não me parece nada engraçado.

"Desculpa, sempre tive um senso de humor duvidoso e, como você, estou muito cansado. A entrada da garagem é bem ali, está vendo para onde estou apontando?"

"De quem é aquele carro estacionado do lado de fora?", pergunto, virando-me para encará-lo.

"É da minha esposa."

"Da sua *esposa*? Você sabia que ela estaria aqui?"

"Não, claro que não. Você acha que *quero* que minha esposa conheça alguém com quem eu costumava traí-la? Já é tarde, temos que estar no ar em algumas horas. Não sei o que ela está fazendo aqui, achei que estaria em Londres, mas tenho certeza de que já deve ter ido dormir. Temos duas filhas pequenas, lembra? Você nem vai vê-la."

"Mas por que ela estaria aqui?"

"Não sei. Temos conversado muito sobre a possibilidade de ela vir aqui para separar algumas das coisas de seus pais, para que possamos vender essa espelunca. Talvez por Blackdown estar em todos os noticiários nos últimos dias, ela tenha enfim decidido fazer isso."

"Isso é um pouco constrangedor."

"É muito tarde. Ela não sabe o que aconteceu entre nós. Como disse, ela já deve ter ido para a cama. Não vejo nenhuma luz acesa, você vê?"

Ele tenta abrir a porta do carro, mas eu ainda não me movo. Não consigo. Sinto como se estivesse correndo perigo.

"Sinto muito, Richard. Sei que foi há anos, história antiga e tudo mais, mas ainda me sinto muito desconfortável com a ideia de conhecer sua esposa."

"Do que você está falando? Vocês já se conhecem."

Ainda falta mais uma.

Encontrar uma maneira de trazê-la para cá, para esta velha casa na floresta, se mostrou um desafio complexo no início, mas no fim bastou um telefonema. As soluções para problemas difíceis com frequência são sur- preendentemente simples.

Admito meu cansaço agora. Mas, como minha mãe costumava dizer, se você vai fazer alguma coisa, é melhor fazer do jeito certo. Planejo terminar o trabalho, porque todas elas merecem morrer.

Rachel Hopkins usava o sexo para conseguir o que queria. Quando isso não era suficiente, ela usava outras pessoas. Tudo começou com o fato de ela aliciar amigas de escola, tirar fotos delas seminuas e vendê-las para ho- mens no bar local. As fotos que ela vendia nunca mostravam rostos. Rachel as guardava para uma atividade paralela, a chantagem. Ela ganhou um bom dinheiro e uma má reputação com as duas empreitadas, e isso levou a outras coisas. Quando os homens se cansavam de uma garota, ela também se cansava e transferia sua atenção e afeição para outra.

Suas fotografias também começaram a ficar um pouco mais inventivas e aventureiras. As adolescentes eram entupidas de álcool e drogas, até que, de forma voluntária, se dispusessem a tirar toda a roupa e a deixá-la foto- grafá-las. Olhos semicerrados, mas pernas bem abertas. Nunca vi o rosto de um homem em nenhuma das fotos que encontrei, mas às vezes conseguia ver suas mãos. Dedos encardidos tocando, segurando, arranhando, belis- cando e se enfiando dentro de coisas que não deveriam.

Rachel guardava as fotos em uma caixa de sapatos em seu guarda-roupa. Foi lá que eu as encontrei, e não gostei do que vi.

Você precisa entender que testemunhei algumas coisas terríveis durante minha vida. Os seres humanos são capazes de infligir uma miséria indescritível — tanto a si mesmos quanto aos outros — e há muitas coisas que eu gostaria de esquecer. Policiais e jornalistas são expostos à desumanidade todos os dias, mas esses horrores não são segredo. Eles são relatados para que o mundo inteiro saiba a verdade e a justiça possa ser feita. O mundo inteiro não precisa saber o que aconteceu em Blackdown há tantos anos. Mas as pessoas responsáveis devem ser punidas.

Nenhuma das outras meninas era tão ruim quanto Rachel, ela as transformou nas piores versões de si mesmas. Mas elas a deixaram. Poderiam ter dito não. Sempre há uma escolha.

Elas fizeram a errada.

Dele

Quinta-feira 00:30

Acho que posso ter entendido tudo errado.

Talvez por causa do álcool ou do cansaço, ou do puro horror de tudo isso.

Assim que Priya sugere que Anna está em perigo, penso que ela pode estar certa.

Preciso encontrá-la, mas não sei como nem onde e *todo mundo* está me observando.

Os olhares atravessados continuam vindo de meus colegas, enquanto eles entram e saem do que costumava ser minha casa. Quando paro um momento para me ver através dos olhos deles, a situação não é nada boa. Não há sinal de arrombamento. Uma faca está faltando na minha cozinha, tenho uma ligação com cada uma das vítimas e uma foto delas com os rostos riscados — coberta com minhas impressões digitais — foi encontrada em minha casa.

Nunca fui honesto sobre meu relacionamento com Rachel Hopkins ou sobre o fato de que eu estava com ela na floresta na noite em que ela morreu. Achava que Zoe era a única que sabia, mas parece que Helen Wang também sabia. Agora as duas também estão mortas. A situação não é nada boa, não importa de que lado você a veja. Até eu estou começando a duvidar de mim mesmo. Eu tinha um amigo imaginário quando era menino. Costumava culpá-lo quando fazia algo errado, mas muitas crianças também eram assim. Isso não significa que eu esteja fingindo ser inocente agora.

242

Não matei minha irmã.

Quando meus pais morreram, bloqueei isso em minha mente por muito tempo. Às vezes, ainda bloqueio. Mas não consigo esquecer a imagem de Zoe deitada em uma banheira de água ensanguentada, com os pulsos cortados e um olho costurado. Independentemente do que ela fez ou deixou de fazer, ninguém merece morrer assim. Quem fez isso com ela é um monstro e pretendo encontrá-lo e lidar com ele do meu jeito. Mas, primeiro, preciso saber que Anna está segura.

Disco o número dela pela décima vez. Cai direto no correio de voz, como se estivesse sem bateria ou desligado. Fui casado com ela por dez anos, e sei que Anna nunca desliga o celular.

Preciso encontrá-la, mas deixei o carro na casa da Priya. Vejo as chaves de Zoe no prato do corredor e me dirijo à porta da frente.

"Vai a algum lugar?", pergunta Priya, surgindo do nada.

Só vou sair para tomar um pouco de ar fresco.

"Está bem." Ela concorda com a cabeça e se afasta para me deixar passar. "Não vá muito longe."

Até *ela* parece suspeitar de alguma coisa agora. Saio para o jardim da frente, tragando goles do ar fresco da noite com voracidade, ainda tentando ficar sóbrio. Vejo Priya me observando pela janela enquanto acendo um cigarro. É só quando aceno com indiferença que ela volta para dentro e deixa a cortina cair. Assim que ela se vai, entro no carro de Zoe e dou ré para sair da garagem o mais rápido que posso.

O primeiro lugar em que paro é o hotel. A recepcionista está dormindo quando bato na porta de vidro. Posso ver sua cabeça apoiada nos braços sobre a mesa da frente, com uma longa trança castanha que lembra uma corda. Bato um pouco mais forte e ela olha na minha direção, antes de se levantar e desfilar até mim. Ela tem um grande conjunto de chaves em sua magricela mãozinha, mas parece relutante em usá-las.

"Estamos fechados e lotados."

Ela diz as palavras com lentidão por trás da porta de vidro e me pergunto se é sua incapacidade de falar o idioma ou sua crença de que não o entenderei que a leva a fazer isso. Mostro meu crachá e ela me deixa entrar.

"Preciso falar com uma de suas hóspedes. É um assunto policial urgente."

Ela fica horrorizada com a simples sugestão disso.

"Não sei se tenho permissão para acordar as pessoas no meio da noite", diz ela, a testa franzida em uma série de linhas feias.

"Você não deve ter, mas eu tenho. O nome dela é Anna Andrews."

"Ela estava aqui mais cedo!"

A mulher sorri para mim, como se tivesse adivinhado a resposta certa em um *game show*.

"Ótimo. Em que quarto ela está?"

"Não está. O hotel está lotado."

Paciência não é algo que eu tenha em abundância nem nos melhores momentos. Não quero gritar com ela, mas não consigo deixar de elevar minha voz.

"Não entendo, você acabou de dizer que ela estava aqui mais cedo."

"Ela esteve. Cerca de uma hora atrás. Ela achava que tinha uma reserva, mas alguém a cancelou. Então, eles foram embora."

"Eles?"

"Havia um homem com ela. Ele parecia ter uma ideia de algum outro lugar para ir."

O operador de câmera suspeito, sem dúvida. Eu *sabia* que havia algo errado com ele.

"Obrigado, você foi muito útil."

Dou duas voltas na cidade, procurando qualquer sinal do feio carro azul da equipe em que desconfio que eles estejam viajando, sabendo que Anna ainda não está com o seu próprio carro. Paro no primeiro conjunto de semáforos vermelhos, mas não no segundo. Então, por falta de uma ideia melhor, dirijo até a casa da mãe dela. Sei que ela odeia ir até lá, mas se o hotel estivesse lotado, ela poderia ter decidido passar a noite lá.

Bato na porta e aguardo, esperando que uma luz se acenda no quarto da frente. A mãe de Anna é muitas coisas, mas ainda não é surda. Quando não há resposta e nenhum sinal de vida, procuro embaixo do vaso de flores, mas a chave não está lá. Por sorte, eu tinha uma chave reserva feita há algumas semanas — sempre tive uma obsessão esquisita por colecionar vários conjuntos de chaves para casos de urgência — e com a memória da minha sogra se deteriorando em um ritmo tão rápido, parecia uma coisa responsável a se fazer. Levo algumas tentativas até encontrar a chave certa, mas logo ela se encaixa na fechadura e entro.

Acendo a luz e fico surpreso ao ver pilhas de caixas por toda parte.

"A única maneira de me tirar desta casa é em um caixão", era o que ela dizia sempre que alguém sugeria que estava na hora de se mudar. Eu pensava que a mãe da Anna estava se apegando a essa casa antiga por motivos sentimentais — lembranças do marido, talvez —, mas Anna sempre insistiu que não era isso. Pelo visto, o casamento não terminou bem; o pai dela as deixou e nunca mais voltou. Nem Anna nem sua mãe jamais falaram sobre ele e não havia fotos. Ela disse que foi há tanto tempo que não tinha certeza se reconheceria o próprio pai se passasse por ele na rua.

Tento acionar o interruptor de luz, mas ele não funciona. Então, uso a lanterna do meu celular para percorrer um caminho em meio a toda a bagunça, em direção aos fundos da casa. Paro na cozinha, sem saber ao certo o que estou procurando, mas chocado com toda a desordem. Há copos e pratos sujos por toda parte. Apesar da escuridão, reparo na porta dos fundos e no vidro no chão. Alguém a arrebentou para entrar.

Subo as escadas correndo e abro a porta do quarto da mãe da Anna, mas não há ninguém lá. A cama estava bem arrumada, mas intacta. Fecho a porta, querendo deixar tudo como encontrei. Então, volto pelo patamar até o quarto que costumava ser da Anna. Ele também está vazio.

Estou prestes a sair quando ouço o som de passos esmagando o vidro quebrado lá embaixo. Me desloco para trás da porta do quarto e fico totalmente imóvel, então ouço quando alguém sai com lentidão da cozinha, passa pela sala de jantar e sobe as escadas. Apalpo meus bolsos e semicerro os olhos para a escuridão, mas não consigo encontrar nada com que possa me defender.

Ouço quem quer que esteja lá fora abrir a porta do primeiro quarto — ela range em protesto — então, espero enquanto a pessoa se arrasta pelo patamar em minha direção. Assim que a pessoa entra no quarto, bato a porta na cara dela e a jogo contra a parede, minha altura me dando uma clara vantagem. Ela cai com força no chão, acendo a luz e fico completamente chocado com quem vejo. Não esperava alguém que conheço.

Dela

Quinta-feira 00:55

"Como assim, eu conheço sua esposa?", digo.

"Você está falando sério?", pergunta Richard, seu rosto tomado pela incredulidade.

"Juro pela minha vida." Me arrependo da minha escolha de resposta assim que a digo.

Ele balança a cabeça e ri.

"Nossa, como é que você nunca parece saber o que está acontecendo na vida das outras pessoas? Você é *mesmo* tão egocêntrica assim? Eu a conheço há anos, dormimos juntos, como você consegue não saber nada sobre mim?"

"Eu *sei* coisas sobre você. Você fala sobre suas filhas sem parar, vejo suas fotos intermináveis delas. Quem é sua esposa?"

"Cat."

"Que Cat?"

"Cat Jones. A mulher que apresenta o *One O'Clock News*, como você costumava fazer? Ela acabou de voltar da licença-maternidade. Temos até o mesmo sobrenome, embora eu saiba que é um pouco comum, como o meu."

"*Você é* casado com Cat Jones?"

"Sei que ela é meio que areia demais pro meu caminhãozinho, mas não precisa dizer isso desse jeito."

"Por que você nunca me contou?"

"Eu... achei que você soubesse. Todo mundo sabe. Não é um segredo."

Metade da redação está dormindo ou casada uns com os outros e eu não sou a melhor em acompanhar as fofocas da firma, mas isso ainda parece um pouco difícil de acreditar. A culpa de eu estar aqui é *dela*, não apenas porque ela aceitou o emprego de apresentadora de volta, mas porque foi Cat quem sugeriu, na frente de toda a equipe, que eu deveria cobrir essa pauta.

Ela insistiu, se bem me lembro, como se soubesse que eu não queria ir a Blackdown. Mas não é possível que ela soubesse de minha ligação com o lugar. Ninguém sabe. Nunca falo sobre minha vida pessoal com as pessoas do trabalho, talvez por isso fosse raro que eu soubesse algo sobre as delas.

"Você deve ter ficado sabendo sobre mim e a Cat", diz Richard, balançando a cabeça. Tinha um fã que a perseguia e eu o encontrei em nosso quintal pouco depois do nascimento de nossa primeira filha. Achei que toda a redação soubesse dessa história. Ele invadiu nossa propriedade, tentando tirar fotos da Cat amamentando, e quando dei alguns socos nele, fui preso por lesão corporal grave. Dá para acreditar numa coisa dessas?"

Não sei se acredito. Não sei o que pensar sobre nada. Tudo o que sei agora é que não quero entrar naquela casa.

"Posso usar seu telefone para fazer uma ligação rápida, por favor?", pergunto.

Tenho um desejo estranho e repentino de falar com Jack.

"Já te disse no hotel que não consigo encontrar meu celular. Acho que a Cat deve ter ligado para me dizer que estava vindo para cá, mas não recebi a mensagem. Ou perdi meu telefone ou alguém o roubou. De qualquer forma, ainda tenho meu carregador, então você pode usá-lo assim que entrarmos."

Ele sai do carro, vai até o lado do passageiro e abre minha porta.

"Você vem ou prefere dormir no carro?"

Não respondo, mas, relutante, o sigo em direção à casa.

É difícil ver para onde estamos indo no escuro. A lua crescente faz um trabalho medíocre para iluminar nosso caminho enquanto passamos por cima de folhas e gravetos secos. É impossível encontrar o caminho porque parece que ninguém o varreu ou cuidou desse jardim por anos. É como se o lugar tivesse sido abandonado por muito tempo.

"Isso é estranho", diz Richard.

"O que é?"

"Tem outro carro aqui."

Eu vejo o carro esportivo ao qual ele se refere, mas não digo nada. Tudo nessa situação é estranho.

Continuamos pela trilha e tenho uma visão melhor da casa. Ela parece saída de um filme de terror: uma construção antiga de madeira, coberta de hera, com janelas em forma de olhos. Por trás deles está escuro como breu, mas também já é muito tarde.

Richard abre a porta da frente e entramos. Ele acende as luzes e fico aliviada por elas funcionarem. Em seguida, ele abre o zíper da bolsa e me entrega o carregador do celular.

"Está na mão. Vou só dar uma olhada na Cat, espero que não a tenhamos acordado. Sinta-se em casa, se é que isso é possível nesta espelunca, desço daqui a pouco. Tenho certeza de que deve haver algo comestível no freezer e *sei* que há algo para beber — meu sogro evitava fazer as coisas de casa, mas ele era diligente em manter sua adega de vinhos — não vou demorar."

Ele está tentando fazer com que eu me sinta bem-vinda. Não é culpa dele que o hotel tenha cancelado nossa reserva, estou sendo ingrata e sinto a necessidade de me desculpar.

"Me desculpe, mas estou tão cansada..."

"Tudo bem. Você tem sido uma abelha ocupada", ele me interrompe. Algo na maneira como ele diz isso me dá um calafrio.

"Sabe, as abelhas não são tão ocupadas quanto as pessoas pensam. Elas podem dormir dentro das flores por até oito horas por dia, agarradas em pares, segurando os pés umas das outras", digo, tentando aliviar o clima.

"Quem te contou isso?", ele pergunta.

"Minha mãe."

Assim que penso nela, fico triste.

"Ah, sim, tinha esquecido que sua mãe cria abelhas", responde Richard, antes de desaparecer pela velha escada de madeira.

É esquisito porque não me lembro de ter contado isso a ele. Mas imagino que devem ter ocorrido algumas conversas bêbadas ao longo dos anos que esqueci.

Fico parada no corredor por um momento, sem saber o que fazer ou para onde ir. Vejo uma tomada solta na parede e decido arriscar ser eletrocutada conectando meu telefone nela. Ele começa a carregar e passo a me sentir um pouco melhor.

Dirijo-me à primeira porta que vejo e entro em uma sala velha e empoeirada. Parece que a última vez que foi decorada, e talvez limpa, foi na década de 1970. Há uma lareira de aspecto gótico, que percebo ter sido usada em tempos mais recentes, algumas toras de madeira ainda reluzem na grelha. Me aproximo para me aquecer e reparo nas fotos com moldura de prata na lareira.

Claro que há um retrato da família de Richard e Cat, com o cabelo ruivo brilhante dela cortado em um chanel perfeito. Fico olhando para seu rosto bonito e bem maquiado, seus olhos grandes e seu sorriso branco perfeito, enquanto ela posa ao lado do marido, segurando com firmeza suas duas filhas pequenas. Agora que as vejo mais uma vez, reconheço as crianças que vieram visitar a redação há apenas alguns dias. São os mesmos rostos que estavam em todas as fotos do celular de Richard. Fui burra por não ter percebido isso antes.

Há muitas fotos de suas filhas, além de um casal de idosos que não conheço, devem ser os pais de Cat, que moravam nessa casa. Então, vejo uma foto emoldurada de uma adolescente que, *de fato*, reconheço. Observo os longos cabelos loiros platinados, selvagens, cacheados, a pele pálida, as orelhas de abano, as sobrancelhas irregulares e o aparelho feio nos dentes.

A Catherine Kelly de 15 anos me encara de volta.

Olho para essa foto e para a glamorosa de Cat Jones e me sinto fisicamente mal quando percebo que são a mesma pessoa.

Os dois rostos são *muito* diferentes — é óbvio que ela fez algum tipo de cirurgia, e não apenas para colocar as orelhas para trás — mas, sem dúvida, a adolescente que eu conhecia cresceu e se tornou a mulher que conheço agora. Os olhos que me fitam nas duas fotos combinam com perfeição.

Catherine nunca mais voltou à St. Hilary's depois daquela noite na floresta. Apenas nós quatro sabíamos o que havia acontecido com ela, mas todo tipo de história circulou pela escola. Havia rumores de que ela havia se matado e nenhum de nós a viu de novo, inclusive eu.

Pelo menos, eu achava que não havia visto.

Ela devia saber quem eu era quando me encontrou pela primeira vez na redação. Não mudei muito meu nome ou minha aparência desde a escola, ao contrário dela. Tento manter a calma, mas isso é mais do que apenas uma coincidência — não acredito nelas. Uma sensação avassaladora de pânico começa a tomar conta de mim, espalhando-se pelo meu corpo, dificultando a movimentação ou a respiração.

Preciso sair daqui.

Preciso ligar para Jack.

Minhas mãos trêmulas procuram o celular dentro da bolsa, mas ele não está lá. Lembro-me de tê-lo deixado no corredor para carregar, mas quando corro para pegá-lo, o telefone não está mais lá. Alguém o levou. Me viro, esperando ver alguém esperando nas sombras, mas parece que estou sozinha. Por enquanto.

Minha rede de segurança social está cheia de buracos, grandes o suficiente para cair e ser vista por outras pessoas. Nunca fui boa em reunir os amigos indispensáveis. Dito isso, não consigo pensar em ninguém para quem eu ligaria nessa situação, senão meu ex-marido. Posso não ter mais o meu celular, mas ainda sei de cor o número do Jack. Lembro-me de ter visto na sala de estar um velho telefone de discar igual ao que tínhamos quando era criança. Volto correndo para encontrá-lo e disco o número dele o mais rápido que posso, ignorando a poeira no gancho. Assim que o coloco no ouvido, percebo que a linha está muda.

Então, ouço passos no andar de cima.

Alguém está andando sobre as tábuas do assoalho que rangem e para bem em cima de mim.

Deve ser *ela*.

Talvez ela possa me ver.

Ou pode ser que seja *ele*. Richard também pode estar envolvido nisso.

Preciso sair daqui. Não que saiba onde estou, mas se eu seguir o caminho, ele deve levar a uma estrada. Saio correndo da sala em direção à porta da frente, mas antes de chegar lá, ouço um grito horrível.

250

Às vezes, pode ser muito fácil prever como as outras pessoas vão reagir em uma situação.

Fácil demais.

Acho que talvez isso se deva ao fato de sermos todos iguais.

Há uma energia que nos conecta, fluindo através de nós como eletricidade. Todos nós somos apenas lâmpadas. Algumas brilham mais do que outras, algumas nos mostram o caminho quando estamos perdidos. Outras são um pouco monótonas demais para serem úteis ou interessantes de verdade.

Algumas se apagam.

Somos iguais, mas diferentes, tentando brilhar na escuridão, mas a luz que nos conecta pode, às vezes, ficar muito fraca para ser vista.

Quando uma lâmpada começa a piscar, sempre acho que é melhor tomar uma atitude antes que ela se apague.

Ninguém gosta de ser deixado no escuro.

Dele

Quinta-feira 01:00

Acendo a luz, mas muitos segundos depois, ainda não consigo acreditar para quem estou olhando no chão do quarto de infância da minha ex-mulher.

O nariz de Priya está sangrando como resultado de eu ter batido a porta na cara dela. Ela está trêmula, recuada na parede, mas sinto suspeita em vez de simpatia.

"O que você está fazendo aqui?", pergunto.

"Eu te disse para não sair da casa da sua irmã. Você parece não entender que agora é suspeito na sua própria investigação de assassinato."

"Entendo, *sim*. E é por isso que tenho que descobrir quem está tentando me incriminar. Você não respondeu à minha pergunta. Como sabia que eu estava aqui?"

"Eu te segui."

Sei quando estou sendo seguido. Não havia mais ninguém nas ruas enquanto dirigia até aqui, ela está mentindo. Minha mente percorre os últimos dias: as provas colocadas no meu carro, as mensagens de texto no telefone de Rachel, a sensação constante de estar sendo observado. Então, penso na minha irmã, deitada em uma banheira cheia de água vermelha. Tenho certeza de que as chaves de casa que me faltam estavam no meu casaco, aquele que Priya pendurou no cabide chique do corredor.

Ela poderia tê-las levado, antes de desaparecer aleatoriamente no início da noite.

"Alguém mais sabe que você está aqui?", pergunto e ela nega com a cabeça. "Você apenas saiu sem dizer a ninguém para onde estava indo? Deveria estar liderando a investigação, agora que tive que me afastar."

"Eu estava preocupada com você. Não sabia o que fazer. *Eu* confio em você, mas a maneira como você pegou o carro da sua irmã e deixou a cena do crime daquele jeito... bem, levanta suspeitas. As pessoas estão começando a... dizer coisas. Pensei que se pudesse encontrá-lo e trazê-lo de volta..."

"Isso ainda não explica como você sabia onde eu estava."

Me agacho até que meu rosto esteja bem diante do dela.

"O que você está fazendo?", ela pergunta com uma voz pequena e grandes olhos.

"Relaxe. Só estou tentando ver se seu nariz está quebrado, fique parada."

Um novo filete de sangue escapa de sua narina direita. Então, ela balança a cabeça e é como se o pedido de desculpas caísse de sua boca.

"Desculpe, senhor. Continuo errando as coisas."

Fico consternado comigo mesmo quando ela começa a chorar. Ela parece uma garotinha assustada e eu fiz isso com ela. Não quero que Priya tenha medo de mim e suas lágrimas mudam minha perspectiva, oferecendo uma visão diferente. Talvez eu esteja errado. Sinto-me como um velho burro e paranoico. O corpo dela se retrai quando enfio a mão no meu bolso, mas seu rosto tenta sorrir quando lhe ofereço um lenço limpo.

"Você *sabe* que não estou envolvido em nada disso, não sabe? Eu não faria mal à minha irmã. Não faria mal a *ninguém*", afirmo. Ela toca o nariz e estremece de dor. Aceito seu argumento silencioso. "Eu não sabia quem estava subindo as escadas. Me desculpe. Nunca machucaria você de propósito. Acho que quem matou os outros pode querer matar Anna também. Vim aqui para tentar encontrá-la, mas a casa está vazia. Alguém quebrou o vidro da porta no andar de baixo. Talvez Anna tenha percebido o perigo que corria e tenha levado a mãe para um lugar seguro."

"Imagino que você tenha tentado ligar para ela", comenta Priya.

"Várias vezes", digo, antes de ajudá-la a se levantar.

Encontro meu celular e tento ligar para Anna mais uma vez, mas cai direto no correio de voz, como antes. Ou ela desligou o telefone ou outra pessoa desligou.

"Há algo que preciso te dizer", diz Priya, e eu tento não reagir, embora pareça que uma pequena bomba acabou de explodir dentro da minha cabeça. "Um dos policiais uniformizados reconheceu a garota não identificada na foto que encontramos em sua casa. Ele jura que a conheceu quando ambos eram crianças. Disse que ela se chamava Catherine Kelly. Esse nome te diz algo?"

Não, mas sempre fui péssimo com nomes.

"Não."

"Sabemos que ela é casada agora e achamos que ela mora em Londres, mas ainda não temos um endereço atualizado. Quando ela morava aqui, vivia com os pais em uma propriedade em Blackdown Woods. Era um alojamento da guarda-florestal há cem anos, mas, pelo que sei, agora está abandonado. Os pais dela morreram e, desde então, a casa está vazia."

"Talvez então valha a pena dar uma olhada?", pergunto.

"Também acho, mas, como *você* disse, essa investigação agora é minha. Se formos, acho que devemos ir *juntos*."

Decido que talvez seja bom não ter que fazer isso sozinho.

"Sim, chefe", respondo, e ela sorri.

Descemos as escadas em silêncio, como se ambos estivéssemos reagrupando nossos pensamentos.

Estamos quase no último degrau quando ouço algo.

Há uma segunda porta na cozinha, que dá acesso a um puxadinho construído na lateral da casa. A mãe de Anna o usou como garagem no passado — quando ainda dirigia — mas agora é mais um espaço de armazenamento, acho. Um lugar para guardar todos os seus vegetais orgânicos cultivados em casa. Posso ouvir alguém andando lá dentro e sei que Priya também ouve.

Faço sinal para que ela fique atrás de mim e vou na ponta dos pés até a porta. Eu a abro com tudo e encontro a luz, então vejo um par de olhos assustados me encarando. Uma raposa grande dá mais uma mordida no que parece ser um saco de cenouras e depois foge por um pequeno buraco na parede.

Priya ri e eu também — precisamos fazer algo para aliviar a tensão. "O que é isso?", ela pergunta.

Sorrio para a velha perua branca que a mãe de Anna dirigia quando ainda trabalhava com faxina. Ela só se aposentou há alguns anos — foi preciso persuadi-la —, mas duvido que a perua sequer dê partida agora. Há abelhas pintadas em toda a lateral, junto a um logotipo: *Abelhas Ocupadas — Serviços de limpeza profissional*.

"Minha sogra costumava fazer faxina para metade da cidade", digo.

"Nunca adivinharia", responde Priya, olhando para todas as caixas e a bagunça quando voltamos para dentro da casa.

"Ela não anda bem", explico, referindo-me à demência.

"Reparei nos medicamentos contra o câncer na cozinha. Eram os mesmos que minha mãe teve de tomar, não que tenham ajudado." Ela lê minha expressão sem que eu precise dizer nada. "Sinto muito, achei que você soubesse."

Eu não sabia.

"É melhor a gente ir", diz Priya, e sei que ela tem razão.

Saímos em direção ao carro e a rua vazia está na escuridão total. Eu me pergunto se a Anna sabe o paradeiro da mãe e me preocupo de novo com o local onde as duas possam estar. Minha mente vagueia de volta para o cinegrafista e seu registro criminal. Tenho o número do Richard no meu telefone e depois de verificá-lo minuciosamente, não há muito que eu não saiba sobre ele. Ele é casado com outra apresentadora da BBC e eles têm duas filhas, mas isso não quer dizer nada. Na hipótese de que ele e Anna ainda estejam juntos ou que ele possa saber onde ela está, ligo para ele.

Ouço seu telefone tocar.

Porém, não apenas do outro lado da linha, ele está bem perto de mim, como se estivesse aqui no jardim da mãe de Anna.

Está muito escuro para ver alguma coisa, então desligo e tento encontrar a função de lanterna no meu celular outra vez. Quando o ligo, vejo que Priya está segurando um telefone que não pertence a ela.

Dela
Quinta-feira 01:10

Tenho certeza de que o grito não era de uma mulher ou de uma criança, era de Richard.

Há uma voz gritando em minha cabeça também. É a minha própria voz e ela está me dizendo para sair da casa. Meus dedos pairam sobre a maçaneta da porta da frente, mas não consigo sair. E se ele estiver machucado? E se eu puder ajudar? Jack estava certo — sempre fujo mesmo de meus problemas. Talvez seja hora de parar. Digo a mim mesma que isso não é um filme de terror e volto para a escada.

Subo o primeiro degrau e me agarro ao corrimão, como se ele fosse a única coisa que me impedisse de cair. Enfrentar meus medos não me faz sentir menos medo. O fedor de mofo combinado com algo que não me é familiar me dá náuseas, mas me forço a continuar.

"Richard?", chamo.

Mas ele não responde.

Quando chego ao primeiro andar, me vejo no final de um longo patamar coberto de teias de aranha. Todas as portas de ambos os lados estão fechadas, exceto pela que fica no final. Essa porta está ligeiramente entreaberta, lançando um feixe de luz no outrora escuro corredor. Tento o interruptor, mas nada acontece.

"Richard?", chamo seu nome de novo, mas não ouço nada.

Eu me forço a dar um passo para me aproximar e as tábuas velhas do assoalho rangem.

Não consigo me imaginar crescendo em um lugar como esse, é como uma casa mal-assombrada de um parque de diversões, exceto pelo fato de ser real. Não é de se admirar que Catherine Kelly fosse um pouco estranha na escola se essa era a casa de sua infância.

O piso continua rangendo sob o meu peso e me lembro de que Catherine Kelly é Cat Jones. Nada nesse cenário parece certo. A voz dentro da minha cabeça grita mais uma vez para que eu dê a volta e caia fora.

Mas não faço isso.

Continuo andando em frente, a cada passo pesado com hesitação, chegando mais perto da porta no final do corredor. Paro quando a alcanço, levando alguns segundos para reunir coragem para abri-la. Quando abro, não consigo me mover.

Cat Jones está pendurada em uma viga no teto, com uma gravata da escola St. Hilary's servindo de laço em seu pescoço.

Seus olhos estão fechados e ela ainda está com o vestido branco que usou para apresentar o jornal da hora do almoço hoje cedo. Suas pernas e pés descalços estão aparecendo por baixo, como se alguém tivesse tirado seus sapatos. De um jeito estranho, um pé ainda está equilibrado em uma cadeira encostada na parede e as pontas desgastadas de uma pulseira da amizade vermelha e branca estão saindo de sua boca levemente aberta.

A mulher que ela se tornou é muito diferente, mas consigo ver a criança que ela escondia logo sob a superfície. As coisas são sempre mais fáceis de ver quando sabemos o que estamos procurando.

Dou um passo em direção a ela e quase tropeço em algo no chão.

É o Richard.

Ele está deitado de bruços e há uma pequena poça de sangue ao redor de sua cabeça. Ele foi atingido com tanta força que há uma cratera côncava na parte de trás de seu crânio e há ferimentos de facadas por todas as suas costas.

Fico paralisada.

Tenho medo de tocá-lo e não consigo evitar que minhas mãos tremam. Abaixo-me e verifico se há pulso. A onda de alívio que sinto quando encontro um pulso é avassaladora. Ele ainda está vivo. Preciso chamar uma ambulância, mas meu telefone foi levado e também estou ciente de que quem fez isso ainda deve estar aqui. Não apenas na casa, mas no andar de cima.

Ninguém saiu desde que Richard gritou.

Um exército de calafrios se alinha em minha pele quando percebo que teria visto quem fez isso passar por mim *se* a pessoa tivesse saído do quarto. Ou, ao menos, escutado algo. É sinistro como a casa está silenciosa agora, como se meu próprio medo tivesse abafado todos os sons. Tudo, exceto o barulho do corpo balançando na viga do teto, como um pêndulo lento e rangente. Queria poder fazer aquele barulho parar.

É então que as peças do quebra-cabeça começam a se encaixar, formando uma imagem apesar das lacunas. Cat Jones *deve* ter atacado Richard antes de se matar. Não consigo pensar em outra explicação para o que estou vendo. Então, vejo meu telefone na penteadeira, ao lado do que parece ser uma faca de cozinha.

"Vou buscar ajuda. O mais rápida possível, só segura firme", digo no ouvido de Richard.

Ele não abre os olhos, mas seus lábios se movem.

"Com vida", ele sussurra.

"Sei que sim, prometo que vou voltar."

Ele tenta dizer outra coisa. Seus lábios se esforçam para se separar e palavras que não consigo traduzir escapam deles. Tenho que me apressar, o tempo dele está se esgotando.

Eu me levanto e olho para meu celular na mesa logo atrás de Cat, terei que passar por ela para pegá-lo.

Seu corpo sem vida ainda está balançando devagar e o som é ainda pior do que a visão.

Nheque-nheque. Nheque-nheque. Nheque-nheque.

Dou um passo em direção a ela, com os olhos movendo-se rapidamente do seu rosto para o meu celular.

Richard geme, ele deve estar sentindo uma dor tremenda.

Dou mais um passo, quase perto o suficiente para alcançar o celular agora. Posso ver que a gravata escolar em seu pescoço é com certeza a mesma que usávamos na St. Hilary's.

Nheque-nheque. Nheque-nheque. Nheque-nheque.

Richard geme de novo.

"Cai. Fora."

Ele sussurra as palavras, mas as ouço em alto e bom som, porque o som do balanço parou.

Quando olho para cima, vejo que os olhos ensanguentados de Cat estão bem abertos. Ela puxou a cadeira em sua direção com os pés e agora está se equilibrando nela, ficando na ponta dos pés. Ela começa a soltar o laço em forma de gravata de seu pescoço. Tenho um *flashback* mental de quando éramos meninas e me lembro de todos os nós de marinheiro que ela demonstrou usando seus cadarços. Minha mente dispara, tentando processar o que meus olhos estão vendo. Concluo que tudo isso é algum tipo de armadilha doentia. Mas por que ela fingiria se enforcar? E por que ela atacaria o próprio marido?

A menos que ela soubesse do nosso caso.

Fico totalmente imóvel, como se estivesse congelada de medo, enquanto Cat continua a soltar o nó. Ela me encara o tempo todo com um olhar de puro ódio no rosto.

Dele

Quinta-feira 01:15

Os olhos de Priya vão para o celular e depois para mim.

"Por que você está com o celular do cinegrafista?", pergunto, esperando que ela tenha uma resposta e que eu possa acreditar nela.

"Não sabia que o celular era dele. Estava no chão, ao lado do vidro quebrado, do lado de fora da porta dos fundos."

Então ela tem uma resposta, mas não acredito nela. Não mais.

Ela parece assustada de novo e me pergunto se também estou. Se Priya estiver de alguma forma envolvida em tudo isso, então a coisa mais inteligente que eu poderia fazer agora é entrar no jogo. Com sorte, ela me levará até Anna.

"Richard deve ter passado aqui", digo. Alguém quebrou o vidro da porta dos fundos para entrar e tenho certeza de que ele está envolvido nisso de alguma forma. Essa é a única explicação. Eu *sabia* que ele não era bom e deveria ter confiado em meus instintos..."

"Ainda não sabemos de nada."

O fato de *ela* me interromper é inédito.

"Por qual outro motivo o telefone dele estaria aqui?"

"Precisamos manter a calma e parar de tirar conclusões precipitadas, Jack."

"Jack", não "senhor" ou "chefe" de novo, percebo. Mas, em seguida, outro pensamento toma o lugar deste. Algo que ela disse antes.

"A quinta moça da foto, você disse que ela era casada — com quem?"

Priya coloca o celular de Richard de volta no bolso, depois pega seu bloco de anotações e folheia várias páginas.

"Qual era o sobrenome do cinegrafista?", ela pergunta, ainda virando as páginas. Duvido que tenha esquecido, ela nunca se esquece de nada.

"Jones. Richard Jones", respondo, tentando esconder a desconfiança em meu tom de voz.

Priya para de virar as páginas e olha para o que está escrito nelas.

"Meu Deus", ela sussurra. Então, ela diz algo que de repente transfere todas as minhas suspeitas dela para ele.

"É ele. A quinta garota é casada com o operador de câmera da Anna, Richard Jones."

Dela

Quinta-feira 01:20

Os olhos de Cat Jones permanecem fixos nos meus enquanto ela puxa o laço em forma de gravata por cima da cabeça antes de deixá-lo cair no chão. Ela esfrega com uma mão as marcas vermelhas que parecem irritadas em seu pescoço, enquanto usa a outra para remover devagar a pulseira da amizade que estava amarrada em volta de sua língua. Ela a encara, antes de olhar para mim de novo. Apanho meu celular da penteadeira atrás dela e começo a dar um passo para trás em direção à porta. Com seu vestido branco, é como ver um fantasma voltar à vida.

Meu instinto de sobrevivência enfim supera meu medo e saio correndo.

Não olho para trás enquanto corro para fora do quarto, ao longo do corredor que range e desço as escadas. Tropeço e caio antes de chegar ao fim, torcendo o tornozelo e colapsando como se fosse um monturo amassado. Olho para o telefone ainda em minha mão. Eu o ligo e sinto uma onda de esperança quando ele volta a funcionar. Agora há bateria suficiente para fazer uma ligação... mas não há sinal.

"Anna."

Ouço Cat dizer meu nome, em uma voz estrangulada, assombrosa. Como a de um animal.

Eu me levanto e vou mancando até a porta da frente, mas minhas mãos estão trêmulas demais para abri-la. Posso ouvir alguém atrás de mim. Não quero olhar, mas não consigo resistir a dar uma olhada por cima do ombro. Cat está de pé no topo da escada. Sua cabeça está inclinada para um lado em um ângulo estranho, como se seu pescoço estivesse quebrado. Ela começa a descer a escada, dando passos lentos, mas determinados e, sem piscar, seus olhos nunca deixam os meus.

Me viro para a porta da frente e puxo a maçaneta, quase caindo para trás quando ela se abre. Encontro meu equilíbrio e corro o mais rápido que posso para fora da casa, mata adentro. Galhos arranham meu rosto, ramos em forma de mãos ossudas escoriam meu corpo, enquanto gravetos no chão me fazem tropeçar várias vezes. O terreno é irregular e pantanoso. Tento ignorar a dor em meu tornozelo, mas não demora muito para que eu tenha outra queda. Aterrisso com força, batendo em um velho toco de árvore. O impacto me retorce e deixo cair meu celular.

Quando Catherine Kelly não voltou para a escola, começaram a circular rumores de seu suicídio. Eles foram iniciados, é claro, por Rachel. Acho que ela temia que eu contasse a alguém a verdade sobre o que havia acontecido, por isso houve alguns rumores sobre mim também. Queria ter contado a alguém. Mas antes que pudesse contar, a Rachel colocou uma foto minha nua dentro do meu armário, como um aviso. Reconheci a letra dela, um garrancho de caneta hidrográfica preta no verso da foto, junto com a data em que foi tirada, meu aniversário de 16 anos:

Se não quiser que toda a cidade, inclusive sua mãe, veja cópias disso, sugiro que fique quieta.

Foi o que eu fiz.

Mas não bastou.

Um dia, cheguei em casa e encontrei mamãe chorando na varanda.

Kit Kat estava desaparecida. Apesar de ter comprado a gatinha para mim, ela a amava tanto quanto eu, e eu nunca a havia visto tão chateada. Nem mesmo quando meu pai sumiu. Fizemos todas as coisas que as outras pessoas faziam quando seus gatos desapareciam em Blackdown.

Isso acontecia com tanta frequência que eu nunca havia entendido todos aqueles cartazes caseiros que as pessoas colocavam no vilarejo — todos os postes telefônicos da rua principal estavam sempre cobertos por eles — mas, como acontece com tantas coisas na vida, é diferente quando acontece com você.

Procuramos nas ruas e na floresta, perguntamos aos vizinhos se tinham visto a Kit Kat e colocamos nossos próprios cartazes de "Desaparecida" por toda a cidade.

Então, chegou um pacote com o meu nome.

Dentro, encontrei um chapéu de feltro preto, com um acabamento de pele cinza.

Eu sabia que Zoe o havia feito, reconheci a costura mal feita. E a pele.

Mal consegui chegar ao banheiro antes de vomitar.

Minha mãe não entendeu, graças a Deus. Ela achou que eu estava doente e me deixou ficar em casa e faltar a escola. Assim que ela saiu, me vesti e peguei o atalho pela floresta até a casa da Zoe. Quando ninguém atendeu a porta da frente, dei a volta pelos fundos, mas não havia ninguém em casa. Tive uma ideia maluca de arrombar a porta, mas não sabia como. Havia um galpão velho, bem no final do jardim, e achei que talvez houvesse ferramentas lá dentro que eu pudesse usar.

Nunca esquecerei o som do choro dos gatos quando me aproximei.

A porta do galpão tinha um cadeado e tive que usar uma pedra para quebrá-lo. Assim que o abri, a primeira coisa que vi foi que a madeira do interior estava coberta de arranhões.

Devia haver uns dez gatos lá dentro, todos magros e famintos. Senti-me mal e um pouco instável, pois percebi que o casaco de pele que Zoe tinha feito para Rachel não era nada falso. Reconheci alguns dos gatos dos cartazes de "Desaparecidos" espalhados pela cidade e, de repente, as peças distorcidas do quebra-cabeça se encaixaram para revelar um quadro horrendo. Zoe estava roubando os animais de estimação das pessoas, devolvendo-os se os donos oferecessem uma recompensa em dinheiro, caso contrário, ela ficava com eles para seus projetos de costura. Era difícil imaginar o horror disso, mas sabia que eu estava certa.

Os gatos saíram correndo, deixando apenas um no canto: Kit Kat.

Ela estava magra e assustada e tinha um coto ensanguentado no lugar do rabo.

Eu a peguei e a levei para casa, com lágrimas escorrendo pelo meu rosto o tempo todo. Coloquei-a na caixa de transporte para gatos, onde ela ficaria segura até mamãe chegar em casa. Então, fui para o meu quarto escrever uma carta.

Nunca deixei de me sentir péssima pelo que aconteceu com Catherine Kelly. Achava que a culpa era toda minha, eu a convidei naquela noite. Não sabia se os rumores de que ela havia se suicidado eram verdadeiros, mas decidi que se alguém merecia morrer, esse alguém era eu. Escrevi tudo, tudo o que havia acontecido, para que minha mãe não se culpasse quando me encontrasse. Planejei usar minha gravata da escola para acabar com tudo, mas não consegui levar isso adiante, então rasguei o bilhete e o joguei na lareira do meu quarto.

Nos meses seguintes, não fiz nada além de estudar. Tirei notas máximas em meus exames e ganhei uma bolsa de estudos para um internato bem distante. Isso partiu o coração da minha mãe, mas a escola tinha uma reputação fantástica e ela não tentou me impedir. Nunca contei a ela o verdadeiro motivo pelo qual eu quis ir embora.

Meus dedos procuram freneticamente o telefone que acabei de deixar cair no escuro, procurando entre as folhas secas e lama no chão da floresta. Quando o encontram, iluminando a tela por acidente, vejo que tenho uma barra de sinal. Aperto o botão Contatos e disco o número do Jack.

"Atende. Atende. Atende", sussurro.

Fico tão surpresa e feliz quando ele atende, que não sei o que dizer. Então as palavras saem de uma vez só.

"Jack, sou eu. Estou em apuros e preciso da sua ajuda. Eu sei quem é o assassino. A quinta garota na foto é uma mulher chamada Cat Jones. Ela é apresentadora da BBC News, mas estudamos juntas na escola e algo ruim aconteceu. Foi há vinte anos, no dia do meu aniversário, talvez seja por isso. Há uma casa, não sei onde, mas estou na floresta. Acho que ela o matou, acho que matou todas elas e está vindo atrás de mim. Por favor, venha depressa."

"Srta. Andrews, aqui é a detetive Patel. Jack está dirigindo no momento", diz uma voz do outro lado.

As palavras dela são quase obscenas de tão relaxadas, como se a pessoa que as proferiu não tivesse ouvido nada do que acabei de dizer.

"Preciso falar com Jack, agora mesmo."

Estou berrando e chorando ao mesmo tempo. Ouço um galho estalar em algum lugar atrás de mim, mas quando me viro, tudo o que consigo ver é uma escuridão sinistra e as formas fantasmagóricas de árvores mortas.

"Preciso que fique calma", diz a voz ao telefone. "Estamos a caminho, mas precisamos de uma localização. Você pode me dizer mais alguma coisa sobre onde está? O que você consegue ver?"

Pisco para deslocar minhas lágrimas e espreito a escuridão de novo, mas não há nada além da mata. Não posso lhes dizer com exatidão onde estou, porque não sei. Limpo o rosto com a manga do casaco, depois me viro e vejo outra coisa.

Ela está bem atrás de mim, vestida de branco.

Dele

Quinta-feira 01:30

"Anna desligou", diz Priya.

"O quê? Onde ela está? O que ela disse?", pergunto, dirigindo o mais rápido que posso em estradas rurais escuras no meio da noite.

Pegamos o carro da Zoe. Sinto-me mais confortável ao volante, mas ainda não confio na Priya. Ela pegou meu telefone assim que começou a tocar, como se não quisesse que eu o atendesse. Embora isso possa ter algo a ver com minha velocidade — ela conferiu o cinto de segurança várias vezes.

"Anna mencionou a floresta", disse, segurando-se na lateral do carro enquanto eu fazia outra curva mais rápido do que deveria.

"Ótimo, isso é uma grande ajuda em uma cidade cercada por árvores", respondo.

"Só estou te contando o que ela disse."

"Era ela com certeza?"

"Sim."

"Ligue para a equipe técnica e peça que triangulem o sinal do telefone dela agora mesmo. Depois, ligue de volta para a Anna."

Priya faz o que eu peço, mas só consigo ouvir um lado da conversa que ela está tendo com alguém do departamento. Seu tom muda no final da ligação.

"O que foi? O que há de errado?", pergunto quando ela desliga, mas ela não responde.

Tiro os olhos da estrada por apenas um segundo para olhar para ela e, quando me viro, há um veado parado bem na nossa frente. Os olhos do animal brilham nos faróis, seus enormes chifres parecem letais e ele não se move. Piso no freio e mal consigo desviar a tempo de não bater nele. Em vez disso, segundos depois, nos chocamos contra um velho carvalho.

Por um momento, acho que estou morto.

"Jesus Cristo", exclama Priya, tocando a parte de trás de seu pescoço como se estivesse sentindo dor.

"Desculpa", digo, verificando mentalmente se há ferimentos em mim, mas não encontro nenhum.

Meu peito está doendo e ainda estou segurando o volante com tanta força que as juntas dos meus dedos parecem que vão estourar através da pele. Percebo que o veado sumiu.

"Tudo bem, ainda estou inteira... e você?", pergunta Priya.

"Acho que sim."

Ela se inclina para o chão. A princípio, acho que está prestes a vomitar, mas ela pega seu telefone e disca o número da Anna. Percebo que estava errado em não confiar nela, ela *está* tentando me ajudar. Mesmo agora, quando quase matei nós dois.

"O celular da Anna está indo direto para o correio de voz de novo", diz. "Talvez a bateria tenha acabado ou ela tenha perdido o sinal..."

"Ou alguém o desligou", digo, terminando a frase.

"A boa notícia é que, de acordo com o Google Maps, a antiga casa de Catherine Kelly fica a cinco minutos a pé."

Ela solta o cinto de segurança e sente a nuca mais uma vez.

"Tem certeza de que está bem para andar?", pergunto.

"Acho que vamos descobrir."

Abandonamos o carro, o que é sensato, considerando o capô amassado e as luzes de advertência piscando no painel. Nem pego as chaves ou me dou ao trabalho de fechar a porta, pois não há tempo a perder. A rapidez de Priya surpreende. Ela abre caminho para nós entre os galhos escuros das antigas árvores, correndo na frente, quase como se já tivesse estado aqui antes e conhecesse o caminho. Meu peito dói toda vez que respiro. Me choquei no volante quando batemos e suspeito que possa ter quebrado uma costela. O volume de minha respiração ofegante e trabalhosa aumenta a cada passo.

Priya para bem na minha frente.

"Ouviu isso?", sussurra.

"O quê?"

"Parecia alguém correndo na direção oposta."

Ela fica um pouco mais ereta, com o corpo equilibrado e imóvel por completo, como o cervo assustado que vimos há alguns minutos. Mas sua cabeça me lembra mais a de uma coruja, girando devagar de um lado para o outro enquanto seus grandes olhos castanhos piscam na escuridão. Não ouço nada, exceto os sons normais da floresta à noite, mas me lembro que Priya é uma garota da cidade.

"Está tudo bem", falo, tentando tranquilizá-la. "Provavelmente era só outro animal. Vamos em frente."

Ela enfia a mão no *blazer*, tira uma arma e a destrava.

"Opa! Por que você pegou isso?", pergunto, dando um passo para trás sem querer.

"Defesa pessoal", ela responde, olhando por cima do meu ombro.

Quando me viro — tentando ficar de olho na arma em sua mão — vejo a forma de uma velha casa de madeira camuflada na escuridão. Ela está cercada por pinheiros, como se eles protegessem a construção de visitantes indesejados. Há luzes acesas em seu interior e o formato da porta e das janelas quase se assemelha a um rosto com olhos amarelos e brilhantes.

Ao nos aproximarmos, vejo o carro da equipe da BBC do Richard. Depois, vejo o Audi TT da Rachel estacionado do lado de fora.

"Esse não é o carro sumido da Rachel Hopkins?", Priya sussurra.

"Acho que pode ser", respondo, sabendo que é.

Chegamos à casa e Priya fica olhando para a porta da frente, que parece antiga. Eu me pergunto se o medo enfim a alcançou, mas não. Observo quando ela abaixa a arma, antes de segurar o rabo de cavalo e tirar um dos grampos de cabelo antiquados que sempre usa. Ela o coloca dentro da fechadura.

"Você está de brincadeira comigo?", pergunto.

"Por que não tenta pelos fundos?", ela responde sem desviar os olhos.

Ela tem mais chance de encontrar um graveto de uma ponta só na floresta do que de abrir aquela porta. Não temos tempo a perder, então faço o que ela sugere e vou para a parte de trás da casa, esperando ter mais sorte. A maioria das cortinas está fechada, mas com certeza há luzes acesas lá dentro. Tento cada porta que encontro, mas todas estão trancadas. Por fim, volto ao ponto de partida, na frente da casa, mas Priya não está mais lá.

Encaro a escuridão que me cerca, esperando, observando e escutando por algum sinal dela, mas ela não está aqui. Então, ouço o rangido da porta da frente se abrindo devagar. Eu me viro, mas não consigo ver quem é a princípio. O alívio que sinto quando vejo que é a Priya produz um sorriso nervoso em mim e um estranho nela.

"Sério? Você conseguiu entrar usando um truque antigo com um grampo de cabelo?"

"Porta antiga, truques antigos", diz, abrindo a porta pesada, o suficiente para que eu possa entrar.

Fico surpreso ao ver que ela já está usando suas luvas de plástico azuis, mas ela nunca foi de perder tempo.

270

Quebrar o vidro da porta da cozinha para entrar na casa mais cedo foi uma infelicidade, odeio fazer bagunça. Esqueci de levar a chave. Em geral, há uma escondida embaixo do vaso de flores na frente da casa, mas ela não estava lá, então não tive escolha. Tenho tido muito mais cuidado ao entrar e sair de todas as outras casas que visitei, carros e prédios públicos. Sempre uso luvas e arrumo tudo, de modo que ninguém jamais saiba que estive lá, muito menos seja capaz de provar isso.

Temos a tendência de categorizar as pessoas da mesma forma que fazemos com os livros: se elas não se encaixam bem em um gênero, não sabemos ao certo o que fazer com elas. Sempre tive problemas para me encaixar, mas quanto mais o tempo passa, menos me importo. De minha parte, acho que ser igual a todo mundo é superestimado.

Enfio a mão no bolso e sinto a última pulseira da amizade em minha mão. Gosto de enrolá-la em meus dedos e usá-la como um anel às vezes. Ficarei triste ao me afastar dela.

Há uma cortina atrás da qual todos nós nos escondemos. A única diferença é quem a puxa para o lado. Algumas pessoas conseguem fazer isso sozinhas, enquanto outras precisam que alguém revele a verdade sobre quem elas realmente são. Aquelas garotas não eram boas amigas e mereciam ser silenciadas.

Para sempre.

Rachel Hopkins era uma vadia de duas caras. Ela podia ser bonita por fora, mas por dentro era feia e podre — uma boneca Barbie vaidosa e egoísta, que roubava dinheiro de instituições de caridade e homens de suas esposas. Eu fiz um favor ao mundo ao removê-la dele.

Helen Wang era uma falsa, que passou a vida inteira fingindo ser alguém que não era. A diretora da escola era viciada em drogas e em admiração acadêmica. Ela sempre tinha que ser a melhor, independente das consequências, e não merecia estar no comando de uma escola de meninas.

Zoe era um monstro. Mesmo quando criança. Se não conseguisse o que queria, ela tirava todas as roupas e corria nua, antes de gritar e espernear no chão. Ela fez isso até os 7 anos de idade, e não apenas em casa. Todos em Blackdown devem ter visto pelo menos uma de suas birras. Ela era uma garotinha horrível, que cresceu e se tornou uma mulher desprezível, cuja crueldade com os animais não podia ficar impune. Quando coisas ruins aconteciam, ela sempre fazia vista grossa.

A outra, bem, todos tiveram o que mereciam e, para mim, ela não é diferente, não me importa o que ela fez ou deixou de fazer. Pode ter se passado muito tempo desde aquela noite na floresta — vinte anos, na verdade — mas ela estava lá.

Dela

Quinta-feira 01:30

O tempo para enquanto encaro a mulher à minha frente.

Meu medo se transforma em alívio antes de se converter em confusão. Ela está usando uma camisola branca de algodão coberta de abelhas bordadas e um velho par de chinelos em forma de abelha nos pés. No meio da mata. No meio da noite. A princípio, estou convencida de que devo estar sonhando, mas ela parece ser real e estar tão apavorada quanto eu.

"Mamãe? O que está fazendo aqui?"

Ela balança a cabeça como se não soubesse e parece muito pequena e velha. Posso ver arranhões e hematomas em seu rosto e braços, como se ela tivesse caído. Ela se vira para olhar por cima do ombro, como que temendo que alguém pudesse ouvir, então começa a chorar.

"Alguém quebrou uma janela na cozinha e depois invadiu a casa. Eu estava com muito medo, não sabia o que fazer. Então me escondi. Depois fugi para a floresta, mas acho que me seguiram", sussurra.

Ela está tremendo e nunca a vi tão frágil. Tento ficar de pé, mas meu tornozelo cede quando coloco algum peso sobre ele.

"Quem está te seguindo? Quem estava na casa?"

"A mulher de rabo de cavalo. Eu me escondi no galpão, mas a vi."

Não sei o que dizer. Não sei se o que ela está me dizendo é verdade ou apenas mais um sintoma de sua demência. Jack me disse que ela foi encontrada vagando por Blackdown apenas de camisola, até mesmo a mulher do supermercado mencionou isso, mas não acreditei. Às vezes, optamos por não acreditar nas coisas que não queremos. Faço isso o tempo todo, escondo meus arrependimentos em caixas no fundo da minha mente e escolho esquecer as coisas ruins que fiz. Do jeitinho que minha mãe me ensinou.

Negar a verdade não muda os fatos.

Eu estava aqui na noite em que Rachel Hopkins morreu.

Na mata.

Eu a vi caminhar pela plataforma depois de descer do trem e me lembro do som que ela fez, porque, por algum motivo, isso me fez lembrar da câmera dela. Clicando e clicando.

Cliquete-clique. Cliquete-clique. Cliquete-clique.

Quando perdi meu emprego de apresentadora, fui para casa e comecei a beber. Mas depois parei. Entrei no miniconversível e soprei em meu bafômetro. Lembro que ele ficou âmbar, mas isso significava que eu ainda podia dirigir em segurança. Fiz a viagem até Blackdown, porque era o aniversário do que aconteceu — e o meu aniversário — e eu queria vê-*la*.

Minha filha, não Rachel.

Fazia exatamente dois anos que minha filhinha havia morrido e eu precisava estar perto dela. Foi decisão do Jack enterrá-la aqui em Blackdown e ainda o odeio por isso, mas é um cemitério adorável com belas vistas. A igreja fica em uma colina e o estacionamento mais próximo é o da estação. A única maneira de chegar ao túmulo dela é a pé, pela floresta. Passei algumas horas lá, sentada no escuro, compartilhando todas as histórias que eu a teria contado se ela estivesse viva. Ainda me sinto culpada por não ter dito nada a Rachel quando ela passou direto pelo meu carro para entrar no dela naquela noite. Talvez se eu tivesse dito, ela não estaria morta.

Escuto algo ao longe e isso me tira da melancolia em que eu estava mergulhada. Não sei se Catherine Kelly ainda está me seguindo, mas não pretendo esperar para descobrir. Preciso me afastar da floresta e levar minha mãe para um lugar seguro.

"Vamos, mamãe, precisamos ir. Está frio e é... perigoso aqui fora."

"Você vai voltar para casa, amor?"

Ela faz a pergunta com um otimismo tão feliz.

"Sim, mamãe."

"Ah, que bom. Estaremos lá em menos de dez minutos, prometo. Depois vou colocar a chaleira no fogo e fazer um chá com mel, do jeito que você gosta."

"Estamos a apenas dez minutos de nossa casa?", pergunto.

Ela aponta com confiança por entre as árvores e, embora tudo pareça igual para mim — em especial, à noite —, acredito nela. Minha mãe pode ser esquecida, mas ela conhece essas matas melhor do que a si mesma. Pego sua mão, surpresa com o quanto ela parece pequena dentro da minha e caminhamos com o máximo de rapidez. Ouço cada farfalhar das folhas, cada galho quebrado e não consigo parar de olhar constantemente por cima do ombro. Mesmo que alguém *estivesse* lá, nos seguindo, estaria muito escuro para ver.

"Acho que ela sabe", diz mamãe, é claro que confusa de novo.

"Vamos tentar ficar quietas ao máximo, só até chegarmos em casa", sussurro.

"Ela tem um distintivo, então tive de deixá-la entrar."

"Quem?"

"A mulher, ela sabe e agora não sei o que fazer."

Minha mãe olha por cima do ombro, como se tivesse ouvido algo, e isso não ajuda a acalmar meus nervos. Damos mais alguns passos em silêncio e não consigo deixar de repassar suas palavras. Ela mencionou um rabo de cavalo e um distintivo, o que me faz pensar na detetive que trabalha com Jack. A mesma que acabou de atender o telefone dele.

"O que você acha que ela sabe, mãe?"

"Acho que ela sabe que eu matei seu pai."

Estou muito consciente de que alguém está nos perseguindo, mas meus pés param de funcionar e não consigo me mover.

"Você se lembra daquele dia em que chegou da escola e me encontrou no chão, embaixo da árvore de Natal?", pergunta. Quando não respondo, ela continua. "Seu pai tinha chegado mais cedo de uma viagem de trabalho. Ele estava bêbado e me bateu sem nenhum motivo além do fato de que eu o deixava fazer isso há anos. Isso começou depois que você nasceu, mas eu achava que tinha de ficar com ele, por você e pelo dinheiro. Eu não tinha o meu próprio e não tinha qualificações para conseguir um emprego decente. Me convenci que poderia aguentar até que você tivesse idade suficiente para sair da escola. Mas ele me bateu tanto naquele dia que achei que poderia morrer. Então, ele ameaçou machucar você. Algo estalou dentro de mim quando ele fez isso e eu revidei pela primeira vez. Acabou sendo também a última vez, porque ele morreu."

Não consigo processar suas palavras, parece haver muitas delas. Elas estão se misturando na minha cabeça e não consigo organizá-las em frases que façam sentido. As pessoas tendem a ver o que querem em quem amam. Elas as remodelam dentro de suas cabeças, transformando-as nas pessoas que gostariam que fossem, em vez das que são. Porém, isso não é real, não pode ser. Minha mãe não é uma assassina. Isso é a demência ou os remédios falando. Contudo, Cat Jones sendo Catherine Kelly é real, e não duvido que ela esteja aqui na floresta agora mesmo procurando por mim.

Pego as duas mãos da mamãe e tento puxá-la. Mas ela é mais forte do que parece e afunda seus chinelos de abelha no chão.

"Você não matou o papai, eu teria visto o corpo dele. Você está confusa", digo a ela, mas ela apenas me encara e se recusa a se mexer.

"Eu o acertei no rosto com um suporte de ferro fundido para árvore de Natal. Continuei batendo nele até que estivesse morto, para que ele não pudesse machucá-la como fez comigo. Depois, o enterrei no jardim. Eu o coloquei embaixo da horta e plantei cenouras e batatas por cima na primavera seguinte. Pensei que se eu nunca mudasse de casa, tudo ficaria bem, que ele nunca seria encontrado. Mas acho que ela sabe e, se você vai descobrir a verdade, quero que a ouça de mim."

Minhas emoções colidem dentro da minha cabeça, ficando maiores e assumindo uma nova forma, como mercúrio líquido. Não quero acreditar nela, mas acho que acredito. O que quer que ela tenha feito ou deixado de fazer há tantos anos, ainda precisamos sair daqui agora.

"Mamãe, não é seguro aqui e precisamos ir para casa."

"E se ela estiver lá, esperando por nós?"

"Quem?"

"A mulher que sabe."

As árvores ao meu redor começam a se curvar e a derreter fora de foco. Sinto-me *tonta* e enjoada.

"Mãe, você disse que a mulher que foi à sua casa tinha um distintivo. Você se lembra do que ele dizia? Tente visualizá-lo."

Ela fecha os olhos como uma criança, tentando olhar para trás, para um passado que com frequência parece lhe escapar no presente. Então ela os abre e sussurra o nome:

"Priya."

Dele

Quinta-feira 01:35

"Priya, como você sabe arrombar fechaduras?", pergunto.

Ela dá de ombros, ainda segurando sua arma, percebo, antes de fechar a porta de madeira sólida atrás de mim.

"Vi em um vídeo *on-line*. Não é difícil."

"Você entende que, a rigor, o que acabou de fazer é ilegal, certo?"

"Quer encontrar a Anna ou não, senhor?"

Não respondo. Estou muito ocupado com a visão da casa em que estamos. É como o cenário de um filme de terror: móveis góticos, papel de parede antigo, assoalhos de madeira rangendo e uma escada enorme e elaborada no meio do corredor. Tudo isso coberto por uma manta teatral de poeira e teias de aranha. Acho que não sou uma pessoa que se assusta com facilidade, mas isso é sinistro.

Sigo Priya pelo corredor, nós dois andando tão em silêncio quanto é possível, antes de entrar em uma enorme sala formal. Os móveis parecem ter sido emprestados do Castelo de Windsor e as luminárias antigas na parede piscam um pouco. Dou uma olhada nas fotos da lareira, mas não reconheço nenhum dos rostos. Então, tropeço no conjunto de ferramentas da lareira, pegando-o antes que tudo tilinte no chão de pedra.

"Talvez devêssemos nos separar", diz Priya. "Por que você não dá uma olhada lá em cima enquanto eu termino de verificar as salas aqui embaixo?"

"Boa ideia. Acho que vou levar isso comigo", respondo, pegando o atiçador de metal.

Dizer que subo as escadas com cautela é um eufemismo. Se quem matou Zoe e os outros estiver aqui, prefiro que não me veja chegando. A casa está em silêncio total agora, exceto pelo som de minha própria respiração apressada e difícil. Meu peito ainda dói no local onde o volante bateu e essa não é a única coisa que me incomoda. Aprendi a confiar em meu instinto ao longo dos anos e tudo isso parece errado.

Examino o elaborado patamar com carpete vermelho e vejo que todas as portas do primeiro andar estão fechadas, exceto uma, no final. Verifico cada cômodo, meu coração palpitando dentro do peito toda vez que abro uma porta, sem saber o que posso encontrar atrás dela. A maioria dos quartos está completamente vazia, exceto por poeira, sujeira e teias de aranha, mas um deles está impecável e vejo algo que não esperava. Há duas camas pequenas lado a lado, cobertas com lindos lençóis cor-de-rosa e uma luminária lançando uma constelação de estrelas em movimento sobre as paredes e o teto. Reparo nas bonecas nos travesseiros, dois copos de água em uma mesinha e uma cópia de *Chapeuzinho Vermelho*. Havia crianças aqui esta noite, mas elas não estão aqui agora.

Tento não pensar em minha própria filha quando volto para o patamar e me viro para a última porta no final do corredor. As tábuas do assoalho parecem soar mais altas a cada passo que dou em direção a ela, como se estivessem tentando me avisar para ficar longe. Embora esteja feliz porque nem todos portam armas neste país, não acho que um atiçador de ferro seja uma defesa adequada neste momento. Hesito quando chego à porta e depois a abro de uma vez com um chute, sem querer surpresas. Mesmo assim, recebo uma. O cinegrafista está morto no chão, deitado em uma poça de seu próprio sangue, com a cabeça rachada.

Fico olhando para ele, é impossível não olhar, e depois verifico o resto da sala, até ter certeza de que não há ninguém à espreita nas sombras.

"Preciso que largue a arma, senhor."

Eu me viro e vejo Priya parada na porta.

Apesar da combinação de tábuas de assoalho barulhentas e silêncio perfeito, não a ouvi chegar. Em um primeiro momento, sinto-me aliviado. Mas então percebo sua arma — a que ela disse que carrega para defesa pessoal — apontada em minha direção.

"Priya? O que está fazendo?" Ela olha para o cinegrafista morto e depois para o atiçador de ferro que ainda estou segurando na mão. "Calma..."

"Eu disse para largar a arma e colocar isso."

Sem tirar os olhos de mim, ela enfia a mão livre no bolso e pega um par de algemas. "Priya, não sei o que você está pensan..."

"Última chance", ela interrompe. "Não vou pedir de novo."

Dela

Quinta-feira 01:40

É como se a mamãe não conseguisse mais me ouvir, então pergunto de novo.

"Quando a policial foi até a casa, e o que ela queria?"

"Várias vezes. Fazer perguntas."

"Sobre o quê?"

Ela aperta minha mão e me encara.

"Você."

"*Eu?*"

Diga a uma pessoa que ela está errada e ela cobrirá os ouvidos. Diga a uma pessoa que ela está certa e ela o ouvirá o dia inteiro.

"Tudo bem, mamãe. Acredito em você, mas temos que ir agora."

Ela concorda com a cabeça e continuamos a andar, percorrendo uma trilha na floresta. Eu a arrasto o mais rápido que posso pelo chão cheio de obstáculos. Raízes gigantes e árvores caídas podem ser perigosas no escuro, mas Cat Jones também. E temo que ela ainda esteja por aí, em algum lugar, nos caçando.

A cada sequência de passos, confiro se há sinal no meu celular, esperando poder ligar para Jack. Mas então me lembro de que Priya Patel está com ele.

É impossível saber em quem confiar.

Dele

Quinta-feira 01:40

"Priya, pode ser muito difícil saber em quem confiar nessas situações..."

"Estou falando sério, senhor. Abaixe a arma."

Ela olha de novo para o corpo sem vida de Richard Jones no chão e depois para o atiçador de ferro em minha mão. Vejo as coisas da mesma forma que ela deve estar vendo agora e isso me dá vontade de correr.

"Eu não fiz isso!"

"Abaixe a arma."

"Priya, eu..."

"Acabou, senhor. Quando pedi à equipe técnica para triangular o telefone da Anna, eles me disseram que alguém havia cancelado a mesma instrução que eu solicitei ontem sobre o celular de Rachel Hopkins. Acabaram de confirmar que foi você. Botas que correspondem às pegadas deixadas ao corpo dela foram encontradas em sua lixeira, você tem ligações com todas as vítimas, e testemunhas descreveram ter visto um carro muito parecido com o seu estacionado em frente à escola na noite em que Helen Wang foi assassinada."

"Eu sei o que isso parece, mas..."

"Não existe coincidência. Você mesmo me ensinou isso no meu primeiro dia."

"Alguém está tentando me incriminar..."

"Quem?"

"Não sei!"

Ela pega o telefone dela.

"Os reforços estão a caminho e a equipe de tecnologia agora está tentando rastrear os dois celulares. O de Rachel foi ligado de novo. Devo ligar pra ele?"

Ela aperta um botão e, segundos depois, um telefone começa a tocar dentro do meu bolso. Tento falar apesar do som dele tocando.

"Sim, estou com o telefone dela porque alguém o plantou no meu carro. Essa pessoa tem me enviado mensagens enigmáticas desde então. Pense, Priya. Catherine Kelly foi a quinta garota na foto. Acontece que ela agora é Cat Jones, uma apresentadora que trabalha com a Anna, é casada com o homem morto que está no chão e é dona dessa casa assustadora pra caralho. Você está certa, coincidências não existem, então onde está Cat Jones agora?"

Ela hesita, mas então seu rosto se transforma mais uma vez.

"Por favor, largue a arma, senhor."

Se esta situação não fosse tão grave, eu riria do fato de ela ainda me chamar de "senhor". Sei que o assassino ainda está à solta e sei que Anna está em perigo, mas não consigo ver uma saída. Então, algo chama minha atenção. Algo claro na escuridão, e tenho certeza de que vi alguém se movendo ao longe, do lado de fora da janela. Tento me aproximar e Priya surta.

"Jack Harper, estou te prendendo por suspeita de assassinato. Você não precisa dizer nada. Mas pode prejudicar sua defesa se não mencionar, ao ser interrogado, algo que queira dizer mais tarde no tribunal. Tudo o que você disser poderá ser usado como prova..."

"Há alguém lá fora. Posso ver através das árvores."

"Devem ser os reforços..."

"Nós dois sabemos que eles não teriam chegado aqui tão rápido. Sei o que parece, mas estou te dizendo que o assassino ainda está à solta. Anna está em perigo e vou tentar salvá-la. Você pode atirar em mim, se quiser ou pode me ajudar a pegar quem fez isso."

Ela balança a cabeça e tem o semblante triste.

"Quero acreditar em você, mas acho que não posso mais. Acho que você não sabe o que fez, mas isso não significa que não tenha feito", diz.

"*Na verdade*, você me conhece, Priya, e, no fundo, acho que sabe que estou dizendo a verdade."

Ela não abaixa a arma, mas posso ver seus olhos se enchendo de lágrimas. Dou um passo em direção à porta, sem saber que rumo isso vai tomar. Tudo em que consigo pensar é em Anna. Eu a decepcionei antes e não posso fazer isso de novo.

Priya se contrai no momento em que estou prestes a passar por ela. Fui treinado para situações em que uma arma é apontada para o meu rosto e sei o que fazer. Só não queria ter de fazer isso. Agarro o pulso de Priya tão rápido que ela não tem tempo de reagir. No entanto, ela puxa o gatilho, fazendo um buraco na parede antes que eu a jogue contra ela. Dou um passo para trás enquanto ela escorrega para o chão. Seus olhos estão fechados e posso ver que ela bateu a cabeça, mas sobreviverá. Os reforços chegarão em breve e cuidarão dela. Não há tempo a perder.

"Me perdoe", sussurro, antes de sair de casa em direção à mata.

Adoro a floresta nessa época do ano.

Os sons, os cheiros, os gritos.

Em especial, no escuro.

Todo mundo tem um lugar para onde corre quando o mundo fica muito barulhento; este é o meu.

Não há nada mais gratificante do que triturar folhas secas, respirar o ar fresco do campo e saber que você está em uma jornada de um momento da sua vida a outro. Às vezes, acho que para onde estamos indo é muito menos importante do que o fato de estarmos indo a algum lugar. É preciso aprender a aproveitar a viagem, não apenas o destino.

Com frequência, as pessoas falam sobre o que é "chegar lá", mas é muito melhor estar a caminho. Se você for bem-sucedido ou chegar cedo demais, isso significa apenas que não há mais para onde ir. O sucesso é como o amor — não é algo que todos consigam valorizar, mesmo quando o têm. E a vida é sobre avançar e seguir em frente. Nunca olhe para trás, esse caminho só leva à sensação de estar perdido.

É assim que me sinto agora, porque estou ficando sem tempo para encontrá-la.

Até agora, as coisas correram de acordo com o planejado. Deixei o carro de Rachel aqui há alguns dias. Foi divertido dirigi-lo e este parecia ser o melhor lugar para escondê-lo. Nunca havia dirigido um carro esportivo antes. Isso me fez pensar em todas as outras coisas que não fiz, coisas que algumas pessoas devem dar como certas. A situação financeira era difícil quando estava crescendo e tive que trabalhar para conseguir tudo o que tenho. Foi difícil, mas acho que isso me fortaleceu.

Agora só preciso terminar o que comecei, o que significa encontrá-la antes de qualquer outra pessoa. Ela já deveria estar morta a essa altura.

É surpreendentemente simples encontrar pessoas quando você sabe como buscar, mesmo aquelas que não querem ser encontradas. A polícia e os jornalistas usam muitas das mesmas ferramentas para rastrear pessoas. Você ficaria surpreso com a facilidade, não apenas de encontrar alguém, mas de descobrir tudo sobre essa pessoa. Tudo o que eles queriam que ninguém soubesse.

Meu trabalho tornou isso quase fácil demais.

As pessoas confiam em gente como eu.

Mas eles não sabem quem eu sou de verdade, o que fiz ou do que sou capaz.

Eu disse no início desta jornada que iria matar todas elas e estava falando sério.

Dela

Quinta-feira 01:45

"Vai ficar tudo bem, mamãe", digo, sem acreditar em uma única palavra da minha própria mentira.

Então, ouço o que soa como um tiro ao longe.

Pela expressão de seus olhos, vejo que ela também ouviu.

"Precisamos andar logo. Tem certeza de que estamos no caminho certo para casa?", pergunto, arrastando-a para junto de mim.

"Acho que sim", ela sussurra, enfim parecendo entender que estamos correndo perigo.

Só conseguimos dar mais alguns passos antes que eu ouça o som de alguém correndo na mata atrás de nós. A noite está tão silenciosa que o barulho de galhos se quebrando atravessa as árvores. É impossível dizer a que distância a pessoa está ou ver alguma coisa na escuridão, mas sei que ela está se aproximando. As possibilidades do que acontecerá a seguir são exibidas em minha mente em ritmo acelerado. Nenhuma delas é boa.

Não conseguiremos fugir dela.

O melhor que podemos fazer agora é nos esconder.

Me agacho e puxo minha mãe para o chão comigo.

"Desculpa, mamãe, mas você tem que ficar quieta e calada. Tá bem?", sussurro.

Ela acena com a cabeça como se estivesse entendendo. O som de alguém correndo para a uma curta distância de onde estamos. Prendo a respiração, desejando que a pessoa se vire para trás ou corra para o outro lado. Mas meu desejo não é atendido. Ela continua se aproximando. Tento pensar em uma maneira de defender a mim e a mamãe, meus dedos vasculham o chão da floresta em busca de uma pedra ou um pedaço de pau, mas não encontram nada de útil. Por mais que eu não queira desistir, acho que esse pode ser o fim.

Então, vejo a luz da lanterna brilhando entre as árvores e não demora muito para que o feixe nos encontre. No começo, a luz me cega e não consigo ver quem é.

"Anna?", diz uma voz na escuridão.

Protejo meus olhos com a mão e, então, lágrimas escorrem quando reconheço a pessoa.

Nunca fiquei tão feliz em ver meu ex-marido.

"Anna? É você?", ele chama de novo.

"Sim! Jack, graças a Deus você está aqui!"

Ele sorri enquanto caminha em nossa direção por entre as árvores. Estamos a *salvo*. O alívio que me invade é avassalador. Sei que Jack vai nos tirar daqui e que agora vamos ficar bem.

Então, vejo a silhueta sombria de alguém atrás dele. Ele se vira para ver o que estou vendo, mas é tarde demais.

O som de tiros ecoa pela floresta e Jack cai no chão.

Tudo fica em silêncio e quieto por um segundo, talvez dois, talvez três, como se a própria vida tivesse parado para ver o que aconteceria em seguida. Então, algum tipo de instinto primitivo de sobrevivência entra em ação. Puxo mamãe para levantá-la e uso a única palavra que resta em meu vocabulário.

"Corre."

Ela corre e eu também, mas não tenho ideia se estamos correndo na direção certa. Fico surpresa em como ela é rápida para sua idade, mais rápida do que eu, graças ao meu tornozelo torcido. Quem quer que esteja lá fora está nos alcançando, posso ouvir a pessoa não muito longe. Galhos e folhas me dão tapas no rosto enquanto corremos pela floresta. A luz da lua atravessa a copa das árvores em alguns pontos, mas o chão da floresta está quase todo encoberto pela escuridão e me esforço para não tropeçar e cair. Sigo minha mãe, tentando sempre mantê-la no meu campo de visão, mas ela logo toma distância de mim. O medo pode tornar todos nós corredores.

Quando percebo que não consigo mais vê-la, paro. Estou com muito medo para chamar seu nome. Não quero chamar a atenção, então me viro, bastante desorientada. Perdida. Então as ouço. Embora o instinto me leve a correr na direção oposta, vou em direção ao som da minha mãe e outra mulher gritando uma com a outra. É impossível traduzir o tom agudo da conversa delas, pois os gritos simultâneos anulam qualquer palavra discernível. Eu as encontro bem a tempo de ver minha mãe cair no chão. Cat Jones está de pé sobre ela, segurando uma faca ensanguentada. Ela me encara com aqueles olhos enormes, depois balança a cabeça e começa a chorar.

"Você arruinou minha vida", diz Cat na minha direção, soando histérica.

Ela dá um passo em minha direção, ainda segurando a faca. Não consigo falar. Não consigo me mexer. Fico apenas olhando para a minha mãe destroçada no chão da floresta.

"Você fingiu ser minha amiga", diz Cat entre soluços sufocados, chegando mais perto. "Você arruinou minha infância. Você me seguiu até Londres, fingiu não saber quem eu era, então, fingi também. Mas então você tentou roubar meu emprego. Depois tentou roubar meu marido e agora..."

Ouço outro tiro atrás de mim. Alguém está atirando em nossa direção, mas quando me viro, não vejo nada no escuro. Quando giro de volta, Cat se foi. Corro para a mamãe e choro de alívio ao ver que ela ainda está viva.

"Estou bem", ela sussurra, mas há sangue em sua camisola e em suas mãos. Coloco minha cabeça por baixo de seu braço e a levanto, depois mancamos juntas o mais rápido que podemos, afastando-nos do som de galhos estalando longe, atrás de nós. Acho que devo estar alucinando quando literalmente tropeçamos em uma estrada e vemos um carro. A porta do motorista está aberta e a chave está na ignição, como se alguém tivesse acabado de sair e deixado o carro aqui para que o encontrássemos. Mas então vejo o velho carvalho no qual é óbvio que ele bateu.

Com gentileza, coloco minha mãe no banco do passageiro e prendo seu cinto de segurança antes de entrar. Ela pressiona o ferimento em seu estômago, tentando estancar o sangramento, só que agora há muito mais sangue do que antes.

"Você consegue dirigir?", ela pergunta.

"Acho que vamos descobrir."

Consigo dar a partida e, quando ele liga, sinto uma onda de esperança. Coloco o câmbio em marcha à ré e, devagar, o carro se afasta da árvore. Troco a marcha, pronta para ir embora e então ouço as sirenes ao longe. Olho para a mamãe e percebo que ela também as ouve.

"Parece que a ajuda está quase chegando, devo esperar?", pergunto.

Sua expressão esperançosa se transforma em uma expressão de horror e ela grita. Quando acompanho seu olhar, entendo o porquê.

Cat Jones está parada bem na frente do carro, iluminada pelos faróis como uma assombração. Há sangue em seu vestido branco, uma faca em sua mão e um olhar enlouquecido em seu rosto.

Tudo acontece muito rápido.

Não há tempo para pensar.

Em meu desespero para fugir, aciono o pedal, esquecendo que a alavanca de câmbio agora está na primeira, não em ré. O carro bate na Cat, jogando-a para trás e prendendo seu corpo entre o para-choque e a árvore.

"Meu Deus", sussurro. "O que foi que eu fiz?"

Os anos se esvaem e tudo o que vejo é Catherine Kelly na floresta naquela noite, vinte anos atrás. Ela deve ter odiado muito todas nós para planejar uma vingança como essa. Não consigo deixar de me sentir responsável por tudo o que aconteceu e abro a porta.

"Fique no carro", implora mamãe, mas a ignoro.

Os olhos de Cat estão fechados. Há uma gota de sangue vazando do canto de sua boca, mas talvez eu ainda possa ajudá-la. Eu me obrigo a caminhar em direção ao seu corpo quebrantado, depois estendo a mão para sentir o pulso.

Seus olhos se abrem. Ela agarra meu pulso com uma mão e, ao mesmo tempo, levanta a faca com a outra. Tento me afastar, mas suas unhas cravam em minha pele, puxando-me para mais perto. A faca parece voar em direção ao meu rosto em câmera lenta e fecho os olhos. Então, ouço outro tiro. Quando me viro, vejo Priya Patel em pé atrás do carro, ainda apontando a arma em nossa direção. Ao olhar de volta para Cat, vejo uma mancha vermelha-escura se espalhar por seu vestido branco. Seus olhos ainda estão abertos, mas sei que ela está morta.

Dela

Sexta-feira 14:30

Abro os olhos e vejo Jack em pé ao lado do meu leito de hospital.

"Parece que perdi o horário de visita, mas disseram que eu podia vir dizer oi", ele sussurra.

"Você está bem", digo.

"Claro, é preciso mais do que uma bala atravessando o ombro para me parar."

Odeio hospitais. Tirando o tornozelo torcido e muitos arranhões, estou bem. Preocupa-me que outra pessoa precise do leito mais do que eu, mas os médicos insistiram em me manter aqui por 24 horas. Jack pega minha mão e conversamos em silêncio. Às vezes, não há necessidade de palavras, quando você conhece alguém bem o suficiente para saber com exatidão o que diria.

"A mamãe está..."

"Ela está bem, juro", ele diz. "Eles deram pontos nela e a transferiram para outra ala. Ela está se saindo muito bem, considerando tudo." Ele faz uma pausa. "Há algo mais. Não sei bem como te dizer isso e talvez você já saiba, mas eu não sabia. Surgiu algo nos registros médicos de sua mãe quando a trouxeram para cá."

"Se for sobre a demência dela, sei que está muito pior do que antes..."

"Não é isso. Sinto muito por ter que te contar isso, mas ela tem câncer. Foi diagnosticado há alguns meses. Não sei por que ela não me contou, quer dizer, *nos* contou. Acho que talvez ela mesma não tenha entendido direito. Mas já falei com dois médicos diferentes aqui, que confirmaram que é um tipo agressivo. Sinto muito."

Não sei o que dizer. Meu relacionamento com minha mãe tem sido tenso desde a adolescência, mas ainda tenho dificuldade em aceitar o fato de ela ter escondido algo assim de mim.

"Deve ser porque ela não queria que você se preocupasse ou, na verdade, esqueceu — você viu como ela fica confusa agora", diz Jack, como se lesse minha mente.

Não esqueci do que ela me contou na floresta sobre meu pai.

Agora que tive um pouco de tempo para pensar sobre isso, acredito que ela pode tê-lo matado anos atrás. Ele era um homem violento e, se ela o matou, acredito que foi tanto para me proteger quanto para se salvar. Minha mãe não é a única que é boa em guardar segredos. Eu também sou e há alguns que nunca compartilharei com ninguém. Nem mesmo com o Jack.

"O que aconteceu com Priya?"

"Ela fez tudo o que deveria ter feito."

"Ela atirou em você, Jack."

"Sei que ela atirou em mim. Tenho um buraco em meu ombro para provar isso. Mas se os papéis tivessem sido invertidos, é provável que eu tivesse feito o mesmo. A Priya também salvou você e sua mãe."

"Quanto a isso... mamãe disse que ela foi à casa dela, fez perguntas."

"Se ela foi, então ela estava apenas fazendo o trabalho dela. Cat Jones era muito boa em encobrir seus rastros e tentar fazer com que outras pessoas parecessem responsáveis, mas foram encontradas evidências em sua casa que a ligavam a cada um dos assassinatos — inclusive diários de infância, nos quais ela detalhava de forma bastante explícita o quanto odiava todas vocês. Você, em especial. Ela aparentava pensar que você fingia ser amiga dela e depois a traía. Priya testemunhou ela atacando sua mãe e foi uma sorte ela estar lá antes que Cat pudesse machucar você. Ainda não conseguiram encontrar a faca — o que, pra ser franco, é bizarro, já que vocês três viram que Cat a segurava — mas cada centímetro da mata onde tudo aconteceu está sendo revistado, então tenho certeza de que ela vai aparecer. A perícia acha que a mesma arma foi usada em todos os quatro ataques, e estou bastante convencido de que ela executou os assassinatos sozinha.

Não consigo parar de pensar nisso.

A ideia de Catherine Kelly crescer e se tornar Cat Jones é uma coisa, mas o fato de ela planejar uma vingança tão horrível contra as meninas que a intimidavam na escola é outra. É difícil de acreditar, mas todo mundo acredita. Sinto o peso do olhar de Jack e me desperto.

"Sinto muito pela Zoe", digo.

Ele desvia o olhar e seu rosto se contrai um pouco.

"Como você ficou sabendo? Ainda não foi divulgado para a imprensa..."

"Acho que os médicos e enfermeiros fofocam tanto quanto os jornalistas. Eu ouvi por acaso."

Ele assente com a cabeça.

"Não sei como vou contar à minha sobrinha que a mãe dela está morta."

"Você foi um pai maravilhoso e tenho certeza de que é um tio excelente. Olivia tem sorte de tê-lo em sua vida. Vai ser difícil, mas vocês vão superar."

Ele não consegue me olhar nos olhos e sei que ambos estamos pensando em nossa filha.

"Pensei muito sobre isso e vou me mudar de volta para Londres", diz. "Não quero ficar aqui. Vou vender a casa dos meus pais, voltar para a Polícia Metropolitana, mas talvez procure um emprego de meio período para que eu possa estar presente para cuidar de Olivia. Ainda não pensei em tudo. Mas..."

"Parece que pensou."

"Bem, ela é a única família que me resta."

Seu pensamento desencadeia um dos meus.

"Você estava certo sobre a mamãe. Ela precisa de mais ajuda, ainda mais agora que sabemos o quanto ela não está bem. Me desculpe, eu devia ter te escutado."

"Nossa, posso gravar isso, por favor?", ele brinca e me esforço ao máximo para sorrir.

O pedido de desculpas foi servido um pouco frio, mas ele o engoliu assim mesmo. Às vezes, quando se tem fome do perdão de alguém que se ama, a menor porção é suficiente.

"Vou dar uma olhada na casa de repouso que você sugeriu e tentarei pagar por ela eu mesma. Dessa forma, ela não vai ter que vender a casa, que sempre foi o que mais a chateou", falo para ele.

"Porque ela sentiria falta de seu jardim e de suas abelhas?"

Faço uma pausa por um brevíssimo momento.

"Exato."

Ele pega minha mão e é tão bom sentir esse afago. Uma coisa tão pequena, mas que me faz chorar. Não lágrimas de tristeza, mas de esperança.

"Talvez possamos ajudar um ao outro", diz.

"Eu ia gostar disso."

"Você sabe que eu..."

"Eu sei."

Não preciso que ele diga que nunca deixou de me amar. Também sinto a mesma coisa.

Dele
Sexta-feira 14:45

Ela me deixa segurar sua mão e depois começa a chorar.

Ver Anna em uma cama de hospital me faz lembrar de quando nossa filha nasceu. É como se os anos, a mágoa e a dor se afastassem e voltássemos. Talvez não de onde começamos, mas para um lugar antes de sermos destruídos.

A verdade é que, embora pareça que eu tenha um plano, não sei de verdade o que acontecerá. Mas talvez não precise saber. Talvez a vida já tenha um plano para todos nós e só nos perdemos quando nos afastamos dele, por medo, dor ou sofrimento. A morte de Charlotte nos destruiu, não há dúvida quanto a isso. Mas, às vezes, quando as coisas se quebram, elas podem ser consertadas. Só é preciso tempo e paciência.

Solto a mão de Anna porque estou confuso com o que isso significa. Ela olha para seus dedos, como se eu pudesse tê-la machucado ao segurar com muita força e me pergunto se talvez eu sempre tenha feito isso. Não durmo há dias e não quero tornar as coisas piores do que já são para ninguém, dizendo ou fazendo a coisa errada.

"Melhor eu ir", digo, e ela parece confusa. "Horário de visita, lembra? Já estou quebrando as regras."

Ela assente com a cabeça, mas consegue me ver por dentro. Como sempre conseguiu. Anna evita meus olhos como se tivesse medo do que poderia encontrar ali. Então faz uma última pergunta. Tão simples, mas carregada de significado para nós dois.

"Você vai voltar depois?"

"Claro."

Eu a beijo na testa com delicadeza e saio sem olhar para trás. Não precisei pensar nisso antes de responder, mas isso não significa que era verdade.

Dela

Sexta-feira 15:00

Eu o vejo se afastar, depois enxugo o rosto e pressiono o botão vermelho ao lado da cama. Uma enfermeira de meia-idade vem me atender em alguns minutos e fico contente, pois não tenho tempo a perder. Ela tem um corte de cabelo baixo e grandes olhos verdes, acentuados pelo delineador líquido que borrou um pouco. Reparo que ela parece pelo menos dez anos mais velha do que a foto em seu crachá.

"Está tudo bem?", ela pergunta.

"Preciso ir embora do hospital."

Seu rosto faz uma pausa enquanto sua mente se recupera, processando o que acabei de dizer.

"Não acho uma boa ideia."

Seu tom condescendente me faz gostar menos dela do que há pouco.

"É provável que não, mas é o que vou fazer. Obrigada por tudo, mas preciso ir agora, de verdade. Você precisa que eu assine algum formulário dizendo que estou dando alta a mim mesma?"

Não é a primeira vez que faço isso, conheço o procedimento. Não suporto ficar em hospitais — o cheiro de morte e desespero — e há coisas que preciso fazer e que não podem esperar.

"Vou chamar o médico", diz a enfermeira.

Eu me deito na cama enquanto espero. O médico tentará me persuadir a ficar, sem dúvidas, mas é inútil. Quando decido algo, não há ninguém que possa mudar minha opinião. Incluindo eu mesma.

Além disso, estou precisando *mesmo* é de uma bebida.

Assim que a enfermeira some de vista, alcanço o armário ao lado da minha cama e pego minha bolsa. Sei que não sobrou álcool dentro dela, mas não é isso que estou procurando.

Fico satisfeita em ver que a faca que matou todas elas ainda está lá.

Era importante fazer com que eu parecesse uma vítima, para que todos acreditassem na minha história, mas os fatos falam por si. Eu estava na mata na noite em que Rachel morreu, estava na escola quando Helen foi morta, estava na casa no dia em que Zoe foi assassinada e estava lá quando Richard foi golpeado até a morte. O fato de Cat Jones ter sido esmagada entre um carro e uma árvore antes de ser baleada não fazia parte do plano original, mas cumpriu bem a função. Não existe coincidência e mesmo assim todos acreditaram em mim.

Estava tão convincente no hospital que até eu quase acreditei em mim.

As mentiras que contamos a nós mesmos são sempre as mais perigosas. Acho que é instinto, a autopreservação é uma parte fundamental do nosso DNA. Somos uma espécie de mentirosos e, às vezes, juntamos os pontos na ordem errada deliberadamente, e fingimos dar sentido ao que vemos. Esticamos as histórias de nossas vidas para que se encaixem nas narrativas que nós mesmos desejamos, apresentando uma imagem mais bonita para as pessoas ao redor. A honestidade sempre perde para uma mentira menos comum, e a verdade é superestimada. É muito melhor inventar do que se contentar.

O mundo do faz de conta não é apenas para crianças. Assim como os sapatos que usamos, as histórias que contamos sobre nós mesmos ficam maiores com a idade. Quando deixamos de contar uma, inventamos outra.

Eu fiz o que tinha de fazer.

SEIS MESES DEPOIS

Dele

Admito que cuidar de uma criança sozinho foi muito mais difícil do que eu imaginava, mas estou conseguindo lidar com isso. Acho. Mais ou menos. Nas primeiras semanas, dependi muito dos vizinhos e da gentileza de estranhos. Havia pessoas que conheciam minha sobrinha muito melhor do que eu, por causa da creche e das várias aulas para as quais minha irmã costumava levá-la. Elas foram de grande ajuda, mas ainda assim foi difícil. As coisas estão ficando mais fáceis e o novo normal está começando a se encaixar bem.

A primeira coisa que fiz após o funeral de Zoe foi vender a casa dos meus pais. Não foi fácil, os compradores não estavam muito interessados em uma casa de família no interior onde alguém foi assassinado na banheira. Mas ela acabou sendo vendida — por muito menos do que valia — para uma construtora que sem dúvida a derrubará. Posso viver com isso. Às vezes, recomeçar é a única opção.

O trabalho foi muito compreensivo. Recebi uma licença compassiva e fui autorizado a me candidatar a um cargo de meio período em Londres, uma nova função que suspeito que meu antigo chefe tenha criado só para mim. Os seres humanos são mais empáticos quando coisas ruins acontecem com pessoas que eles conhecem. Talvez porque, quando o impensável acontece com amigos ou familiares, você se dá conta de que poderia ter sido com você.

Eu sabia que tinha que me afastar de Blackdown — desta vez, para sempre — e estou satisfeito por terem conseguido encontrar uma substituta tão maravilhosa para chefiar a unidade de crimes hediondos em minha ausência. Priya fará um ótimo trabalho e merece a promoção.

Nem tudo é bom.

Tenho minha cota de momentos sombrios e vi coisas que vão me assombrar pelo resto da vida.

Tento não pensar no que perdi.

Por enquanto, tudo o que posso fazer é viver um dia de cada vez e tentar me agarrar ao que me resta.

Às vezes, é preciso perder muito para lembrar o quanto se tem.

Dela

"Um destaque de nossas principais notícias nesta hora do almoço. O ex-presidente foi visto em público pela primeira vez desde que deixou a Casa Branca; cientistas alertam que as abelhas podem entrar em extinção em menos de uma década; e agora vamos deixá-los com algumas fotos do bebê panda nascido no Zoológico de Edimburgo esta manhã. Você pode acompanhar mais no canal BBC News e, de todos nós da equipe do *One O'Clock News*, boa tarde."

Sorrio para a câmera, bato meus papéis na mesa e espero que a luz vermelha desapareça. Assim que saímos do ar, passo pela reunião de pós e escuto com educação o resto da equipe falar sobre o programa de hoje. Estou muito feliz por estar de volta ao meu lugar, apresentando o jornal da hora do almoço. Ninguém se importa com quem você era antes, o que importa é quem é agora. Assim como as notícias de ontem, as versões antigas de uma pessoa são facilmente esquecidas. Essas pessoas são mesmo como minha família substituta, mas depois de tudo o que aconteceu, lembrei-me de que também tenho uma família de verdade.

Assim que a reunião termina — é sexta-feira à tarde, portanto não sou a única ansiosa para ir embora — pego minha bolsa e sigo para a porta. Pego um táxi para economizar tempo. Meu lar não é mais onde costumava ser e não posso mais ir até lá caminhando. Comecei a pensar que o lar talvez não seja de fato um lugar, mas sim um sentimento. Nem sempre é preciso atravessar uma ponte para chegar. É possível planejar com antecedência, fazer um túnel por baixo ou até mesmo aprender a nadar, se for necessário. Sempre há uma maneira de mudar de lado se você decidir fazer isso.

Vendi o apartamento perto de Waterloo e comprei uma pequena casa no norte de Londres. Às vezes é estranho morar ao norte em vez de ao sul do Tâmisa, mas senti que eu precisava de um novo começo. E uma casa com jardim. Com garagem para o SUV novo em folha, vendi o miniconversível também.

Pago o motorista do táxi e me dirijo à varanda de entrada, com a chave já na mão para não perder um momento sequer. Assim que entro, fecho a porta da frente e congelo quando ouço passos atrás de mim.

Alguém está aqui.

Mas tudo bem, porque era para estar.

"Anna, Anna, as abelhas estão vivas, vem ver!"

Minha sobrinha pega minha mão e me arrasta até a janela da cozinha. Fico olhando para o nosso pequeno jardim, observando a caixa de madeira branca para a qual ela está apontando. A colmeia de minha mãe era a única coisa que eu guardava de sua casa. Algo para me lembrar dela.

Tive de contratar especialistas para me ajudar a transportar as abelhas de Blackdown para Londres. Eles disseram que o inverno era a melhor época para fazer isso, enquanto elas estavam dormindo, mas mesmo assim, e apesar do custo considerável — não havia garantia de que elas sobreviveriam.

Mas agora é primavera. Seis meses se passaram e há flores na cerejeira, uma menininha morando em minha casa e, com certeza, há movimentação em torno da velha colmeia. Está longe de ser um enxame, mas com certeza há mais do que um punhado de formas negras zumbindo e dançando para lá e para cá nas ripas de madeira. Elas passaram por uma jornada que mudou suas vidas, foi difícil e perigosa, mas sobreviveram. Agora estão recomeçando em uma casa nova. Não muito diferente de nós.

Jack entra na cozinha carregando uma mala.

306

"Você está de volta!", diz, beijando-me na bochecha.

É um recomeço para nós também. Jack e Olivia só vieram morar comigo há algumas semanas. Ele conseguiu um novo emprego em Londres, ainda na polícia, mas de meio período e no escritório. Estávamos passando tanto tempo na companhia um do outro, que morar juntos parecia ser o próximo passo lógico. Jack e eu nos sentimos como uma família de novo. Embora ninguém possa substituir nossa filha, Olivia é uma linda garota e sinto-me honrada em participar de sua criação.

"É melhor a gente ir, se quisermos evitar o trânsito da hora do *rush*", diz ele.

"Bem, então é melhor eu pegar minhas coisas", respondo.

Paro na porta e me viro para olhar para os dois, enquanto eles apontam para as abelhas do outro lado do vidro. Juntos, criamos um pequeno refúgio na cidade. O que aconteceu antes não importa mais. Eu fiz o que tinha de fazer.

Optar por esquecer pode ser muito menos doloroso do que optar por lembrar.

Dele

Não é minha escolha voltar para Blackdown hoje. A ideia me enche da mais pesada variedade de sentimentos. Mas sei que é importante para Anna e não será por muito tempo. Apenas uma rápida parada para dar uma olhada nas coisas, antes de seguirmos em direção a Dorset e ao litoral. Um fim de semana longe de tudo, apenas Anna, eu e nossa sobrinha, que a cada dia se assemelha mais a uma filha. Olivia adora o litoral.

Sempre quis que voltássemos a ficar juntos.

Às vezes, quando algo terrível acontece, as pessoas se afastam. Com certeza já passamos por isso antes, mas dessa vez parece que isso nos aproximou.

Quando olho para a Anna sentada ao meu lado no carro, vejo a única mulher que amei de verdade. Eu a decepcionei uma vez, mas nunca mais farei isso. Nós temos tudo agora. Quase tudo com que sempre sonhamos e muito mais. Eu faria qualquer coisa para fazê-la feliz e mantê-la segura.

Qualquer coisa.

Paramos em frente à antiga casa da mãe dela em Blackdown. Apesar da expressão de medo estampada no rosto, Anna insiste em entrar sozinha. Já há uma placa de "Aluga-se" do lado de fora e as visitas começam amanhã. Acho que ela só quer verificar se tudo está como deveria e se despedir do que já foi seu lar.

Anna esteve aqui, sozinha, nos últimos fins de semana, ocupada em empacotar todas as coisas de sua mãe e redecorar a casa inteira. Ela chegou a limpar o jardim dos fundos há alguns meses, de modo que não há mais abelhas, nem vasos de plantas, nem o caos de plantações. Então, ela refez o quintal, cobrindo por completo o que costumava ser a horta da mãe. Anna fez tudo sozinha. Nunca entendi por que ela não pagou outra pessoa.

Espero dez minutos e decido ir atrás dela lá dentro, na esperança de apressá-la.

A casa ainda tem cheiro de tinta fresca. A cozinha está nova em folha e o lugar está quase irreconhecível em comparação a antes. Encontro Anna nos fundos, sentada no pequeno banco de madeira que sua mãe tanto gostava, olhando para o novo jardim. O revestimento do quintal é uma figura circular de tijolos cinza-escuros, com uma única peça bem redonda no meio. Há uma abelha esculpida na pedra. Alguns vasos com plantas robustas dão um toque de cor e um gramado recém-colocado conduz à floresta ao longe.

"Ficou muito bom", digo, fechando com gentileza a porta da cozinha atrás de mim.

Ela dá de ombros e finjo não perceber que enxuga uma lágrima.

"É melhor para a locação. Um jardim de baixa manutenção que será mais fácil para os inquilinos cuidarem", diz.

"Exato. Você fez um trabalho excelente."

"Só que não parece mais o nosso lar."

"Nem deveria. Outra família vai morar aqui agora, mas ela sempre terá um significado especial para você. Nada vai mudar isso, e foi importante para sua mãe que ela não tivesse que vender a casa."

"Você tem razão, bobagem minha. É apenas uma pilha de tijolos."

"Vai ficar tudo bem, prometo", afirmo, beijando sua testa. "Além disso, você tem um novo lar agora, com Olivia e comigo."

Dela

Nunca pensei que veria minha mãe deixar sua casa.

Ela dizia que preferia morrer a deixar nossa antiga casa, mas quando entendi o verdadeiro motivo, soube o que precisava fazer a respeito. Não sei se havia acreditado mesmo nela quanto a ter matado meu pai, até cavar a horta e começar a encontrar ossos. Ninguém vai encontrar nada de indevido agora, não enquanto eu estiver viva. O que aconteceu está coberto por um revestimento novinho em folha, com o passado enterrado de vez.

Não me sinto culpada com isso.

Meu pai teve o que merecia e minha mãe fez o que fez por mim e por ela mesma. As coisas que fazemos para proteger aqueles que amamos não conhecem limites.

A casa de repouso em que Jack conseguiu colocar minha mãe é muito bonita. Custa uma pequena fortuna, mas eu tinha um pouco de dinheiro sobrando da venda do apartamento em Waterloo, o que ajudou a garantir um lugar para ela. Além disso, a renda do aluguel da casa dela — agora que os inquilinos estão prestes a se mudar — cobrirá as mensalidades. Além disso, o câncer dela é de um tipo agressivo. Em muitos aspectos, ela parece bem, e é certo que mais feliz do que me lembro de tê-la visto antes, mas os médicos dizem que ela não tem muito tempo.

"Uau!", diz Olivia do banco de trás.

É uma de suas novas palavras favoritas e, bastante apropriada enquanto subimos o longo caminho para o estacionamento.

Os jardins comunais são impecáveis, com uma série de pequenas fontes e uma iluminação sutil entre os belos canteiros de flores coloridas. A recepção parece um hotel cinco estrelas e as instalações incluem uma série de restaurantes, uma biblioteca, uma piscina e até mesmo um spa. Minha mãe tem seu próprio apartamento no térreo e, o mais importante, seu próprio jardim particular com vista para Blackdown Woods. Embora do outro lado do vale.

"Oi, mamãe", digo, abraçando-a e inalando o cheiro de seu perfume familiar.

Ela parece bem e engordou um pouco. Posso ver que ela arrumou o cabelo e suas roupas estão limpas e passadas como sempre foram. Agora, outra pessoa cuida da limpeza para *ela*, algo com o qual acho que ela ainda não se acostumou. Tantos anos entrando na casa de outras pessoas para fazer o trabalho sujo enquanto elas cuidavam de outras coisas. Encontrei uma gaveta cheia de chaves em seu antigo quarto ao limpar a sua casa; ela devia ter uma cópia de quase todas as casas do vilarejo.

Agora, surge outra pessoa para lhe dar a medicação duas vezes por dia, embora eu não esteja convencida de que ela toma todas as vezes. Há botões e cordões de emergência em todos os cômodos, de modo que, se ela não se sentir bem ou precisar de algo, a ajuda estará por perto. Ela pode optar por comer no restaurante ou eles entregam alimentos frescos e orgânicos, junto com folhetos de receitas, para que ela mesma cozinhe. A mamãe precisou ser convencida e é óbvio que ela sente falta de sua adorada horta, mas acho que está se adaptando bem à nova vida. Ainda que devagar.

O apartamento é decorado em tons neutros e tudo é muito minimalista, mas posso ver algumas de suas velhas coisas familiares de casa. Para começar, há fotos minhas de quando eu tinha 15 anos, mas também uma foto emoldurada mais recente minha, do Jack e da Olivia, o que me deixa feliz. Ela não está mais se apegando àquela versão adolescente de mim, ela me vê como sou hoje e parece me amar mesmo assim. Os pais passam sua juventude tentando entender os filhos e os filhos passam a vida adulta tentando entender os pais.

Minha mãe insiste em nos preparar um chá. Ela desaparece na cozinha e nós a ouvimos abrir os armários e as gavetas. Gosto do som familiar de xícaras sendo colocadas em pires e colheres de chá de metal em porcelana. Esperamos que sua antiga chaleira ferva no fogão e sinto um breve tremor involuntário quando ela apita.

Ela volta a entrar alguns instantes depois, com uma linda bandeja de prata se agitando em seus dedos trêmulos. Percebo que ela comprou um pouco de mel orgânico em uma garrafa que pode ser apertada, além de uma jarra de leite e um pote de açúcar. Isso me faz sorrir. Ela está se saindo bem, mas ainda tem momentos de confusão.

"As abelhas estão vivas!", Olivia berra ao ver o mel. Estamos lendo histórias do Ursinho Pooh para ela, que ficou um pouco obcecada com isso. "Suas abelhas moram com a gente em Londres agora, vovó Andrews, e elas saíram da colmeia hoje!", disse ela, sorrindo para minha mãe.

"Elas sobreviveram à viagem?", mamãe pergunta, olhando para mim.

"Sim, mamãe."

"Eles encontraram a faca dentro da colmeia?", ela pergunta.

Eu a escondi lá depois de sair do hospital, não sabia o que fazer. Deveria saber que ela a encontraria — ela é a única pessoa que conheço louca o suficiente para enfiar a mão em uma colmeia. Por sorte, todos os outros imaginam que é a demência falando.

Sorrio e pego a faca na mesa para cortar o bolo que compramos.

"Não, mamãe, está aqui, está vendo? As abelhas não precisam de facas para espalhar o mel, elas podem fazer isso sozinhas. Agora, quem quer uma fatia de bolo de chocolate?", pergunto, começando a desembrulhar a grande caixa branca da padaria.

"Eu!", berra Olivia.

Mamãe pede a menor fatia de bolo de chocolate e percebo que, na verdade, ela não quer comê-la. Eu deveria ter tirado o bolo da caixa e fingido que eu mesma o fiz, assim ela não pensaria que era comprado em uma loja, cheio de aditivos venenosos.

"A mulher do rabo de cavalo veio me ver de novo", diz ela, largando o garfo.

Meu próprio garfo paira no ar enquanto tento não parecer tão preocupada quanto me sinto.

"Você quer dizer Priya? A detetive?", pergunto.

"Sim. Ela gosta de me fazer perguntas."

"Por que Priya estaria visitando mamãe?", pergunto a Jack e ele dá de ombros, alheio à minha preocupação.

"Ela é uma boa pessoa. Deve só querer ver como você está, se certificar de que está bem depois de tudo o que aconteceu", diz ele.

"Tenho certeza de que é só isso", concordo, tentando tranquilizá-la.

Percebo que ela não acredita em mim. Eu também não tenho certeza se acredito.

Mamãe sorri e apoia de volta o bolo que não comeu, depois toma um gole do chá, antes de colocar mais um pouco de mel na xícara.

"Não se preocupe comigo, eu sei cuidar de mim mesma."

Há pelo menos dois lados em toda história: o seu e o meu, o nosso e o deles, o dele e o dela.

Eu sempre prefiro o meu.

Mas talvez seja melhor que ninguém mais saiba a verdade sobre o que aconteceu. De qualquer forma, duvido que acreditariam em mim. Ninguém suspeita que uma senhora idosa com demência esteja matando pessoas.

Nunca tive problemas com minha memória. Se há coisas que esqueci ao longo dos anos, é porque escolhi esquecê-las. Mas o diagnóstico de câncer era verdadeiro. Isso significava que eu deixaria aquela casa de uma forma ou de outra. Assim, alguém se mudaria para lá e encontraria meus erros do passado enterrados no jardim.

A ideia de alguém saber a verdade sobre o que eu fiz com meu marido todos aqueles anos atrás era quase insuportável. Histórias ruins sobre pessoas grudam como mel e eu não queria ser lembrada dessa forma. A maior parte de minha vida foi dedicada a ser boa e fazer o bem. Ele era um homem violento e sempre pensei nisso como legítima defesa, não como assassinato. É claro que eu gostaria que as coisas tivessem sido diferentes, mas arrependimento não é o mesmo que um pedido de desculpas. Não me arrependo do que fiz, apenas nunca quis que ninguém descobrisse.

Enterrar meu marido embaixo da horta parecia uma ideia muito sagaz. Era um lugar onde eu achava que ninguém jamais pensaria em procurar. Um dia, ao desenterrar batatas, encontrei a aliança de casamento dele. Ele foi o verdadeiro motivo pelo qual nunca pude sair daquela casa, mas sei que Anna cuidou das coisas para mim agora.

Durante anos, pensei que ela tivesse saído de casa aos 16 anos porque, no fundo, sabia o que eu tinha feito. Anna me encontrou coberta de sangue e lama do jardim, na tarde em que o matei. Ela decidiu deixar Blackdown assim que terminou a escola no ano seguinte e quase nunca voltava. Achei que a culpa era minha, que ela me odiava por ter tirado seu pai dela.

Eu me contentava em ver fotos antigas da minha única filha e, alguns anos depois, em vê-la na tela da TV, lendo as notícias. Ela parecia tão feliz e saudável sem a minha presença em sua vida. Assim, aceitei as raras visitas e os telefonemas pouco frequentes, agradecendo sempre que ela entrava em contato.

Jack teve a ideia de me deixar cuidar de Charlotte por uma noite para que ele pudesse levar Anna para sair no aniversário dela. Eu quase não passava tempo com minha netinha, por isso fiquei muito feliz quando Anna concordou. Achei que isso poderia nos aproximar, Anna ter sua própria filha e saber como é ser mãe. Mas Charlotte morreu. Não foi minha culpa, mas parecia que ela me culpava de qualquer forma.

Depois disso, comecei a beber de novo. Isso anestesiou minha dor. Quando as pessoas da cidade confundiram o fato de eu estar bêbada com demência, tive uma ideia. Uma boa ideia. Isso trouxe Jack de volta à minha vida, o que eu esperava que significasse que Anna também voltaria para casa por pena. Tudo o que eu precisava fazer era fingir que estava um pouco esquecida e perambular de camisola pelas ruas algumas vezes. Jack insistiu para que eu fosse ao médico. Essa foi a única razão pela qual descobri sobre o câncer, não que eu tenha contado a ele ou a qualquer outra pessoa a verdade sobre isso.

Quando comecei a limpar a casa, deixei o quarto de Anna por último. Eu o mantive igualzinho a quando ela ainda morava lá. Reparei em um pouco de fuligem na parte inferior da lareira, o que era estranho, pois ela não era usada há anos, desde que ela havia partido.

Peguei meu kit de faxina e entrei na chaminé para escovar a sujeira que havia se acumulado. Foi então que uma carta suja, chamuscada e rasgada caiu na grelha. Fiquei olhando para ela por um tempo, antes de pegar os pedaços de papel cobertos com a letra de Anna. É óbvio que ela havia tentado queimá-los, mas, em vez disso, eles foram sugados pela chaminé. Ajoelhei-me no chão do quarto dela e organizei as peças como um quebra-cabeça.

Era uma carta de suicídio.

Não sei quantas vezes a li, mas o dia se transformou em noite do outro lado da janela e os pensamentos em minha mente eram igualmente sombrios.

Ela descreveu as coisas terríveis que haviam acontecido na noite de seu aniversário de 16 anos e me senti enojada e enlouquecida de raiva ao mesmo tempo. Li sobre as drogas que Helen Wang havia lhe dado, os homens com quem Rachel Hopkins tentou obrigá-la a fazer sexo e como Zoe Harper mutilou nosso gato como aviso para que não contasse a ninguém.

Foi há muito tempo, mas eu me lembrava daquela noite.

Era raro que recebêssemos convidados, mas concordei em deixar Anna sozinha com aquelas garotas da St. Hilary's, pensando que eram suas amigas. Ela estava tão animada que não pude recusar. Eu a vi passar todas as noites durante uma semana fazendo pulseiras da amizade para cada uma delas e até lhe dei a linha vermelha e branca da minha cesta de costura.

Ainda tinha a foto de todas elas juntas naquela noite. Rachel me deu uma cópia algumas semanas depois da festa, quando eu estava limpando a casa da mãe dela. Ela me pediu que a entregasse a Anna. Eu sabia que elas tinham tido algum tipo de desentendimento — depois de terem sido inseparáveis, elas não se viam mais — mas dei a foto para ela. Encontrei a foto na lixeira no dia seguinte. Sempre tive o hábito de guardar coisas — cartões de aniversário, agendas, fotos — e fiquei feliz por ter guardado essa.

Eu sabia quem eram todas elas quando encontrei aquela foto.

E sabia onde moravam; tinha limpado as casas de todas elas.

Podia estar aposentada, mas ainda tinha as chaves e as pessoas quase nunca trocam suas fechaduras. Enfim, sabia o verdadeiro motivo pelo qual minha Anna deixou Blackdown. Foi por causa delas, não de mim.

Elas tinham que pagar por aquilo.

E elas não eram as únicas.

Jack largou Anna quando a filha deles morreu e eu o odiei por isso. Odiei-o ainda mais quando segui Rachel Hopkins da estação e vi os dois transando em seu carro. Decidi ali mesmo que, apesar de toda a bondade que havia demonstrado comigo, ele tinha de ser punido por ter abandonado minha filha e dormido com aquela puta.

Depois disso, eu pretendia atribuir todos os assassinatos a ele. Até peguei emprestadas suas botas Timberland para usar na floresta. Elas eram grandes demais, é claro, mas nada que um pouco de algodão nos dedos dos pés não resolvesse, além de evitar sujar meus próprios sapatos. Comecei a plantar provas em seu carro e em sua casa, o seguia sempre que podia. Atalhos quase nunca levam ao sucesso, mas o fato de conhecer tão bem a floresta facilitou meu deslocamento de uma parte do vilarejo para outra, de forma rápida e sem ser detectada.

Mas então eu os vi juntos de novo — Jack e Anna — e soube que ainda havia algo entre eles. Eles só precisavam de um pouco de ajuda para encontrar o caminho de volta um para o outro, só isso.

Quando entrei no quarto de hotel de Anna — eu limpei aquele lugar por anos — ela parecia uma garotinha, dormindo profundamente em sua cama. Fiquei triste ao vê-la bebendo tanto, mas entendi o motivo. O álcool também sempre foi minha droga de escolha. Eu a cobri como costumava fazer, tirei seu lixo e coloquei uma garrafa de água ao lado de sua cama. Era muito bom cuidar dela, mesmo que ela não soubesse que era eu. Ela me lembrava um pássaro com uma asa quebrada. Eu queria ajudá-la e sabia que, se meu plano funcionasse, seria bom também para a carreira de Anna, assim como para sua vida pessoal.

Catherine Kelly era a única daquelas garotas que havia deixado a cidade. Quando entrei na antiga casa de seus pais na floresta, procurando pistas sobre onde ela poderia estar, foi um choque ver uma jornalista que eu reconhecia nas fotos de família. A mesma que roubou o emprego de Anna.

Matar Rachel trouxe minha filha de volta para mim.

Matar Helen e Zoe me ajudou a mantê-la por perto.

Matar Cat Jones significava que Anna poderia recuperar seu emprego no One O'Clock News, *e eu poderia assistir à minha filha na* TV *toda hora do almoço de novo.*

Anna me ligou no dia de seu aniversário este ano, chorando muito, porque havia perdido seu emprego de apresentadora. Eu mal disse uma palavra e acho que ela pensou que eu não estava entendendo. Mas entendi. E fiquei muito feliz por ter sido eu a pessoa para quem ela ligou. Pela primeira vez em muitos anos, ela precisava da minha ajuda e eu não iria decepcioná-la mais uma vez. Foi quando entendi que, punindo as pessoas que a prejudicaram no passado, poderia lhe proporcionar um futuro mais feliz. Eu tinha que matar todas elas. Fiz isso por ela.

Cat Jones veio direto para Blackdown quando eu pedi. É verdade que ela pensou que a mensagem que enviei era de seu marido. Roubei o celular de Richard de seu carro destrancado quando ele e Anna estavam gravando na floresta. Depois, usei o telefone dele para entrar em contato com a esposa. A mensagem era bastante simples:

Sei o que você fez com aqueles homens na floresta há vinte anos. Vi as fotos e temo que todo mundo na BBC possa vê-las em breve também. Se quiser salvar nosso casamento, leve as crianças para a casa de seus pais hoje à noite para que possamos conversar.

Ignorei todas as mensagens de texto desesperadas que ela lhe enviou, as ligações e as mensagens de voz. É claro que algumas horas depois, ela chegou à velha casa na floresta, com uma expressão preocupada em seu belo rosto e duas lindas garotinhas ao seu lado.

O resto foi fácil. Quando Cat colocou as crianças na cama, eu as peguei. Nunca as machucaria, mas ela não tinha como saber disso. Quando percebeu que elas haviam desaparecido, fiquei ouvindo enquanto ela revirava a casa de cabeça para baixo à procura de suas filhas. Ela gritava o nome do marido o tempo todo, como se ele as tivesse roubado. Foi só quando chegou ao quarto principal que ela ficou quieta. Eu havia deixado algumas fotos antigas e um bilhete:

Richard não virá e eu levei suas filhas. Na verdade, ele não sabe o que você fez há vinte anos e não precisa saber. Nem elas — desde que faça a coisa certa. As fotos sobre a cama serão destruídas e suas filhas serão devolvidas ao marido. Tudo o que você precisa fazer é se matar usando a gravata escolar pendurada na viga do teto. Se chamar a polícia, se chamar alguém, suas filhas não serão encontradas até que seja tarde demais. Quanto mais tempo você demorar para fazer o que estou pedindo, mais tempo elas ficarão em perigo. Aconteça o que acontecer, você nunca mais as verá, mas se você se matar, tem minha palavra de que elas viverão.

Ela pegou o celular, mas ele não funcionou. Eu já sabia que era impossível conseguir sinal em qualquer lugar perto daquela casa e que ela nunca deixaria as filhas. Fiquei ouvindo-a andar de um lado para o outro por um tempo, depois ela procurou por elas mais uma vez. Quando aceitou que elas não poderiam ser encontradas, Cat queimou o bilhete e as fotos de Rachel na lareira no andar de baixo, antes de voltar para o quarto. Eu não tinha certeza se ela faria isso ou não, mas a maioria das mães faz qualquer coisa por suas filhas. Eu fiz.

Eu queria que Catherine se matasse, porque sabia que todos a culpariam pelos assassinatos. Ela possuía a melhor motivação, depois do que aquelas garotas fizeram com ela. Escondi-me debaixo da cama e esperei, com minha faca na mão para o caso de precisar dela. Eu podia ouvir tudo o que ela fazia — arrumar a cadeira, tirar os sapatos antes de subir nela, chorar — mas não podia ver. Demorou muito tempo para que ela colocasse o laço em seu pescoço, mas só depois descobri que ela havia mudado o nó. Algo que seu pai lhe ensinou a fazer quando eles velejavam, pelo visto.

Até onde eu sabia, tudo estava indo de acordo com o planejado. Eu a ouvi dar um passo para fora da cadeira e o som da viga do teto rangendo quando ela ficou pendurada. Mas então, de forma inesperada, o marido de Cat chegou — o cinegrafista ensebado — e tive que matá-lo também. Ele gritou como uma garota quando viu Cat se balançando no teto. Então, eu o esfaqueei antes que ele tivesse a chance de se virar e me ver. Em seguida, esmaguei seu crânio com um peso de papel de ferro fundido que vi na cômoda. Não era para ele estar ali. Nem a Anna. Tive que me esconder de novo quando ela subiu as escadas. A única razão pela qual cancelei os quartos de hotel deles foi porque achei que ela voltaria para nossa casa. Era tudo o que eu sempre quis. Que ela voltasse para casa.

Olhei para a Cat depois que matei seu marido. O laço ainda estava em seu pescoço, seus olhos estavam fechados e eu estava convencida de que ela também estava morta. Mas acho que ela era uma boa atriz. Disposta a fazer o que fosse preciso para salvar suas filhas, assim como eu. Ela deve ter visto meu rosto sem que eu percebesse, pois me reconheceu um pouco mais tarde.

Admito que fiquei alarmada quando a encontrei na floresta. Cat poderia ter contado para Anna e para a polícia o que eu havia feito. Em vez disso, ela começou a gritar como uma louca, exigindo saber onde estavam suas filhas. Ela me esfaqueou com minha própria faca quando não respondi. Suas filhas estavam bem, é claro. Apenas um pouco dopadas e dormindo no galpão, a polícia as encontrou pouco tempo depois. Eu nunca machucaria uma criança, não sou um monstro.

Às vezes, acho que Anna sabe que eu matei aquelas mulheres e o pai dela. Não consigo pensar em outra razão para ela ter pegado a faca que Catherine deixou cair na floresta e tê-la escondido em sua bolsa. Acho que ela deve tê-la reconhecido. Afinal, eu a peguei emprestada na casa de Jack, de um conjunto que dei a eles como presente de casamento.

"O que você está fazendo?"

Olivia entra no meu quarto e percebo que estava sonhando acordada. Minha mente vagueia quando quer, mas não porque eu tenha demência, apenas porque sou velha. Não tomo os medicamentos que os médicos me dão, em vez disso, os planto no solo, como sementes. Quando chegar minha hora, partirei com dignidade, mas não antes disso. O fato de Priya Patel vir me fazer perguntas não tem nada a ver com bondade. Tampouco é coincidência, isso não existe. É preciso cuidar dos fios soltos, eles podem bagunçar tudo.

A criança se aproxima e sobe para se sentar em meu colo. Ela fica olhando para a pulseira da amizade que estou fazendo.

Está quase pronta.

Fecho o punho em volta dos fios de algodão vermelho e branco para escondê-los da vista, surpresa como sempre com as manchas da idade e o aspecto de papel da minha pele. Em seguida, coloco a pulseira dentro do velho porta-joias de madeira que pertencia a Anna. Estou ciente de que Olivia a viu. As crianças sempre veem muito mais do que gostaríamos ou percebemos.

"Era bonita", diz ela.

"Era, não era?", respondo.

"É um presente para mim?", ela pergunta com um sorrisinho travesso.

"Oh não, é para outra pessoa na próxima vez que ela vier me visitar."

Olivia parece triste.

"Não se preocupe, também tenho algo para você."

Tiro a fantasia de abelha do guarda-roupa e ela dá um gritinho de alegria. Anna e Jack também parecem satisfeitos, enquanto a criança sai correndo do meu quarto, atravessa a sala e vai para o jardim, correndo em círculos. Eu mesma a fiz na aula de costura que eles têm aqui. Sou muito hábil com agulha e linha.

"Sinto falta das minhas abelhas ocupadas", digo a Olivia, observando-a da porta.

Ela ri, dança e canta a mesma frase várias vezes.

"Sou uma abelha ocupada! Sou uma abelha ocupada! Sou uma abelha ocupada!"

Suas palavras se traduzem em algo totalmente diferente em meus ouvidos.

Família feliz. Família feliz. Família feliz.

Então sorrio para todos eles. Enfim consegui o que sempre desejei.

AGRADECIMENTOS

Para os autores, os livros são um pouco como os filhos, não é permitido ter um favorito, mas tenho muito carinho por este. Não teria sido capaz de escrevê-lo sem as seguintes pessoas incríveis em minha vida.

Agradeço eternamente ao meu agente, Jonny Geller, por me dar uma chance e por sempre saber a coisa certa a dizer. Ser agente é um negócio curioso e muito mais complexo do que eu imaginava. Exige que uma pessoa desempenhe muitas funções: leitor, editor, gerente, terapeuta, um pai substituto, chefe e amigo. Obrigada por ser tão bom em todas elas.

Agentes excepcionais são raros, por isso me sinto incrivelmente sortuda por ter mais de um. Se Mary Poppins tivesse decidido se tornar uma agente literária, ela seria Kari Stuart, da ICM. Obrigada a Kari por ser (de verdade, não quase) perfeita em todos os sentidos. Obrigada a Kate Cooper e a Nadia Mokdad por venderem meus livros ao redor do mundo. Graças a essas duas mulheres brilhantes, as histórias escritas em meu pequeno estúdio foram traduzidas para mais de vinte idiomas. Isso é simplesmente mágico e sou muito grata. Obrigada a todos da Curtis Brown, a melhor agência da cidade, com um agradecimento especial a Ciara Finan.

Agradeço a Josie Freedman e Luke Speed por tornarem realidade um sonho que eu nem ousava sonhar. Graças a eles, posso ver meus personagens ganharem vida na tela.

Obrigada a Sarah Michelle Gellar, Ellen DeGeneres e Robin Swicord por acreditarem em meu romance de estreia. Tem sido uma verdadeira montanha-russa e muito emocionante.

Há editoras de todas as formas e tamanhos e sou muito grata por estar trabalhando com as melhores. Um imenso obrigada a Manpreet Grewal, meu extraordinário editor. Os editores não apenas editam, eles fazem de tudo e Manpreet é a Mulher Maravilha. Sempre teremos papel alumínio de cozinha e formigas no sorvete. Agradeço também a Lisa Milton, Janet Aspey, Lily Capewell, Lucy Richardson e toda a equipe da sede da HarperCollins. Obrigada à equipe tão brilhante quanto da Flatiron Books nos Estados Unidos, com agradecimentos especiais a Christine Kopprasch, Amy Einhorn, Conor Mintzer, Bob Miller, Nancy Trypuc e Marlena Bittner. Agradeço a todas as minhas outras editoras ao redor do mundo por cuidarem tão bem dos meus livros.

Obrigada aos livreiros e a todos que ajudaram a colocar meus livros nas mãos dos leitores. Um agradecimento especial à Hatchards, em Londres, por um lançamento de conto de fadas que jamais esquecerei, e à The Mysterious Bookshop, em Nova York, por tornar tão mágica a primeira vez que vi meus livros nos Estados Unidos. Passo a maior parte dos dias em um estúdio com meu cachorro e meu laptop, portanto, ver minhas histórias no mundo nunca deixará de ser especial.

Os escritores não são nada sem os leitores. Obrigada a todos os blogueiros, bookstagrammers (adoro ver suas fotos dos livros), bibliotecários, críticos de livros e jornalistas que foram tão gentis com meus romances. Espero que continuem gostando das minhas histórias e serei para sempre grata pelo apoio de vocês. Agradecimentos especiais a Brian Grant por ser um mago com a câmera e a Lee Fabry por seus conselhos sobre os procedimentos policiais no Reino Unido, quaisquer erros são meus.

Obrigada aos meus amigos por serem minha família. Este foi um ano difícil para mim, com uma série de pesares tão grandes que às vezes parecia impossível ficar de pé. Obrigada às pessoas que me ajudaram a levantar, vocês sabem quem são.

Por último, mas não menos importante, obrigada ao Daniel: meu primeiro leitor, meu melhor amigo, meu melhor tudo.

Case No. #05 Inventory
Type 3ª temporada
Description of evidence coles

Quem é ELA?

ALICE FEENEY é autora e jornalista best-seller do *New York Times*. Seu romance de estreia, *Sometimes I Lie*, foi um best-seller internacional traduzido para mais de vinte idiomas e está sendo transformado em uma série de TV estrelada por Sarah Michelle Gellar. *Pedra Papel Tesoura* foi publicado pela DarkSide® Books em 2024. *Dele & Dela* também está sendo adaptado para uma série pela Freckle Films, de Jessica Chastain. Alice foi jornalista da BBC durante quinze anos e agora vive no interior da Grã-Bretanha com a família. Saiba mais em alicefeeney.com.

E.L.A.S

QUEM GOSTOU DE *DELE & DELA* TAMBÉM VAI GOSTAR DE:

Centrada em um casamento em ruínas, com segredos, manipulações e reviravoltas

Rico em camadas psicológicas, que aborda traumas, memórias reprimidas e o desgaste dos relacionamentos

Em adaptação para minissérie da Netflix

Protagonistas nada confiáveis, que constroem um jogo de gato e rato emocional

Top 10 Thrillers do outono de 2021 pela Publisher's Weekly

"Uma leitura diabolicamente planejada e deliciosamente sombria."
Lucy Foley, autora de *A ÚLTIMA FESTA*

PEDRA PAPEL TESOURA

1

ALICE FEENEY

DARKSIDE

**ALICE FEENEY
PEDRA PAPEL
TESOURA**

Dez anos de casamento. Dez anos de segredos. E um aniversário que eles nunca esquecerão. Um relacionamento construído entre mentiras e pedradas.

"Uma leitura diabolicamente planejada e deliciosamente sombria."
LUCY FOLEY,
autora de *A Última Festa*

E.L.A.S EVIDENCE ☠ EVIDENCE

3ª temporada
E.L.A.S EM EVIDÊNCIA.

Uma mãe de primeira viagem enfrenta um colapso emocional após a babá desaparecer

Protagonista instável e cativante, cuja narração desafia o leitor a separar verdade de delírio

Discussão sensível e atual sobre saúde mental materna, depressão pós-parto, trauma, luto e ansiedade

Ambiente doméstico se transforma em um claustrofóbico palco de medos e suspeitas

Autora best-seller reconhecida pela crítica

2 — ELA NÃO PODE CONFIAR — KATIE SISE — DARKSIDE

KATE SISE
ELA NÃO PODE CONFIAR

Uma mãe, um bebê e um suspense arrebatador que vai assombrar a sua mente neste instigante thriller que aborda a saúde mental materna de maneira dolorosa e profunda.

"Katie Sise é uma nova voz obrigatória no universo do suspense familiar."
MARY KUBICA, autora de *A Garota Perfeita*

Capture o QRcode e descubra.

Conheça agora todos os títulos do projeto especial
E.L.A.S — Especialistas Literárias na Anatomia do Suspense, que integra a marca Crime Scene® Fiction, da DarkSide® Books, para apresentar uma seleção criteriosa das mais criativas e inovadoras autoras contemporâneas do suspense mundial.